전흥남의 세상 읽기

성공한 사람과 성공하는 사람들

성공한 사람과 성공하는 사람들

새미

지은이 **전홍남**田興男

전북 익산 출생으로 전북대학교 국어국문학과와 동 대학원에서 석·박사 과정을 졸업했다. 군산대학교 대학신문사 편집국장 (1988~1993), 전북대 군산대 강사를 거쳐 1995년 이후 한려대학교 교수로 재직 중이다. 한국 사이버문인협회 수필분과 특별 심사위원, 광양자치포럼 사회분과 위원장, CBS전남방송 칼럼 위원을 역임한 바 있다.

그동안 낸 책으로는 『해방기 소설의 정신사적 연구, 1995』, 『해방기 소설의 시대정신』(1998)와 『한국 근·현대소설의 현실대응력』(2003), 『글쓰기의 나침반, 2009, 공저』등이 있다. 이외에도 「한국 근대소설과 영화의 교섭 양상 연구」, 「'여순사건'과 '4·3사건' 관련 소설의 담론화 연구」, 「단종애사 연구」, 「원망의 좌절과 해원의 방식」, 「한국 근·현대 소설의 문학치료학적 관점의 적용과 그 가능성 탐색」, 「노년소설의 초기 양상과 그 가능성 모색」등 다수의 논문이 있다.

E-mail chn0075@hanmail.net

망설이다 산문집을 엮는다. 시론時論의 성격이 강한 글들이다 보니 빛 바랜 사진처럼 시의성이 떨어질 수 있다는 자책감이 마음 한 쪽에서 똬리를 틀었기 때문이다. 결국 나는 빛바랜 사진도 일정한 의미를 가질 수 있을 것이라고 자위하고 말았다. 무엇보다도 지역사회와 관련된 이슈를 문제의식을 갖고 들춰낸 점이 위안으로 다가왔다.

당시 지면의 제약도 있었지만 사안에 따라서는 식견의 부족으로 구체적으로 접근하지 못한 채 다소 원론적이거나 당위적인 언급에 머문 경우도 있을 줄 안다. 하지만 우리 지역사회가 밝고 건강한 사회로 나아가는 도정道程을 확인함으로써 앞으로 지역사회의 현안문제를 가늠해 보는데 조금이라도 보탬이 되었으면 하는 바람이 마음 한 켠에 크게 자리한 점만은 밝혀두고 싶다.

지역사회의 명과 암, 그리고 역동성을 확인할 수 있는 기회도 됐다. 역동적인 사회일수록 발전의 가능성이 크다고 본다. 때로는 갈등과 불협화음도 따르겠지만 합리적으로 잘 해결해 가는 과정이 그 지역의 수준을 가늠해 주는 바로미터가 될 뿐 아니라 지역민의 삶의 질과 수준을 한 단계 업그레이드시킬 수 있는 기회가 될 수 있기 때문이다.

이렇게나마 산문집이 나올 수 있었던 것은 2005년도부터 3년여 동안 cbs전남방송 칼럼위원으로 활동한 덕택에 가능했다고 본다. 광양신문을 비롯해서 지역의 언론 매체에 발표된 글도 일부 수록되어 있다. 1부와 2부의 글들은 대부분 이렇게 씌어졌다. 다만, 3부는 문학기행문을 비롯해 답사를 다녀 온 뒤 적은 단상斷想들이 주종을 이루고 있다.

세월의 빠름을 실감하며 산다. 설레는 마음으로 광양에 부임해 올 때 유치원생 철부지 아들 녀석이 올해 대학생이 돼서 서울로 갔다. 딸도 여고 2년생 숙녀가 돼서 서울로 진학했으니 아내와 둘만 덩그러니 남은 셈이다. 이 책의 표지 그림을 비롯해 그림들은 아내의 작품이기도 하다. 홀로 계신 장모님의 그윽한 성원과 격려도 잊을 수 없다. 가족의 성원에 힘입은 바 큰 만큼 문학을 공부하고 연구하는 사람으로서의 본분에 더 충실한 삶에 매진邁進하며 살 생각이다. 삶의 왕도는 없는 것 같다. 나에게 주어진 길을 '우보천리牛步千里'의 자세로 묵묵히 가는 길밖에.

나의 분신들이 세상에 나올 수 있도록 도움을 주신 지역 사회의 여러분들께 고마움을 전하고 싶다. '광양자치포럼'은 지역사회의 현안들을 들여다 볼 수 있는 나침반 구실을 했다. 필자가 몸 담고 있는 대학의 후원과 동료들의 성원에도 고마움을 표하고 싶다.

끝으로 인연의 소중함을 늘 간직하면서 성원을 아끼지 않을 뿐 아니라 어려운 여건 속에서도 출판을 기꺼이 허락해 주신 국학자료원 정찬용 사장님을 비롯해 편집부 직원들의 노고에도 깊은 감사를 드린다.

2009년 10월 중순
백운산 자락의 정기가 서린 곳에서
전 홍 남

제3부 문학기행, 그리고 사람의 향기

제1부

건강한 지역사회를 위하여

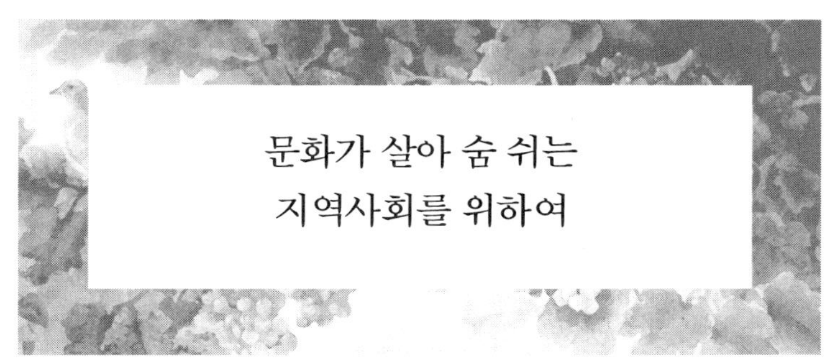

초등학교 시절 성적표를 과목별로 수우미양가秀優美養可로 표기한 적이 있었다. 미美나 양良을 주로 받으면 중간이하이고 가可를 많이 받으면 열등생 취급을 받기 일쑤였다. 혹자는 '양'이나 '가'를 받은 경우도 이렇게 자위한다는 소리를 들었다. '양'良은 "양호하다"는 뜻이 담겨 있고, 심지어 "가"可는 "가능성 있다"는 뜻이 담겨 있으니 썩 나쁜 건 아니라는 얘기다. 초등학교 시절 성적이 다소 부진했던 것을 애써 합리화하려는 억지(?)가 스며있음을 뻔히 알면서도 유머스러운 애교로 들린다.

광양의 문화 환경과 문화경쟁력에 대해 말하고 싶어 여담으로 말문을 열었다. 광양의 문화 수준과 문화 환경에 대한 지역민들의 만족도를 굳이 '수우미양가'로 평가한다면 주로 어떤 등급을 받을까? '우수'하다는 생각은 들지 않는다.

문화의 속성상 다소 추상적이고 모호한 측면이 많아서 관점에 따라 시각차가 있을 수 있다. 더욱이 광의적인 개념에서의 문화는 생활양식의 총체이니 문화와 관련되지 않은 것이 거의 없을 정도로 광범위하다.

여기서는 협의의 개념에 입각해 교육, 관광, 그리고 문화예술 전반으로 국한해서 광양의 문화 환경과 수준을 가늠해 본다면 더욱 그러하다는 생각이 든다. 필자의 이런 판단이 다소 임의적이고 주관적이라는 평가로부터 자유롭지는 않다. 다만, 이러한 평가를 하게 된 보다 구체적인 이유와 광양의 문화경쟁력 강화방안에 대해서는 다른 지면을 통해 제시할 기회가 있을 것이다. 여기서는 우선 원론적인 수준에서 몇 가지를 주문하는 것으로 대신하려 한다.

무엇보다도 도시경쟁력을 제대로 갖추기 위해서는 문화 경쟁력을 소홀히 할 수 없다는 점을 광양시를 비롯해 지역민들이 분명하게 자각하는 데에서 출발해야 할 것이다. 문화 인프라 구축이나 제반 문화시설의 확충은 교육과 더불어 그 사회의 삶의 질을 좌우하는 관건이 된다. 문화의 인프라 구축 여부에 따라 도시의 이미지가 달리 보인다. 사람으로 비유하자면 교양과 품격을 가늠해 주는 척도가 된다는 얘기다.

문화 관련 분야는 비교적 가시적 성과를 내기 어려운 속성을 지닌다. 시간이 필요하고 인내가 요구된다. 중장기적인 안목에서 기획하고 실행해야 하는 이유도 여기에 있다.

둘째, 문화 환경의 조성은 그 지역의 뿌리와 정신이 배어 있도록 설계되어야 한다. 따라서 당연히 지역민들이 그 지역의 유형무형의 자산에 대한 남다른 관심과 애정이 요구된다. 다만 이것이 편협한 애향심으로 이어지면 바람직스럽지 않다. 이래저래 광양의 지역사회를 들여다 볼 경우가 있다. 개인차는 있겠지만 대체로 지나치게 애향심이 충일해서 포용력 부족하거나 그 반대의 경우로 양극화되어 있다는 느낌이 들 때가 종종 있다.

    성공한 사람과 성공하는 사람들

굳이 구분하자면 후자가 더 좋지 않은 경우로 본다. 전자의 경우는 생각의 방향을 조금만 바꾸면 지역사회를 위해 많은 열정을 쏟아 부으며 바람직한 경우로 발전할 수도 있는데 반해 후자는 그 싹마저 보이지 않는다. 냉정한 성찰이 동반되지 않은 자기비하는 발전의 동력을 상실하는 경우가 더 많다고 보기 때문이다.

셋째로 공무원의 전문성과 창의성 그리고 자발적인 선도행정이 요구된다. 어느 지역이나 마찬가지지만 공무원이 소신을 갖고 기획력을 발휘하는 지역과 그렇지 않은 곳의 문화수준 차이가 크게 나기 마련이다. 문화 분야를 담당하는 부서의 경우도 그러하다. 고도의 전문성과 창의성 그리고 열정이 요구되는 분야가 바로 문화와 관련된 행정부서다. 이런 점에서 최근 광양시에서 학예연구사의 채용을 통한 전문성의 강화 측면은 바람직스러운 일이다.

넷째로 광양의 관내 기업들 역시 문화 인프라 구축을 위한 여러 형태의 지원과 후원을 다채롭게 해야 한다. 기업이 지역사회와 호흡을 함께 하면서 지역민을 위한 여러 공연과 행사를 통해 나눔의 정신을 베푸는 경우를 자주 본다. 봉사활동에도 많은 관심을 기울이고 있는 것으로 알고 있다.

우리 지역의 대표적인 기업 포스코의 경우는 여러 가지 면에서 모범적인 선례를 남기면서 지역문화의 창달에 공헌하는 바가 큰 점에 대해서는 부인하고 싶지 않다. 하지만 한편으로는 아쉬움도 있다. 시혜施惠적인 문화 행사 위주에서 탈피해 문화 인프라 구축을 위한 다양한 차원의 지원방식이 더 바람직스럽다고 생각되기 때문이다.

이벤트성 반짝 행사는 생명력이 약하다. 일시적이다. 뿌리를 튼튼하게 해서 자생력을 길러 주려는 노력이 동시에 수반되어야 한다. 지원과 후원의 방식이 달라져야 한다는 얘기다.

마지막으로 정말 중요한 것은 지역민의 자발적인 참여에 의한 문화 의식의 제고다. 동별로 일부 구성된 주민자치센터 위원을 비롯해 여러 시민사회단체와 지역 언론 그리고 지역민들이 호흡을 함께 할 때 비로소 지역에 문화가 살아 숨 쉬는 살기 좋은 사회가 될 수 있을 것이다.

이런 점에서 우리 지역 한 시의원의 제안으로 추진하려는 "차 없는 거리"의 기획과 시행 그리고 성공 여부는 광양지역의 문화수준을 가늠해 주는 한 지표가 될 수 있음은 물론이거니와 시험대의 성격도 지닌다.

인간은 밥만 먹고 못 사는 문화적 존재다. 문화가 살아 숨 쉬는 지역사회를 위해 각 계의 관심과 성원이 절실하게 요구되는 이유도 여기에 있다.

(2007. 8. 15)

성공한 사람과 성공하는 사람들

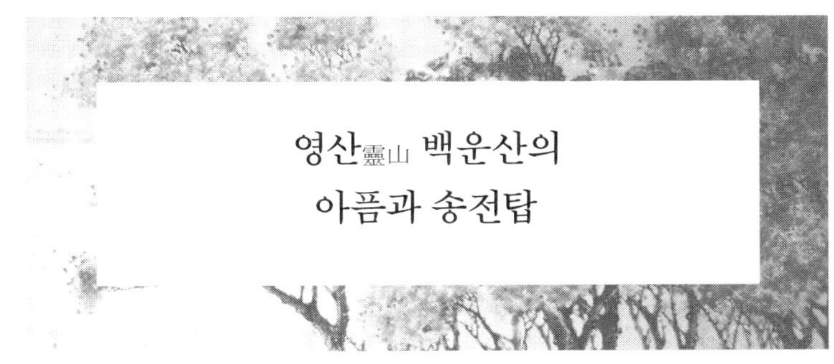

평소 존경해마지 않던 선배 한 분이 작년에 광양에 들른 적이 있다. 동창생의 아들 결혼식에 참석하기 위해서 정장차림을 하고 왔지만 차안에 등산복이 준비되어 있었다. 민족의 영산 백두산이 백두대간과 호남정맥으로 이어지다가 마지막에 걸음을 멈춘 백운산을 그냥 지나칠 수 있겠느냐며 백운산 상봉을 밟은 후 뿌듯한 마음으로 돌아갔다. 지금도 만나면 백운산 등반의 추억을 되뇌곤 한다. 산을 좋아하는 입장에서 의례적인 인사말로 들릴 수도 있겠으나 백운산 등산에 대한 기대와 설렘의 표현으로 오래도록 그 여운이 남는다.

작년 가을쯤 제주도에서 전남에 답사를 온 일행 몇 분과 저녁을 함께 할 기회를 가졌다. 우리 지역의 별미를 찾기에 전어회를 권유해서 야외에서 먹게 되었다. 전어회를 맛있게 먹던 그 내방객은 뜬금없이 식당 근처 도심 곳곳에 세워져 있는 전봇대와 사이사이 거미줄처럼 얽혀 있는 전기선들을 보면서 "도심 한복판에 전봇대가 여기저기 세워져 있어도 시민이나 시민단체에서 아무런 문제를 제기하지 않습니까?"라고 물었다. 무심코 던진 한 마디였지만 내 자신의 무신경과 무관심이 부끄럽고 창피했던 기억이 난다. 지금 이곳은 시내 곳곳에 세워져 있는 전봇대의 지중화 작업이 몇 달째 한창이다.

요즈음 한창 논란이 되고 있는 백운산 송전탑 설치와도 연관되는 점이 있어 필자 개인적인 일화 두 가지를 먼저 소개했다. 소개한 일화들은 여러 가지 복선도 있지만 우선 졸속적으로 밀어붙이기식으로 추진한 일의 비효율성과 낭비를 염두에 측면이 크다. 동시에 후손들에게 부끄럽지 않은 유산을 물려주는 것 역시 우리가 결코 소홀히 할 수 없는 중차대한 당면문제임을 환기해 주고 싶은 생각도 든다. 당연히 무신경과 무관심으로 인해 차후에 후손들에게 전가되는 부끄러운 일도 없어야 하기 때문이다.

백운산은 신라 말 큰 스님 도선국사의 행적이 서린 영험한 곳으로 호남 정맥을 이어주는 정기어린 영산靈山으로 널리 알려져 있다. 남북으로 마주하고 있는 지리산과는 섬진강을 사이좋게 끌어안고 있는데, 섬진강 550리 물길이 백운산에 이르러 완성되고 있다. 백운산의 계곡에서 흘러내리는 맑은 물은 울창한 원시림을 끼고 돌아 여름이면 많은 피서객의 발길을 유혹하고 있다. 아니 사시사철 심신이 지친 사람들에게 휴식과 재충전의 장소로 각광을 받는다.

명산은 단순히 지역민들에게만 혜택을 베푸는데 그치지 않는다. 광양을 찾는 전국 각지의 많은 사람들이 백운산의 웅장함과 자태에 매력을 느껴 다시 찾고 싶다는 얘기를 자주 한다. 뿐만 아니다. 백운산에서 나오는 여러 풍성한 작물로 인해 지역민들의 실생활에도 큰 보탬이 되어 왔다. 정작 더 중요한 것은 앞으로 더 큰 미래적 가치를 확보할 수 있다는 점이다. 생물산업 분야를 포함해서 환경적 가치가 국가와 지역

성공한 사람과 성공하는 사람들

사회의 경쟁력을 좌우하는 관건이 될 수 있기 때문에 더욱 그러하다. 그런 백운산이 지금 수난을 당할 처지에 있다. 한전의 송전탑 추가 설치문제로 백운산 주변의 주민은 물론 지역사회도 속앓이를 하고 있다.

한전은 몇 년 전부터 산업 전력의 수요를 원활하게 공급하기 위해 합법적인 절차에 의거해 추진해 온 사업인 만큼 지역민들이 반발한다고 해서 사업을 더 이상 늦출 수 없다는 입장인 것 같다. 43기의 철탑을 추가로 설치해야 한다는 입장을 고수하고 있다. 전력의 원활한 공급이야말로 산업의 동맥임을 모르는 바는 아니다. 문명사회를 건설하기 위해서는 자연을 전혀 훼손하지 않을 수 없는 측면도 있을 것이다. 이런 점에서 지역민들이 한전의 송전탑 설치를 무조건 반대하는 입장인 아닌 점에 유의할 필요가 있다.

광양의 시민단체를 비롯해 지역민들이 주축이 된 '백운산 지키기 범시민 대책위'에서도 얼마 전 이런 문제를 놓고 의견을 나눈 결과 시민 합의안으로 결정한 지중화 방안을 적극 수용할 것을 촉구한 바 있다. 광양시와 시의회도 지역민의 이러한 입장을 적극 지지한 상태다. 하지만 한전은 지중화 방안을 수용할 경우 소요 경비도 몇 천억 원이 추가(광양의 시민단체 2,100억원 추정/한전호남본부 3,800억원 주장)되거니와 여러 어려움을 토로한다는 얘기만 들려올 뿐 현재로서는 뚜렷한 변화의 기미를 보이지 않는 상태다.

지역사회가 명분 없이 반대만 하는 것도 아니고 지중화 방안을 포함해서 여러 가지 경제적 효율성을 고려한 대안도 제시한 만큼 추진하는 쪽에서는 다소의 어려움이 있더라도 시민의 요구안에 대해 가능한 빨리 건설적인 입장을 내놓는 게 순리다. 경제적인 잣대와 효율성 그리고 법의 우위를 내세워 지역민의 바람을 지역이기주의 소산이나 님비현상쯤으로 호도해서는 안 된다. 지역사회의 커다란 저항에 직면하게 될 것이다. 강용재 '백운산 지키기 범시민 대책위' 집행위원장을 비롯한 몇 분들에게서 인터뷰 도중 그러한 결의(?)를 느꼈다.

앞으로 한전 경영진의 전향적 자세도 요구되지만 '대책위'도 송전탑을 지중화한 국내사례를 중심으로 백운산 송전탑의 지중화방안이 갖는 객관적 정당성, 미래지향적 가치, 그리고 경제적 효율성에 대한 대안을 제시하는데 심혈을 기울였으면 한다. 막연한 정서에 기댄 호소는 공허해질 수 있기 때문이다. 동시에 지역민의 자발적 참여와 공감의 폭을 더욱 확산시키려는 지속적인 노력도 요구된다.

일찍이 미국 서부에 살았던 한 인디언 추장은 "짐승들, 나무들, 그리고 인간은 같은 숨결을 나누고 산다"며 문명사회를 건설하기 위해 자만에 빠진 인간들에게 경고의 메시지를 보낸 바 있다. 조상 대대로 살던 터전을 빼앗겨 가면서도 미국인들에 대한 증오로 가득 차 있는 것이 아니라 문명사회 건설을 위해 오만해져 가는 그들을 훈계하는 작은 목소리가 유난히 큰 울림으로 가슴에 깊이 와 닿는 이유가 무엇일까.

호남의 영산靈山 백운산이 더 이상 훼손되고 상처받지 않도록 모두의 지혜와 용단이 요구되고 있다.

(2007. 7. 18)

　　　　　　　　　　　성공한 사람과 성공하는 사람들

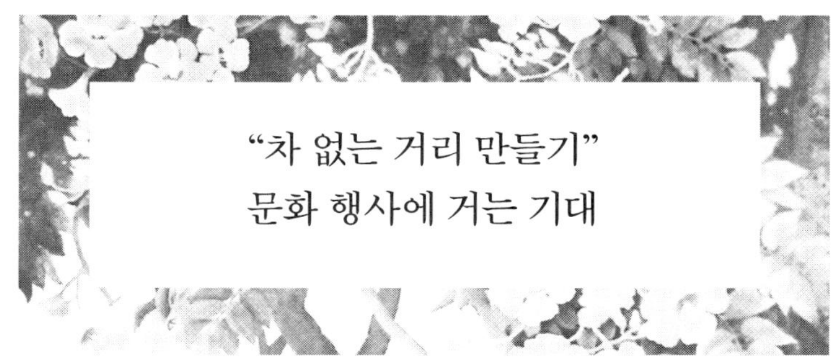

'경쟁력'이라는 말이 인구에 회자膾炙되는 경우가 많다. 국가나 집단은 물론이거니와 각 개인들도 경쟁력의 중요성에 대해서는 대체로 공감하는 경우가 많을 줄 안다. 마찬가지로 내가 살고 있는 지역이 경쟁력을 갖추기 위해서는 여러 가지가 구비되어야 하겠지만, 제반 문화시설의 완비나 문화 인프라 구축 역시 결코 소홀히 할 수 없는 중요한 요소를 지닌다. 문화는 다소 추상적이고 막연하게 생각하는 경향이 있지만, 문화적 요소야말로 지역민의 삶의 질을 좌우한다고 해도 과언이 아니다.

경제적 토대의 구축은 지역의 외형적 성장을 주도하는 견인차라면, 교육·문화적 요소는 지역민들의 삶의 질과 정서를 담는 내용물에 해당하는 측면이 많다. 이런 점에서 광양의 한 시의원의 제안으로 중마동 일원에서 지난주 토요일(9월 8일) "차 없는 거리 만들기" 문화행사를 처음으로 시도한 것은 여러 가지 의미를 지닌다.

타 지역에서도 이미 "차 없는 거리 만들기"를 시행하여 지역민들과 지역사회로부터 좋은 반응을 받고 있는 경우가 있다고 들었다. 광양지역에서도 제대로 정착만 된다면 지속가능한 공동체 만들기 운동 및 '느낌과 울림'이라는 문화의 옷을 입혀 문화활동을 꽃피울 뿐만 아니라 지역경제의 활성화에도 보탬이 될 수 있을 것으로 판단된다. 궁극적으로는 지역사회의 문화의식을 제고하고, 또 지역민들의 자발적 참여를 통한 공연문화의 시행이야말로 지역의 문화예술 분야를 한 단계 업그레이드 시킬 수 있는 좋은 방안이 될 수 있을 것이기 때문이다. 이런 점에서 '차 없는 거리 만들기' 문화행사에 대한 지역민들의 관심을 높이고 동시에 이것이 성공적으로 시행되기를 바라는 마음에서 다음과 같은 몇 가지 생각을 적시해 본다.

먼저, '차 없는 거리 만들기' 문화행사가 정착되기까지 여러 가지 우려스러운 점도 있지만, 의욕적으로 시작을 한 만큼 지역민들의 자발적인 참여와 관심이 요구된다. 다른 지역의 성공사례를 참고하고 이것을 광양지역의 문화와 정서에 맞게 적용했다고는 하지만, 당분간은 여러 유형의 시행착오를 겪을 수 있다고 본다.

애초부터 시행착오를 염두에 두는 것은 아니지만, 기대한 만큼 지역민들의 기대에 부응하지 못한 점도 발견될 수 있기 때문이다. 지역의 문화행사가 제대로 정착되기까지 우선 지역민들이 인내하고 또 감수할 부분은 감내하면서 관심을 기울이고 자발적인 참여가 수반될 때만이 그 풍성한 열매를 맺을 수 있을 것이다.

다음으로 추진하고 주관하는 쪽에서는 알찬 프로그램으로 지역민들의 기대에 부응할 수 있도록 만반의 준비를 해야 할 것이다. 행사가 끝나고 나면 부족한 부분을 보완해서 알찬 행사로 거듭 날 수 있도록 열정을 기울여야 함은 물론이거니와 수시로 행사와 관련해서 모니터

성공한 사람과 성공하는 사람들

링을 해서 시행착오를 최소화할 수 있어야 한다.

지역민들의 자발적 참여를 유도하기가 녹록치는 않은 점도 있는 만큼 다양한 볼거리를 제공하고 다채로운 행사를 기획하여 광양의 의미 있는 문화행사로 거듭 날 수 있도록 혼신의 노력을 기울여여 할 것이다. 다소의 어려움이 있다고 해서 포기하거나, 혹은 자기합리화의 늪에 빠지면 여타 문화행사의 시행과 정착에도 좋지 않은 선례를 남길 수 있기 때문이다.

누구보다도 '차 없는 거리 만들기' 주변 지역 상인들의 협조와 관심이 요구된다. 상가의 경우 처음에는 다소 번거롭고 영업에 지장을 초래하는 경우도 생길 수 있다. 나아가 상인들간의 견해 차이로 인해 불협화음도 생길 소지도 안고 있다. '차 없는 거리 만들기' 문화 행사가 정착될 때까지 지속적으로 협조하는 일관된 자세를 유지해 주었으면 하는 마음이다.

주관하는 측에서는 지역민의 자발적 참여를 통한 알찬 프로그램의 기획과 시행이 관건일 텐데, 이런 동력을 지속할 수 있는 효율적인 방안이 다각도로 강구되어야 할 것이다. 지역의 시민단체 및 봉사단체 그리고 각종 동호인 그룹의 참여와 관심도 요구된다.

광양의 '차 없는 거리 만들기' 문화행사가 지역민들의 끼를 마음껏 발산해서 지역문화를 새롭게 만들어 가는 명소가 될 뿐 아니라, 지역민들의 의견이 수렴되고 공유되는 '소통의 공간'으로 거듭 날 수 있기를 소망해 본다.

(2007. 9. 20)

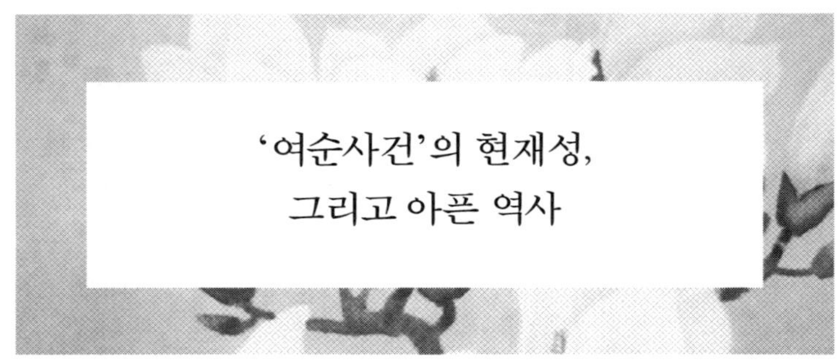

'여순사건'의 현재성, 그리고 아픈 역사

요즈음 가을 하늘은 유난히 맑고 청명하다. 황금물결로 출렁이던 들녘도 어느새 빈 들판으로 변해가고 있다. 수확의 계절임을 실감케 한다. 우리네 삶도 왠지 부산해진다. 한 해를 결산하고픈 마음에서인지 이맘때쯤부터 다음 달 중순까지 남녘에서는 크고 작은 문화예술 행사를 비롯해 다채로운 가을 축제가 여기저기서 열리고 있다.

아! 그런데 이맘때쯤이면 이곳 남녘에서는 굴곡진 현대사의 아픈 장면을 떠올리게 하는 사건이 있다. 바로 '여순사건'이다. 지난 10월 19일은 '여순사건'이 일어난 지 59주년이 되는 날이다.

'여순사건'은 정부 수립 직후인 1948년 10월 19일, 여수 신월리에 주둔하던 제14연대 소속 좌익 성향의 일부 장병들이 주동이 되어 민중봉기를 꾀했던 것이 도화선이 된 사건으로 알려져 있다. 이 사건을 진압하는 과정에서 군과 경찰이 투입되면서 전남 일원 특히, 여수와 순천, 광양, 보성, 고흥, 구례 등에서 많은 사상자를 내면서 민족적 비극

성공한 사람과 성공하는 사람들

으로 확대된 사건으로도 잘 알려져 있다. ‘여순사건’으로 희생된 사망자의 수가 여수지역사회연구소에서 발간한 관련 자료집에서 400여명 정도로 추정하고 있다. 실제로는 이보다 더 많은 사상자를 낸 것으로 추정하고 있는 만큼 현대사의 비극적 사건임에는 틀림없다.

최근 ‘여순사건’ 피해자 접수사항을 분석한 결과에서 한 조사관은, “여순사건은 전남 동부 6개 시군으로만 한정된 것이 아니라 전남·북 및 경남 함안까지 확대된 것으로 나타났다”고 밝힌 바 있다. 당시 사건에 억울하게 연루되어 희생된 원혼들은 물론이거니와 이 사건으로 인해 적지 않은 세월을 유형·무형의 고통을 당하면서도 어디에도 하소연을 못하며 한을 삭이며 살아온 유가족들의 응어리진 마음을 어찌 말로 형언할 수 있으랴.

유가족들은 한결같이 ‘여순사건’의 실체적 진실을 규명해서 억울하게 죽어간 넋들의 명예회복을 간절하게 염원하고 있다. 그나마 아무도 관심을 기울이지 않으며 ‘금기의 사건’으로 치부하려 할 때 여수지역사회연구소와 전남 동부지역사회연구소 등 민간연구단체 중심으로 사건 당시의 생존자의 증언을 녹취하고, 또 사건과 관련된 자료집을 매년 꾸준히 발굴해서 연구 성과를 낸 것은 고무적인 일이다. 최근에 이르러 학계는 물론 각계에서도 이 사건에 관심을 기울이고 재조명하려는 움직임이 활발하게 일고 있다. 그나마 다행이라는 생각이 든다.

이즈음에 이들 민간연구단체와 시민단체를 중심으로 해서 학술대회와 기념행사 그리고 추모행사를 통해 ‘여순사건’의 실체적 진실을 찾기 위한 노력을 기울인 점도 높이 사야 할 대목이다. 올해 역시 ‘여순사건’ 제59주기 기념행사(‘여순사건의 진실과 화해를 위하여’)를 다채롭게 진행하고 있다.

지난 14일부터 25일까지 전남 동부 6개 시군에서 전교조와 여수지역사회연구소 공동주최로 여순사건 공동수업을 일제히 실시했다. 자라나는 세대들에게 우리 현대사의 암울한 한 쪽을 제대로 알릴 수 있는 기회를 부여한 점은 적지 않은 의의를 갖는다고 본다. 뿐만 아니라 '여순사건의 현재적 상황과 운동방향'이라는 주제의 세미나도 열렸다. 세미나에서는 내년 60주년을 맞이해서는 추모행사 내용에 대한 새로운 사업과 대안이 모색되어야 한다는 점 등이 쟁점으로 부각되기도 했다.

이외에도 전남 동부지역 일원에서 역사강좌, 사진전시회, 인권영화제, 추모 풍물극 등 다양한 문화예술행사가 이어지고 있다.

59년이 지난 아직까지도 우리는 '여순사건'의 진실을 규명하지 못한 채 베일에 싸여 있는 부분이 적지 않다. 성격규정이 유보된 채 아직도 '사건'에 머물고 있음이 이를 단적으로 말해준다. 그야말로 야만과 광풍狂風의 한 시절이 한반도 남녘을 들쑤시고 지나간 것이다.

무엇보다도 우선해야 할 것이 '여순사건'의 실체적 진실을 구명하는 문제일 텐데 이것이 그리 녹록지 않은 현실이다. 이해 당사자가 아직도 생존해 있는 경우가 많고, 또 당시 생존자의 증언도 처해진 입장에 따라 조금씩 달라서 채록자採錄者가 여러 가지 정황을 고려해야 할 경우가 많기 때문이다.

이외에도 우리 사회의 일각에서는 아직도 냉전적인 이데올로기적 도그마로부터 탈피하지 못하는 경우가 많은 것도 하나의 장애요인으로 작용하고 있다. 아직도 많은 피해자 유족들이 피해접수조차 못하고 숨기고 있는 것은 여순사건이 '반란사건'이라는 70년대 의식에 머물고 있거나 금기시되고 있다는 반증이다.

역사의 도도한 흐름을 외면하고 부끄러운 역사를 후손들에게 물려주는 행위를 반복해서는 안 된다. 무엇보다도 국가폭력에 의해 억울하

성공한 사람과 성공하는 사람들

게 희생된 분들의 명예가 회복되어야 할 것이다. 동시에 자칫하면 이념논쟁의 재연으로 지역 간 또는 이웃 간에 불신이나 불화가 생기지 않도록 상생과 화해에 초점을 두는 세심한 배려도 요구된다. 단순히 한풀이의 역사로 노정되어서도 곤란하다.

이런 점에서 '여순사건'의 실체적 진실을 찾기 위해서는 지역민들의 지속적인 관심과 동참이 그 어느 때보다도 절실하게 요구된다고 하겠다. 이는 한반도에서 다시는 '여순사건'과 같은 민족적 비극이 재현되지 않기를 소망하는 실천의지와도 맞닿아 있다고 생각되기 때문이다.

가을이 무르익어 가는 이 때 잠시 짬을 내어 우리 지역의 고유한 문화와 전통을 접하는 소중한 시간을 가짐으로써 그 동안 일상사에 지친 심신의 피로를 풀면서 재충전의 기회를 삼았으면 싶다. 동시에 현대사의 아픈 역사의 현장을 둘러보면서 후손들에게 부끄러운 역사를 남겨주지 않으려는 마음가짐을 다지는 시간도 가져볼만 하다.

역사는 지나간 사건에 그치지 않고 과거와 현재를 이어주는 끈이자 미래의 지표이기 때문에 더욱 그러하다.

(2007. 10. 25)

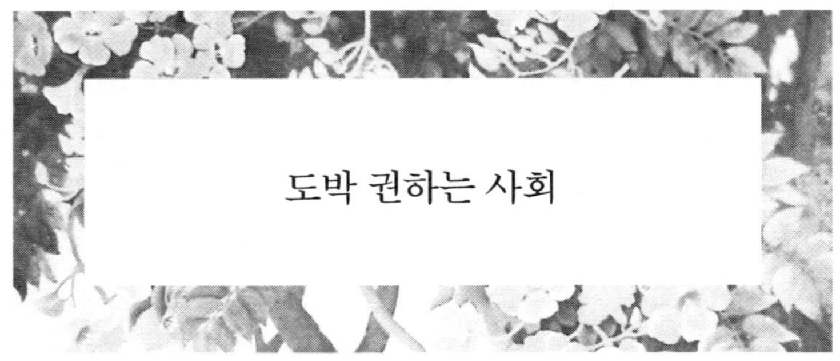

현진건의 소설 중에 '술 권하는 사회'라는 작품이 있다. 대부분은 학창시절에 한번쯤 접했을 작품이다. 이 작품이 담고 있는 의미에 대해서는 여러 관점에서 논할 수 있지만, 우선 일제의 억압 하에 있던 암울한 시기에 지식인으로서의 회한과 무력감을 비교적 잘 드러낸 소설이라는 점에 이의를 달기는 어렵다.

인간은 미래가 불투명하고 비전이 없을 때 도피처를 찾는 경향이 있다. 현진건의 소설 '술 권하는 사회'의 작중인물은 조국의 암담한 현실 앞에서 고통 받는 민중들을 위해 비전을 제시하기보다 술에 의지해서 도피하려 한 측면에서 비판받을 점도 있지만, 한편으로는 술이 유일한 낙이고 위안이 될 정도로 당시의 현실이 암울했음을 암시해 주고 있다는 점에서 시사적이다.

1930~40년대 소설 중에는 주로 서민들이 투전이나 화투 등 노름을 하다가 가산을 탕진하는 내용도 많이 나온다. 심지어 금광을 캐러 다닌다며 농사를 팽개치는 농부들의 얘기도 소재로 자주 등장하고 있다.

성공한 사람과 성공하는 사람들

소설 속에서도 결말은 대부분 패가망신으로 끝나고 만다.

소설 속의 작중인물들 역시 애초부터 노름이나 일삼고 일확천금을 노리는 허황된 사람들이 아니었다는 점에서 문제적이다. 누구보다도 성실한 소시민이었다. 소설 속의 내용이라고 해서 모두 꾸며진 얘기가 아니듯이, 실제로 당시 우리 사회 자화상의 한 측면이었다는 점에서 씁쓸한 생각도 든다.

그런데 1930~40년대 소설 속에서나 있을 법한 얘기들이 21세기에도 버젓이 횡행하고 있다. 미루어 짐작하겠지만, 이른바 '바다 이야기'로 온 국민들은 정신이 혼미해질 정도다. '바다 이야기'가 어느 횟집인 줄 알았다고 할 정도로 무관심한(?) 분도 있지만, 성인 오락실 운영이 단기간에 그렇게 엄청난 수익을 냈다면 많은 사람들이 이곳을 출입했다는 얘기다. 더욱이 이곳을 드나든 고객들이 주로 서민이었다는 점에서 충격적이다. 자본이 세상을 지배하는 듯한 신자유주의 물결 속에서 서민들이 위안을 삼고 의지할 곳이라곤 도박 밖에 없다고 생각했던 걸까?

근래에 들어 우리 사회는 일확천금이나 한탕주의에 현혹되기 쉬운 분위기가 너무 팽배해 있다. 서민들이 알뜰하게 살림하고 절약해서 부자가 되기는 요원하다고 생각할 정도로 양극화 현상이 심각하다. 뿐만 아니다. 일확천금으로 인생을 바꿀 수 있는 것처럼 유혹하는 복권 상점들이 도심 곳곳에 즐비해 있다.

사행심을 조장하는 문화의 확산은 우리의 정신을 멍들게 하고 미래를 암울하게 할 것이 자명하다. 열악한 여건 속에서도 열심히 살아가는 대다수 서민들의 입장에서는 절제하지 못하고 허황된 생각으로 도박에 빠져든 사람들도 이해할 수 없는 측면이 많지만, 우선 정부도 반성을 많이 해야 한다고 생각하고 있다. 일련의 사태에 대해 적당히 봉합할 생각 말고 그야말로 발본색원하는 자세로 철저히 규명해서 한 점의 의혹이 없도록 해야 할 것이다. 동시에 사행심을 조장하는 문화의 확산을 경계할 수 있는 제도의 보완을 서둘렀으면 하는 마음이다.

이런 점에서 시민단체를 비롯해 대다수 시민들이 반대하고 있는 순천의 화상경마장 설치는 어떠한 이유로도 허용되어서는 안 된다. 어설픈 경제 논리와 불가피한 사유를 들먹이며 유치를 강행하려 한다면 지역사회의 큰 저항에 직면하게 될 것이다.

며칠 전 우연히 본 기사의 한 토막이 지금도 어른거린다. 그는 불과 올해 초만 해도 이른바 명문대학에 다니는 평범한 대학생이었다. 호기심에 끌려 '바다 이야기'에 갔다가 5개월 동안 300여만을 날렸다. 학업을 전폐하고 도박 자금을 마련하기 위해 과외 아르바이트를 5개나 했다. 자꾸 돈을 잃으니까 오기가 생겨 더 하게 되었다. 본전을 찾을 욕심으로 '바둑' 카드 게임에도 빠져 사체까지 끌어다 결국 1억 원의 돈을 날리고 만다. 당연히 학업을 지속할 수 없어 자퇴서를 낸다. 부모는 정신과 치료를 받게 한 뒤 아들을 미국으로 유학을 보냈지만, 어학 코스를 밟던 중 비밀리에 다시 입국해 그는 지금 카드 방에서 아르바이트를 하며 지내고 있다.

'도박 권하는 사회'가 확산되지 않도록 정부 차원에서의 노력도 중요하지만, 지역의 시민들 스스로 이런 환경을 감시하는 자세와 더불어 몸과 마음이 더욱 건강해져야겠다는 생각이 중요한 이유도 여기에 있다.

(2006. 7. 11)

 성공한 사람과 성공하는 사람들

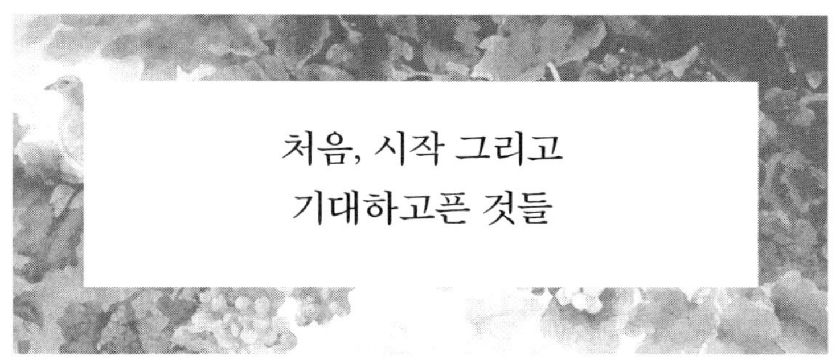

2007년 정해년丁亥年이 밝았다. 이맘때 사람들은 새해를 맞아 개인적으로 소망하는 일들을 순조롭게 이루어지기를 기원하면서 또 만나는 사람들에게도 덕담을 건네곤 한다.

새해 벽두劈頭인 만큼 시작에 컨셉을 둔 광고의 한 장면이 떠오른다. 경찰관이 국민의 생명과 재산을 보호하는데 최선을 다겠다고 거수경례로 다짐하는 장면, 간호사가 환자를 자신의 가족과 같이 돌보겠다고 너스 캡을 쓰고 촛불 앞에서 다짐하는 장면, 당선된 국회의원이 국민의 복리를 위해 봉사하겠다고 의정단상에서 선서하는 장면, 그리고 대통령이 국가의 최고 지도자로서 헌법을 수호하고 국민을 하늘처럼 섬기겠다고 엄숙하게 선서하는 장면 등등.

시작과 처음은 우리에게 경건한 마음가짐과 설렘을 동반하는 경우가 많다. 이 광고 역시 처음 시작할 때의 마음가짐과 각오의 신성성을 떠올리게 한다.

신년 초에는 각자 올 해의 각오와 다짐을 나름대로 하기 마련인데, 일년 동안 이것을 이어간다면 풍성한 열매로 화답할 게 분명하다. 새 해를 맞아 우리는 다짐도 하지만 동시에 기대하고픈 것들도 있다.

무엇보다도 대다수 국민들은 정치가 안정되고 경제여건이 좋아지기를 소망할 것이다. 특히 올해는 대통령 선거를 앞두고 있는 만큼 정치권이 먼저 요동칠 것 같다. 벌써부터 정쟁政爭의 조짐이 여기저기서 나타나고 있어 우려스럽다. 우리 지역사회 역시 중앙 정치권의 이러한 자장권磁場圈에서 자유로울 수만은 없을 것이다. 선거를 앞둔 정파적 이해관계를 떠나 정치권에서 정말 진심으로 지역민을 위하고 민생을 챙겨 지역민들이 소망하는 일들을 성취하는데 더 많은 노력을 기울여 주기를 바랄 뿐이다.

이런 점에서 우리 지역의 선량들이 지역구에서 발생한 임대아파트 부도사태로 인한 임대 보증금 반환문제와 관련한 '특별법'(부도공공임대주택임차인 보호를 위한 특별법)의 제정 및 연내 통과에 기울인 노력에 대해서는 아낌없는 찬사를 보냈으면 하는 마음이다. 정치인들이 선거를 앞두고 한 일이라고 폄하하지 말고, 정말 잘한 일은 아낌없는 지지와 성원을 보내는 게 온당하다. 지역의 정치인들이 정치역량을 잘 발휘할 수 있도록 지역민들이 아낌없는 성원을 보내줄 때 지역의 현안사업도 탄력이 붙는다. 청년실업이 사회문제화 된 지 오래다. 젊은이들이 청년실업의 고통으로부터 빨리 벗어나기 위해서는 나라의 경제는 말할 것도 없지만 지역경제도 살아나야 한다.

한편으로 우리 지역사회는 여러 가지 현안문제들이 해를 넘긴 만큼 새해에는 그러한 갈등적 요소들을 구성원 간에 원만하게 합의하고, 또 그 합의를 신뢰하고 실천해 가는 선례를 많이 만들었으면 하는 바람이다. 우리 지역사회는 지역민들의 주권적 권리를 주장하는 과정에서 여

성공한 사람과 성공하는 사람들

러 부문에서 갈등적 요소가 여전히 많다. 혹자는 이러한 갈등적 요소를 부정적으로만 보려는 경향이 있는데, 이는 선진사회로 가는 도정에서 불가피한 측면도 있다.

갈등이 생산적으로 이어지지 못하고 자칫하면 상호 불신과 반목을 키울 수 있다는 점에서 문제다. 그러나 한편으로는 구성원 간에 합리적으로 합의점을 도출하고, 또 그것을 신뢰하고 실천하는 풍토의 조성이야말로 한 사회를 한 단계 업그레이드 시킬 수 있는 요소를 다분히 가지고 있다고 봐야 옳다. 오히려 지역민의 민의를 제대로 수렴하지 않고 밀어붙이기식 행정이나 추진은 먼 훗날 더 큰 불행을 초래할 수 있다고 보기 때문이다.

새해에도 열심히 사는 대다수 선량한 사람들이 좌절하지 않고 희망을 품고 사는 건강한 사회를 구성하는데 모두가 합심했으면 하는 바람이다. 그래서 우리 지역이 물질적 풍요에 앞서 정신이 건강한 사회, 상식이 통하는 사회, 그리고 웃음이 넘치는 사회로 거듭 나기를 소망해 본다.

(2007. 1. 4)

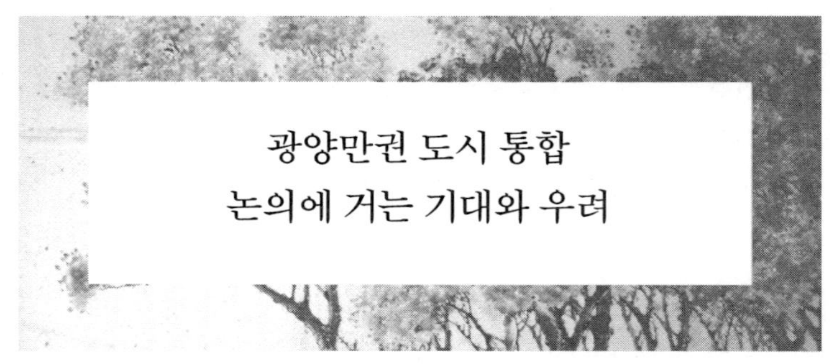

광양만권 도시 통합
논의에 거는 기대와 우려

최근 들어 광양만권 도시통합 논의가 다시 지역사회의 주요 이슈로 심심찮게 부각되고 있다. 한국인 23명 탈레반 피랍사태를 둘러싼 소식과 '대선' 관련 보도에 가려져 있지만, 지역사회에서는 광양만권 도시통합을 둘러싼 논의가 전남 동부권의 주요 이슈로 떠오르고 있기 때문이다.

얼마 전에도 광양의 한 포럼의 주관으로 시민공청회를 개최해서 광양만권 도시통합의 정책방향에 대한 발표를 갖고 지역민들의 의견을 듣는 시간도 가졌다. 특히 광양시는 대승적 차원에서 광양만권 통합이 바람직하지만 도시통합은 지역의 미래를 결정하는 중대한 사안으로 통합의 긍정적 측면과 부정적 측면에 대한 충분한 연구와 논의를 거친 사회적 합의를 통해 중·장기적인 안목을 가지고 추진할 것이라는 입장을 피력한 바 있다. 또한, 통합을 추진할 경우 여수·순천·광양·구례·하동·남해를 포함한 광양만권 도시 전체 통합이 통합의 시너

성공한 사람과 성공하는 사람들

지 효과를 창출하는데 크게 기여할 것으로 전망하고 있다.

내일(9월 5일)도 한 언론사의 주관으로 광양만권 도시통합과 관련하여 우선 광양·순천·여수의 각 지방자치단체장 및 관련 전문가가 자리를 함께 한 상태에서 토론회를 갖는다. 이처럼 광양만권 도시통합에 대한 논의는 정부의 행정구역 확대 개편 문제와 맞물려서 앞으로도 지역사회의 주요 쟁점으로 부각될 가능성이 크다.

조속한 통합을 주장하는 입장에서는 통합의 명분으로 여러 가지를 들고 있다. 무엇보다도 세계 여러 나라와도 경쟁하기 위해서는 도시규모를 좀 더 키우는 것이 경쟁력을 갖추게 될 것이라는 점을 들고 있다. 따라서 순천, 여수, 광양의 도시통합론과 구례, 고흥, 나아가 하동, 남해까지를 아우르는 인구 100여만 명 이상의 광역시를 염두에 두고 있다.

그런데 광역시로의 통합에 이르기까지 고려해야 할 사안들이 너무 많고, 또 이해관계가 엇갈려 있는 만큼 현실적으로 통합이 쉽지 않은 것이라는 전망도 적지 않은 형편이다. 도시통합 논의 자체를 희석화하거나 혹은 통합의지가 약하다고 비판하는 시각도 이런 맥락과 무관하지 않다. 따라서 우선 도시규모가 비슷하고 시너지 효과를 유발하기 좋은 순천, 여수, 광양의 우선 통합을 주장하는 쪽이 실현가능성이 크다고 주장하는 경우도 있다.

한편, 일부에서는 대세와 여론에 밀려 졸속적으로 통합이 추진될 경우 그 후유증이 우려되고, 또 지역민의 삶의 질 향상에 어떻게 기여하는지 막연하다는 점에서 이른바 '속도조절론'을 제기하기도 한다. 특히 도시의 광역화는 경제논리에 의해 힘들게 쌓아온 지역민의 참여와 주체 속에 조금씩 정착되어 가는 풀뿌리 지방정부의 역할이 축소될 수 있다는 점에서 우려스럽다고 보기 때문이다. '작지만 일차고 풍요로운 도시'의 건설이 지역민의 삶의 질 향상이나 주민 자치의 취지에 맞는 점도 적지 않기 때문일 것으로 판단된다. 이런 점에서 너무 서두르지 않고 차분하게 준비한 뒤 통합을 위한 절차를 밟아야 한다는 논리에도 귀 기울일 점이 분명 있다.

이처럼 광양만권 도시통합을 둘러싸고 실현 가능성 여부에서부터 시기와 방법 그리고 범위 등에 대해 지역별로 입장의 차이가 커 통합으로 이어지려면 앞으로 넘어야 할 산이 많다. 하지만 거시적으로 볼 때 광양만권 도시통합이 우리 지역사회를 한 단계 업그레이드 시킬 수 있는 한 방안이 될 수 있다면 부작용을 최소화할 수 있는 보완을 거쳐 가능한 빨리 매듭을 짓는 자세가 요구된다고 본다.

입장이 다른 경우는 입장의 차이를 좁히려는 노력과 열정으로 지역의 발전을 위한 길을 모색하는데 주저해서는 안 될 것이다. 많은 어려움과 난제를 수반할지라도 발전하기 위해서는 개인이든 단체든 변화를 두려워해서는 안 된다고 생각한다. 산고의 고통도 없이 어찌 새로운 생명의 탄생을 기약할 수 있겠는가!

(2007. 9. 4)

 성공한 사람과 성공하는 사람들

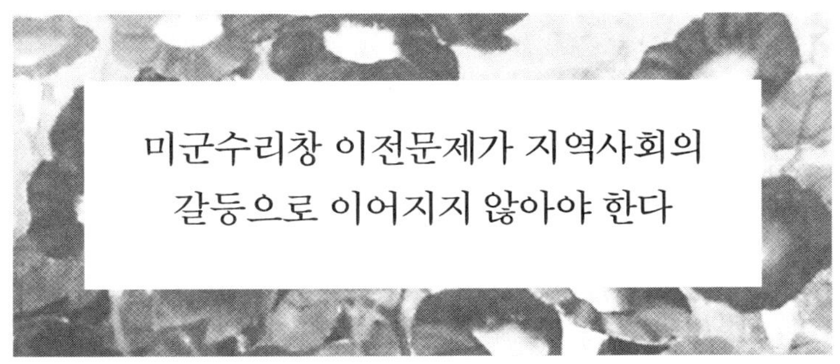

미군 수리창 이전문제가 새해 벽두(劈頭)부터 광양지역의 주요한 화두로 부각되고 있다. 이전문제가 아직 확정적이지 않은 상태라고는 하지만, 이를 둘러싼 논쟁이 쉽게 사그라지지 않을 것 같다.

찬성하는 쪽의 입장에서는 물동량확보는 물론 천여 명의 군속으로 인한 고용유발효과와 광양항에 대한 안전성의 홍보 효과 등을 들며 미군의 수리창이 광양항 발전에 큰 도움이 된다고 주장하고 있다.

반대하는 쪽에서는 물동량 증가에 대한 기여가 미미하고 오히려 군사시설로 인해 항만의 장기적 발전에 도움이 되지 않는다고 주장한다. 따라서 지역사회의 공공기관은 물론 시민사회 단체들도 반대하는 목소리를 높여야 할 때라고 주장하고 있는 실정이다. 심지어 미군 수리창 이전의 단초를 제공한 경제자유구역청의 해체를 거론하는 경우마저 있다.

미군 수리창 이전 문제를 놓고 자칫하면 지역사회가 찬반 논란에 휩

싸여 반목과 분열을 초래하지나 않을지 우려스럽다.

우리는 이 시점에서 부안의 핵폐기물 처리시설 유치 논란으로 지역사회가 분열과 갈등 그리고 반목으로 얼룩져 갔던 사례를 타산지석의 교훈으로 삼는 지혜를 발휘해야 할 줄 안다.

무엇보다도 우선, 찬반을 논하기 이전에 미군의 수리창 이전으로 인한 득과 실이 무엇인지 냉정하게 따져보고 연구해서 입장이 서로 다른 사람들끼리 마주앉아 진지하게 고민하고 토론할 수 있는 분위기가 조성되어야 한다. 그러기 위해서는 이와 관련된 모든 정보를 철저히 공개함으로써 지역민 스스로 결정하게 하고 그 결과에 대해서도 지역민이 수긍할 수 있도록 해야 할 것이다. 아직 결정된 것이 없다며 논점을 피하거나 혹은 불리한 사항은 얼버무리면서 추진하게 되면 지역민의 저항을 감당 할 수 없게 되고, 결국 지역사회에 큰 상처만을 남겨주게 될 것이 자명하다. 반대하는 쪽 역시 막연하게 미군에 대한 반감이나 혹은 반미적인 시각에 의존한다면 소탐대실小貪大失의 우를 범할 수 있음을 경계해야 할 줄 안다. 동시에 간과해서 안 될 것이 지역민이 공감하며 지역민 스스로 결정할 수 있는 공론화 과정과 절차적 민주성을 확보하는 문제다. 어찌 보면 지극히 원론적이고 본질적인 문제라고 할 수도 있지만, 오히려 본질에 충실할 때 불신풍조를 불식시키면서 지역의 난제를 지혜롭게 풀어갈 수 있는 첩경이 포함되어 있다는 생각이 들기 때문이다. 이런 점에서 다시 한번 본질적이고 원론적인 입장을 강조하고 싶다.

우선, 모든 책임 있는 기관과 단체들이 수리창 이전이 지역에 어떤 영향을 미칠 수 있는지 모든 정보를 수집하고 데이터화해서 지역민에게 투명하게 공개할 수 있어야 한다. 그러기 위해서는 실사단의 구성과 정보수집, 공개토론회 등의 절차를 합의하고, 나아가 정부와 주한

　　　　　　　　성공한 사람과 성공하는 사람들

미군에 대해서도 수리창이전이 현실화될 경우 그 절차에 있어 지역주민이 참여하고 결정할 수 있는 권한을 요구해야 할 것이다.

미군의 수리창 이전이 장기적으로 지역민의 삶의 질 향상에 보탬이 되지 못할 때 후손들에게 부끄러운 유산을 물려줄 수 있는 만큼, 신중에 신중을 기하고, 또 정말 사심 없이 지역의 발전을 간절히 염원하는 지역민의 자세야말로 이 문제를 풀어가는 실마리를 제공해 줄 것이기 때문이다.

미군 수리창 이전문제에 대한 접근이 지역민의 합의와 공론화 과정을 통해 결과를 도출해내고 그 결과에 지역의 구성원들이 승복함으로써 보다 성숙된 사회를 만들어 가는 한 계기가 되었으면 한다.

(2006. 2. 3)

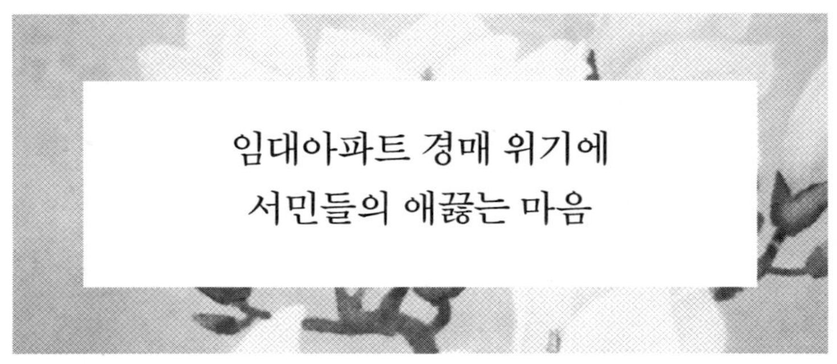

가뜩이나 이래저래 서민들의 마음을 움츠리게 하는 요즈음, 이곳 전남 동부권의 임대아파트 일부가 경매위기에 몰려 입주민들의 피해가 우려되고 있다. 순천의 금강메트로필, 광양의 창덕에버빌 아파트 등이 경매진행 예고가 통지된 상태로 자칫하면 입주자들의 임대보증을 떼이게 될 처지에 있는 것이다.

이번 일로 최악의 경우 보증금도 못 받고 자신들의 보금자리를 내주게 될 판이니 당사자들의 속 타는 마음이야 오죽하겠는가 하는 생각이 든다. 더욱이 우리 사회는 부익부 빈익빈 현상이 더욱 가속화되고 있는 추세로 정부에서도 양극화 해소 방안을 위해 여러 정책을 서두르고 있는 시점이다. 만약 서민들이 피땀 흘려 모은 돈을 떼이게 된다면 그 상실감이 얼마나 크겠는가. '마른 하늘에 웬 날벼락'이 떨어진 심정으로 하루하루를 속 타는 마음으로 보내게 될 것이다.

분노한 입주민들과 경찰 및 행정당국의 충돌로 자칫 불미스러운 일

성공한 사람과 성공하는 사람들

도 발생할 수 있다. 뿐만 아니라 지역의 민심을 흉흉하게 할 수도 있다는 점에서 행정당국이 앞장 서서 사태의 원만한 해결을 위해 많은 노력을 기울여야 할 줄 안다. 회사는 회사 나름으로 입주민들에게 피해가 가지 않도록 최선의 노력을 기울이고 있는지 모르겠지만 입주민들의 입장에서는 피부에 와 닿지 않고 시간만 흘러가는 것 같아 애타는 심정뿐이라고 들어 알고 있다.

이와 같은 문제의 해결이 대체로 난마처럼 얽혀 있어 생각처럼 쉽지 않은 측면이 있고, 필자 역시 이와 관련해서 속 시원한 대책을 내놓을 수 있는 전문적인 식견을 갖고 있지는 못하지만 원론적인 점이라도 몇 가지 피력하고 싶다.

무엇보다도 먼저, 회사는 서민들의 전 재산이나 다름없는 돈이 떼이지 않도록 할 수 있는 모든 조치를 강구해야 할 것이다. 입주민들은 임대아파트 회사 측에 대해 여전히 의혹의 눈길을 보내고 있는 만큼 원만한 사태의 해결을 위해 최선의 노력을 기울일 때만이 신뢰감을 회복할 수 있다. 채권자 측인 금융기관 역시 입주민의 호소에 귀 기울이고 인내하면서 사려 깊은 배려를 해야 할 것이다.

다음으로 각 지방자치단체 역시 절차를 밟아서 인허가를 내 준 만큼 지역민의 재산을 보호하는 데에도 더 많은 주의와 관심을 기울이면서 채권자 측과 협상력을 발휘해야 할 줄 안다.

이와 관련해서 광양시가 며칠 전 입주자 대표들과 만나 사태의 원만한 해결을 위해 5개항을 합의한 점은 높이 평가할 대목이다. 광양시의 이런 노력만으로 모든 사태가 원만하게 해결될 것으로 확신할 수는 없다지만, 대체로 궂은 일에는 소극적이거나 책임을 전가하는 경우가 적지 않은 세태에 지역민의 재산을 보호하기 위해 행정기관이 보다 책임 있는 자세로 임한 점은 타 지역에도 모범이 될 만한 조치라고 생각한다.

덧붙여, 우리 지역의 시민단체를 비롯해 사회단체에서도 이와 관련해서 각별한 관심을 기울였으면 하는 바람이다. 각 지방자치단체와 정치권에도 이러한 일이 재발하지 않도록 제반 법령의 보완을 요구하고 제도권에 대책을 서두르도록 여론을 형성해 나갔으면 하는 마음이 간절하다.

서민을 울리는 일부 임대 아파트의 석연치 않은 경매처분 위기를 더 이상 방치해서는 안 된다. 아울러 서민들이 더 이상 상처받지 않도록 지역사회의 관심이 그 어느 때보다 절실하게 요구되고 있는 시점이다.

(2007. 1. 21)

　　　　　　　　　　　　성공한 사람과 성공하는 사람들

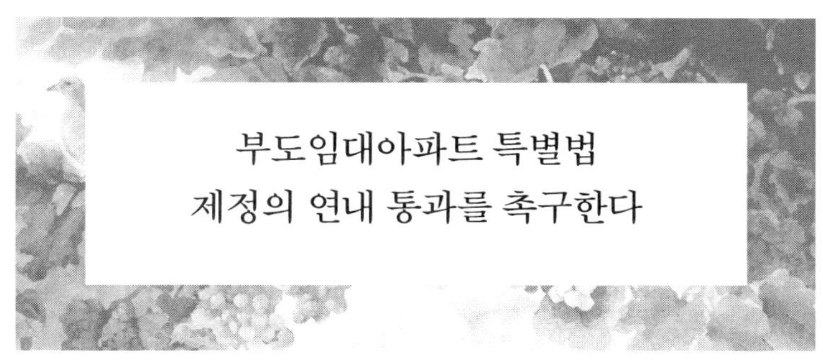

올 한 해도 보름 남짓 남았다. 지난 한 해 일어났던 일들을 돌이켜 볼 때, 지역민들의 마음을 기쁘게 한 일보다는 우울하게 하거나 힘겹게 한 사건들, 그리고 갈등의 현장들이 더 많이 떠올라 씁쓸해지는 마음이다.

광양지역의 경우만 하더라도, 창덕아파트 부도사태로 인한 임대보증금 반환문제를 비롯하여 어민회 문제, 기독교 100주년 기념사업을 둘러싼 종교계의 갈등, 그리고 광양만권의 환경문제 등이 지역의 현안으로 부각된 바 있다. 지역의 주요 현안들이 해결의 실마리를 찾지 못한 채 자칫하면 해를 넘길 수도 있을 것 같아 안타까운 마음뿐이다.

특히 창덕아파트 임대 보증금 반환문제는 우리 지역에만 국한되지 않고 전국적으로 이와 유사한 경우가 많다고 들었다. 이처럼 억울한 피해자들을 계속 양산하고 있다는 점에서 문제의 심각성이 크다. 우리 지역에서도 지역민을 비롯해 시민단체 그리고 선량들까지 발 벗고 나

서 사태의 원만한 해결을 위해 총력을 기울인 결과 현재는 특별법 제
정을 발의한 상태다.

이렇게 되기까지는 무엇보다도 입주민들이 온갖 고통을 감내하면
서 포기하지 않는 끈기와 집념도 크게 작용했지만, 입주민들의 고통을
덜어주려는 지역사회의 노력과 중재에 힘입은 바도 크다고 하겠다. 광
양시도 시 차원에서 행정적인 뒷받침을 기울여 온 것으로 알고 있다.
하지만 입주민들의 입장에서는 아쉬운 점도 있을 줄 안다.

앞으로도 '비대위'가 처리하기 힘든 여러 행정적인 사항에 대해서
는 시에서 행정력을 동원해서 확인하는 노력을 지속해야 할 것이다.
임대아파트 부도로 인한 임대보증금 반환문제가 특별법 제정이라는
큰 틀 속에서 해결되는 것이 이상적이고 바람직하겠지만 차선의 경우
도 대비해야 하기 때문이다. 지금은 다행스럽게도 이 특별법이 최근
건설교통위원회를 통과, 법제사법위원회와 전체회의 통과만을 남겨
두고 있어 연내통과에 희망을 걸어볼 수는 있을 것 같다. 다만, 혹시라
도 지금처럼 정치권에서 정개개편에만 몰두해 샅바싸움으로 시간을
허비해 연내 통과가 어려울 경우 법정 공방이 예측되는 만큼 차선책도
세워두는 것이 지혜로운 대응방안일 수 있다는 생각이 든다. 주민대표
로 이루어진 '비대위'와 시가 서로 합심해서 이 문제를 슬기롭게 풀어
가야 하는 이유도 여기에 있다.

임대아파트 부도사태로 임대보증금을 제때 돌려받지 못한 입주민
들이 당하는 정신적 고통과 상처는 이루 형언할 수 없다 하겠다. 겨울
이 다가오면서 입주민들은 심리적으로 더 위축되고 걱정이 늘어갈 것
을 생각하면 정부는 물론이거니와 국회에서도 특별법 제정의 연내 통
과를 위해 총력을 기울여야 할 것이다.

요즈음 그렇지 않아도 지방에 사는 서민들은 집 얘기가 나오면 상대

　　　　　　　　　성공한 사람과 성공하는 사람들

적 박탈감을 느끼고 있는데, 서민들의 전 재산이라 할 수 있는 임대보
증금마저 제때에 순조롭게 반환되지 않는다면 입주민들이 당하는 억
울함과 마음의 상처를 무엇으로 달랠 수 있단 말인가.

얼마 전 보도에 의하면, 강남의 아파트 한 채를 장만하기 위해서는
평범한 샐러리맨이 저축만 해서는 증손자대에 가서야 가능하다는 얘
기를 들었다. 기막힌 현실이다. 요즈음 참여정부의 지지율이 바닥세를
보이고 있다지만, 서민들이 주거문제로 고통당하지 않도록 제반 대책
을 확실하게 세워놓는다면 대다수 국민들로부터 많은 지지와 칭송(?)
을 들을 것이 분명해 보인다.

제발 서민들이 주거문제로 더 이상 고통당하지 않도록 정치권에서
모범을 보여주었으면 하는 마음 간절하다.

(2006. 12. 12)

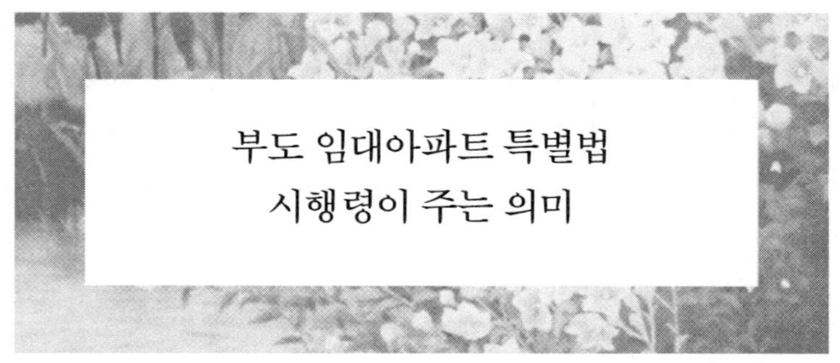

부 도임대아파트 특별법의 시행으로 창덕과 계원, 그리고 순천의
금강메트로필 임차인들이 겪어온 주거불안 문제가 상당히 해
소될 것 같다. 다만 창덕아파트 70세대는 공사비의 대물변제 형식으로
아파트에 입주한 경우로서 여기에 대한 구제방안에 대한 관련 규정이
명확하지 않아 여러모로 안타깝다.

이와 관련해서도 당연히 더 이상 억울한 임차인이 발생하지 않도록
각별한 관심과 애정을 기울여야 할 줄 안다. 이번 특별법의 시행으로
지금까지는 부도가 실제로 발생한 임대 주택의 임차인에게만 기금 등
이 지원됐으나 앞으로는 6개월 이상 기금이자 연체 임대주택 세입자
들도 부도임대 주택과 같은 법적보호와 각종 지원을 받을 수 있게 되
었다니 정말 다행이다.

CBS전남 방송을 비롯해 본 칼럼에서도 그 동안 부도임대아파트 임
차인의 보호에 많은 관심을 기울여 온 입장에서 이번 특별법의 시행은

　　　　　　　　　성공한 사람과 성공하는 사람들

적지 않은 의미를 지닌다. 특히 일련의 사태를 겪으면서 임차인들이 그 동안 겪은 정신적 고통에 대해서도 심심한 위로와 격려를 보내고 싶다. 결과적으로 지역민들이 단합하고 슬기롭게 대처해 원만하게 처리된 경우라고는 하지만 지역민과 지역사회에 주는 교훈도 적지 않다고 하겠다.

무엇보다도 임차인들이 단결해서 지역사회의 관심을 촉구하고, 또 지역의 선량들이 발 벗고 나서 법안이 통과에 최선의 노력을 기울인 점은 타 지역의 모범이 될 만 했다. 이런 점에서 우리 지역의 선량選良들이 기울인 노고에 대해서도 지역사회에서는 각별한 관심과 애정을 기울여야 한다고 본다.

아무리 좋은 정책도 법안이 통과되었을 때 실효성을 지닌다는 점을 감안해 볼 때 정치인에 대한 막연한 불신은 지역사회의 발전에 결코 보탬이 되지 못할 것이다. 이런 점에서 앞으로 지역민과 정치인들이 손을 맞잡고 살기 좋은 지역이 될 수 있도록 협조체계를 더욱 공고히 하는 계기가 되었으면 하는 마음이다.

다음으로 각 지방자치단체에서는 부실 임대사업자들이 돈벌이에 급급해 지역사회를 멍들게 하지 못하도록 심사를 더욱 철저히 하고 제반 행정력을 총동원해서 서민의 피해가 발생하지 않도록 예방조치에도 만전을 기해야 할 것이다. 지방자치단체의 입장에서는 다소나마 지역경제를 활성화시키고, 또 인구 유입의 효과를 증대시키기 위해 지역의 주택 공급수와 주거지역을 확대해 가야 하는 경우도 있을 줄 안다. 하지만 자칫 부실한 사업주로 인해 지역민들이 겪는 고통과 피해를 발생하지 않도록 만전을 기해야 하는 경우보다 더 우선할 수는 없다고 본다.

다음으로는 이번의 결과를 혹시라도 '투쟁의 산물' 위주로 보지 말

왔으면 하는 마음이다. 당연히 임차인들이 만사를 제쳐놓고 억울함을 호소하고, 또 특별법 통과와 시행을 위해 많은 노력의 결과라는 점을 부인할 수 없다. 하지만 이번 특별법안의 통과 및 시행령도 결국 큰 틀에서 보지면 서민들이 불합리한 구조로 인해 많은 손해를 보는 현실에 대해 정부와 정치권에서 귀 기울이며 공감했기 때문에 가능했다고 보기 때문이다.

이런 맥락에서 우리 지역에서 벌이는 여러 가지 현안문제도 지역민들이 지혜를 발휘하면서 공감의 폭을 넓혀가는 계기가 되었으면 한다. 동시에 시민들의 자치의식과 주권이 강화되면서 우선 '반대부터 하고 보자'는 풍조가 만연되어 지역 발전의 걸림돌로 작용하지나 않았는지 되돌아 보았으면 하는 마음이다.

향후 지역의 발전을 앞당길 수 있는 여러 현안사업들도 지역사회의 공감과 합의를 통해 가능한 빨리 순조롭게 진행되었으면 하는 마음 간절하다.

(2007. 5. 15)

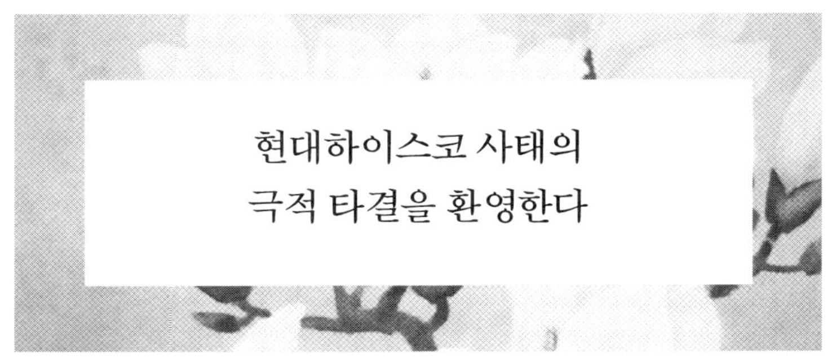

현대하이스코 사태가 극적으로 타결됐다는 소식이다. 60여명의 해고 근로자가 20여m의 크레인 고공시위를 한지 열 하루째 만이다. 이번 현대하이스코 사태가 타결의 실마리를 찾지 못하고 표류하다 우려스러운 일이 발생하지나 않을까 노심초사했는데 슬기롭게 그 어려움을 극복한 점에 대해 노사 양측에 마음 속 깊이 위로와 격려를 보내고 싶다. 지역민들도 열렬히 환영하는 마음일 것이다.

솔직히 지난 일을 돌이키고 싶지는 않지만, 현대하이스코 측은 불과 며칠 전까지만 해도 원청회사로서 근로자의 해직이 자신들과는 무관한 일이라며 원론적인 입장만을 고수하면서 협상에 소극적이었다. 해고 근로자 역시 협력업체의 위장폐업이라면서 반발하고, 또 보다 궁극적으로는 현대하이스코 측의 실질적 책임을 물으면서 극단으로 치달았을 것 같았기 때문이다. 결국, 경찰의 강제 진압으로 이어지게 되고, 이 과정에서 충돌이 생기거나 혹은 인명사상으로 이어져 노동자 가족은 물론이거니와 지역민들에게도 깊은 상처로 남을 수도 있는 난감한 상황이었기에 우려감이 컷던 것도 사실이다. 이번 현대하이스코 사태를 통해서 우리는 다음과 같은 몇 가지 교훈을 얻을 수 있었다고 본다.

무엇보다도 먼저, 현대하이스코 측이 처음에는 원청회사로서 원론적인 입장만을 고수하며 강경하게 대처하다 유연하게 문제를 풀어간 점에 찬사를 보내고 싶다. 현대하이스코 측은 이번 사태가 현대의 다른 계열사에 미칠 파장을 고려해야 하는 상황이었지만 지역사회의 여론을 의식하고, 또 장기적으로는 기업의 이미지까지도 고민한 흔적을 발견할 수 있다는 점에서 슬기롭게 해결의 실마리를 풀어갔다고 생각한다.

둘째로, 근로자들 역시 아무리 절박한 상황이라 할지라도 극단적인 시위를 통해서 어떤 문제를 해결하려는 자세를 자제할 때 실마리가 풀릴 수 있다. 일부에서는 이렇게 주장할 수도 있다. 20여m의 크레인에서 열흘 이상 목숨 걸고 농성을 했기 때문에 그나마 타결될 수 있었지 그렇지 않았다면 관심도 끌지 못하고 지지부진 자신들만 희생되고 말았을 것이라고! 그렇지 않다.

비정규직 문제를 슬기롭게 푸는 새로운 모델을 만드는데 근로자들 중에서 만약 이런 생각들이 만연되어 있다면 앞으로 문제를 더욱 꼬이게 할 것이다. 노조를 협력의 동반자로 생각하는 회사들도 있지만, 노조를 결성한다면 의혹의 눈길로 보는 회사들의 입장도 근로자가 안고 가야 할 부채이기도 하다. 말처럼 쉬운 일은 아니지만, 상생의 노사문화의 정착은 노사 양측 서로가 시대의 흐름에 맞춰 변하려고 노력하는 가운데에서 출발해야 한다.

셋째로, 우리 지역사회에서 현대하이스코 사태에 대해 보여준 지역민의 관심과 성원이 극적 타결에 기여했다는 점 역시 소홀히 할 수 없

    성공한 사람과 성공하는 사람들

는 대목이다. 순천시장을 비롯한 의회는 초기 단계부터 사태의 원만한 해결을 위해 동분서주했고, 또 각 시민단체에서도 발 벗고 나서 중재와 원만한 협상을 끌어내기 위해 많은 관심과 성원을 보내준 점은 타지역에 귀감이 될 만 했다고 본다. 물론 이런 관심을 끄는데 누구보다도 근로자들이 기울인 각고의 노력과 희생이 컸다.

마지막으로, 이제 남은 것은 극적으로 타결된 만큼 협약서대로 성실하게 이행하는 것이다. 시위와 농성 과정에서 다소간의 불신과 앙금이 있을지라도 어렵게 타결된 만큼 상생의 노사문화를 이끄는 모범적인 모델을 창출하는데 더 많은 인내와 노력이 요구된다고 본다.

지역의 상공회의소, 순천시, 협력업체 등에서 머리를 맞대면서 슬기롭게 앞으로의 문제를 풀어갈 것을 지역사회는 기대하고 있다. 최근 사회문제로 부각되고 있는 비정규직 문제를 푸는 새로운 모델을 지역사회에서 만들어 내는 것도 의미 있는 일로 기억될 것이다.

(2005. 11. 4)

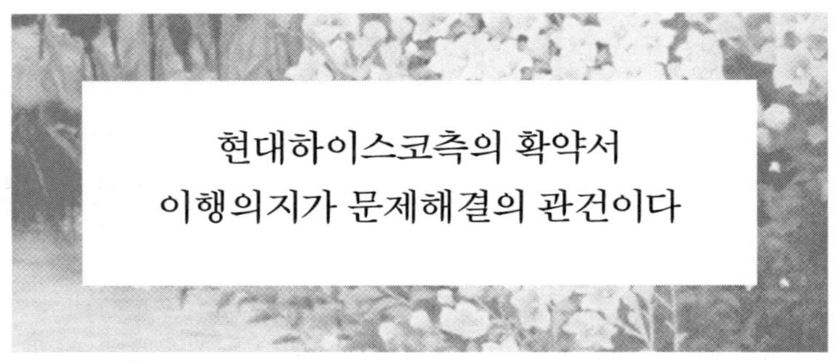

현대하이스코 사태가 극적으로 타결된 지 넉 달이 지난 지금까지도 해고 근로자들이 시내거리에서 가끔 전단을 뿌리거나 집회를 하면서 지역민의 관심을 호소하는 모습을 보면서 마음이 착잡하다. 확약서 이행을 둘러싸고 원청회사인 현대하이스코 측과 해고 근로자 간의 힘겨운 실랑이(?)를 계속 하고 있어 지역 사회에 여러 가지 우려를 낳게 하고 있기 때문이다.

작년 10월말 60여명의 해고 근로자가 20여m의 크레인 고공시위를 한지 열 하루째 만에 극적으로 타결된 현대하이스코 사태에 대하여 지역민과 지역사회는 열렬히 환영했을 뿐 아니라 노사 양측에 깊은 위로와 격려를 보내준 일을 우리는 지금도 생생하게 기억하고 있다.

본 칼럼에서도 현대 하이스코 사태의 극적 타결에 대하여 당시 다음과 같은 뜻을 전달한 바 있다.

이제 남은 것은 극적으로 타결된 만큼 확약서대로 성실하게 이행하는 것입니다. 시위와 농성 과정에서 다소간의 불신과 앙금이 있을지라도 어렵게 타결된 만큼 상생의 노사문화를 이끄는 모범적인 모델을 창출하는데 더 많은 인내와 노력이 요구된다고 봅니다. 지역의 상공회의소, 순천시, 협력업체 등에서 머리를 맞대면서 슬기롭게 앞으로의 문제를 풀어갈 것을 지역사회는 기대하고 있습니다. 최근 사회문제로 부각되고 있는 비정규직 문제를 푸는 새로운 모델을 우리 지역에서 만들어 내는 것도 의미 있는 일로 기억될 것입니다. (2005. 11. 4)

작년 11월 초순경 현대하이스코 사태의 극적타결을 환영하면서 당부한 대목을 다시 한번 되새겨 보았다. 상생의 노사문화 정착이 그렇게 힘든 것일까? 해고 근로자들의 요구한 것들이 현실적으로 무리가 따르는 점들이 많은 건가? 혹시라도 회사(협력업체 포함)는 근로자들이 지쳐서 노동조합의 결성을 포기하고 무기력해지기를 바라는 건 아닌지 의구심마저 든다. 이런 가정들이 사실이 아니거나 틀렸으면 하는 생각 간절하다.

한 가정의 가장으로서 8개월에 걸친 해고자 생활은 심적인 부담은 물론이거니와 경제적으로도 많은 어려움에 직면해 있음을 미루어 짐작해 볼 수 있다. 확약서를 성실하게 이행하고 있는 중에 근로자들이 협상과정에서 유리한 고지를 차지하기 위해 여론에 호소하는 것은 아닐 것으로 판단된다. 또한 근로자들이 전국적인 노동단체와 연대해서 투쟁만을 일삼으며 무리한 요구를 하면서 협상의지를 보이지 않고 있는 것도 아닐 것이다.

현대하이스코는 원청회사로서 나름대로의 입장과 원칙이 있고, 난마(亂麻)처럼 얽혀 있는 점도 있어 자체적으로 시원하게 문제를 해결할 수 없는 어려움도 있을 줄 안다. 하지만 지금 시점에서는 현대하이스코 측의 확약서 이행 의지가 문제해결의 관건이 되고 있는 점만은 분명해 보인다.

현대하이스코 사태가 극적으로 타결되었던 만큼 협상의 주체들이 확약서의 성실한 이행을 위해 다시 한번 협상력을 발휘해야 할 것이다. 상생의 노사문화 정착은 노사 양측 서로가 시대의 흐름에 맞춰 변하려고 노력하는 가운데에서 출발한다는 점도 다시 한번 되새겼으면 한다. 더 중요한 건 진실성과 서로에 대한 신뢰감에 토대를 두어야 한다는 점이다.

지역민과 지역사회에서도 다시 한번 관심을 기울이면서 현대하이스코 사태의 장기화로 인해 지역사회에 더 이상 어두운 그림자를 드리워지는 일이 없도록 지켜보아야 할 책무가 주어져 있다.

(2006. 4. 14)

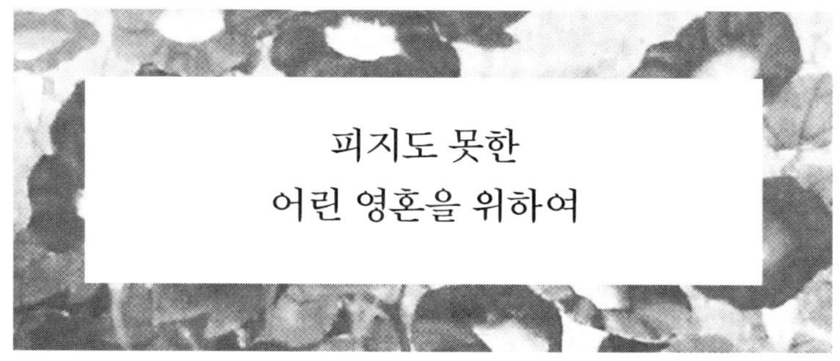

피지도 못한
어린 영혼을 위하여

5월은 유독 가족의 소중함을 되새겨야 하는 날들이 많다. 어린이날을 비롯해 어버이날, 부부의 날 등이 연이어져 있다. 그래서 5월은 가정의 소중함을 새겨보는 달이기도 하다. 핵가족화 되면서 과거처럼 가족들이 옹기종기 모여 사는 세대를 만나기가 쉽지 않다. 하지만 가족은 사회의 최소단위 공동체로서 한 세상을 살아가는 동안 애틋한 사랑으로 맺어진 뗄래야 뗄 수 없는 숙명적 관계다.

그런데 우리 지역 순천에서 뜻하지도 않은 참사가 며칠 전에 발생했다. 보도를 통해서 이미 아시는 바와 같이 체험학습을 마치고 귀가하는 도중 중학생을 태운 버스가 굴러 5명이 사망하고 그 밖에 다수의 학생들이 중경상을 입고 인근 병원에 입원해 있다. 특히 가족을 잃은 유가족들의 슬픈 마음을 무엇으로 달랠 수 있으며, 또 아직 피지도 못한 꽃다운 나이에 목숨을 잃은 어린 영혼은 어찌한단 말입니까. 흔히 불행은 예고하지 않고 일어난다고들 말한다. 한 순간의 부주의로 엄청난 재앙으로 이어진다는 사실을 우리는 누누이 교육받아 왔다. 하지만 이런 어처구니없는 참사 앞에서는 망연자실해질 뿐이다.

이번의 참사를 보면서 우선 우리 어른들이 많이 부끄러워해야 할 것 같다. 아직 사고의 정확한 원인을 규명하지 못한 상태라 섣부르게 예단할 수는 없다고는 하지만, 어른들의 안전 불감증과도 무관할 수 없다는 생각이 자꾸 든다. 마음 한 켠에 '설마'하는 생각에서 소홀히 한 점은 없었는지 되새겨 보는 이유도 여기에 있다. 안전벨트를 매지 않은 학생이 다수 있었다는 학생들의 진술은 이런 면에서 곱씹어 볼 필요를 느낀다.

무엇보다도 사고의 충격으로 넋이 빠져 있는 유가족들이 슬픔을 딛고 일어설 수 있도록 지역사회 차원의 관심과 위로도 필요하다. 어린 아들을 가슴에 묻어야 하는 참척慘慽의 아픔을 당한 유가족의 입장에서는 사소한 것에도 서운한 마음이 들 수 있다. 혹시라도 유가족들의 가슴에 더 이상 상처가 생기지 않도록 여러 차원의 위로와 배려를 아끼지 말아야 할 것이다. 하지만 우리에게 들려오는 소식은 우울하기만 하다.

보도에 의하면, 어제 사고수습대책위와 유가족들이 처음으로 만나서 사고대책회의를 가졌지만 장례절차에서부터 난항을 겪고 있다는 소식이다. 유가족들은 사고원인에 대한 명확한 규명과 보상협의가 마무리 된 후 순천교육청장으로 장례가 치러지기기를 원하고 있다.

교육당국은 학사일정은 적법하게 이루어졌고 업체의 선정도 특정 업체와 무관하게 공개 입찰에 의한 공정하고 투명한 과정을 거쳐 선정했다고 강변하고, 또 교육차원에서 실시된 체험학습이라고는 하지만 어린 학생들의 참사로 이어진 만큼 유가족들의 의견이 최대한 반영될 수 있도록 최선의 노력을 기울여야한다고 본다.

　　　　　　　성공한 사람과 성공하는 사람들

다음으로 이런 일을 당한 후 사후약방문격으로 늘 하는 경우라고는 하지만, 우선 관계기관에서는 당연히 재발 방지를 위한 여러 검증시스템을 강구해야 한다. 사람들 중에는 마음 한 켠에 숙명적으로 혹은 운에 맡기려는 경우도 없지 않으나 빈틈없는 대비와 준비만큼 효과적인 것은 없다고 하겠다. 이런 점에서 현장답사를 철저히 하는 것도 빼놓을 수 없는 요소라고 생각한다.

모쪼록 사고수습대책위가 구성된 만큼 사고의 진상 규명이 가능한 신속하고도 철저하게 이뤄져서 유가족의 아픈 마음을 달래 주었으면 하는 마음이다. 동시에 장례절차도 원만하게 합의를 이끌어내 어린 영혼들이 천국에서나마 못다 핀 꿈을 마음껏 펼쳤으면 하는 마음이다. 삼가 고인들의 명복을 빈다. 부상당해 입원한 학생들의 빠른 쾌유도 기원하고 싶다.

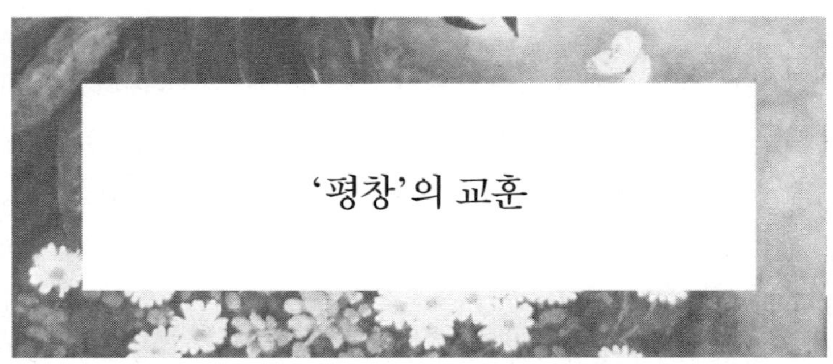

'평창'의 교훈

평창이 2014년 동계올림픽 유치에 또 실패했다. 두루 알고 있듯이 지난 5일 과테말라서 열린 제119차 국제올림픽위원회(IOC)총회에서 평창은 2차 투표까지 가는 접전 끝에 러시아 소치에 밀려 또 다시 동계올림픽 유치에 실패하고 말았다.

평창은 4년 전에도 1차 투표에서는 당당히 1위에 올랐으나 2차 투표에서 밴쿠버에 3표차로 역전을 당하는 뼈아픈 경험을 한 바 있다. 유치 실패의 요인이야 여러 가지가 있겠지만 '국력의 차이'를 실감할 수밖에 없었다는 것이 중론인 것 같다. 굳이 2012년 여수세계박람회 유치와 평창을 연결시키고 싶지는 않다. 다만 올림픽, 월드컵과 더불어 박람회는 세계 3대 축제로 불리는 만큼 대규모 경제, 문화 올림픽으로서 수백만 명의 관광객과 수조원의 생산유발효과가 예상된다는 점에서 유치 경쟁이 한층 치열할 것이라는 점이다.

현재는 한국의 여수와 모로코의 탕헤르, 그리고 폴란드의 브로츠와프와의 3파전으로 압축되고 있다. 결코 만만한 상대가 하나도 없는 셈

성공한 사람과 성공하는 사람들

이다. 특히 모로코는 경제적 낙후와 개최능력 부족의 악조건을 커버하기 위해 국왕이 발 벗고 나섰다고 전해진다. 뿐만 아니라 최고의 국제휴양도시를 앞세우고 또 '아프리카 이슬람권 최초 개최'라는 슬로건을 내걸으며 유치에 총력에 기울이고 있다는 소식도 외신을 타고 흘러나온다. 현재로서는 여수의 강력한 경쟁 상대국으로 알려져 있다.

한국의 여수는 국제대회 개최 경험을 토대로 치밀하게 준비한 결과 지난 4월 BIE실사단으로부터는 "준비상황이 탁월하다"는 평가를 받았지만 한시도 긴장을 늦출 수 없는 상태다. 특히 여수의 인지도가 낮다는 점은 우리로서는 소홀히 할 수 없는 대목이다.

이런 점에서 얼마 전 여수시장이 2012년 여수세계박람회 유치를 성공적으로 이끌기 위해서는 '여수'로 한정할 것이 아니라 여수권역 및 남해안권역의 협력의 필요성을 강조한 것은 시사해 주는 바가 크다고 하겠다. 그만큼 2012년 여수세계박람회의 성공적 유치를 위해서는 여수, 순천, 광양 그리고 남해안권역의 긴밀한 협조와 공동보조가 필요하고 절박한 셈이다.

일전에도 본 칼럼에서 강조한 바와 같이 여수권역과 인접한 시도는 경우에 따라서는 서로 경쟁하는 관계에 있지만 지역발전의 명운이 걸려있는 국가적인 대사를 앞둔 만큼 상호간에 서로 긴밀한 협조와 보완관계의 구축에 소홀함이 없었으면 하는 마음이다. 실질적인 행정협의체를 가동해 가면서 협조체제를 굳건히 유지했으면 한다. 이러한 점은 차후 광양만권 및 남해안권역의 발전에도 기여하는 바가 클 것으로 기대되기 때문이다.

올해 11월 27일에 여수세계박람회 유치 여부가 결정 난다. 시간이 얼마 남지 않았다. 정부도 정부대로 SOC확충은 물론이거니와 외교전에도 총력을 기울여야 할 것이다. 이곳 광양만권 및 남해안권역의 인접 도시와 지역민 역시 이 고장의 발전과 명예를 위해 관민이 모두가 합심해서 2012년 여수세계박람회 유치를 한마음으로 성원하고 애정을 기울였으면 하는 마음 간절하다. 실패는 한 번으로 족하다.

(2007. 7. 10)

성공한 사람과 성공하는 사람들

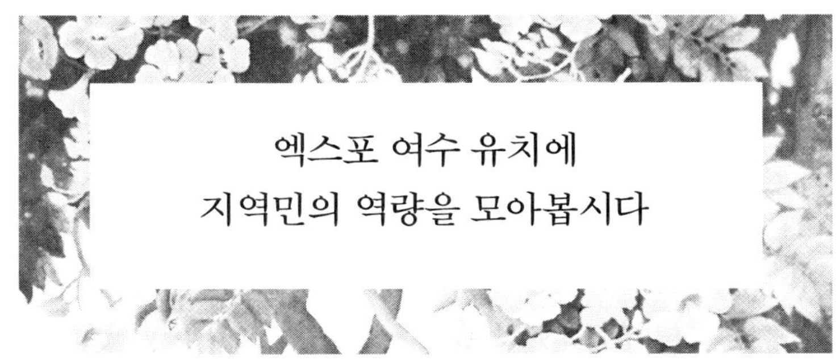

엑스포 여수 유치 상태를 점검하기 위해 카르멘 실베인 단장을 비롯해 7명으로 구성된 BIE 실사단의 여수 현지 방문 및 실사를 60여일 앞두고 있다. 두루 잘 알고 있듯이, 우리의 경쟁국인 모로코(탕헤르), 폴란드(브로츠와프)등의 실사를 거쳐 오는 12월 제142차 BIE 총회에서 98개국 회원국의 비밀투표를 통해 2012년 엑스포 최종 후보지를 결정할 것이다.

박람회를 여수에 유치해서 성공할 경우, 경제적으로는 10조 7천억원의 생산유발효과와 부가가치의 창출효과 5조 3천억원, 그리고 15만 7천여 명의 고용유발효과가 발생할 것으로 분석돼 남해안 일대의 획기적인 변화가 기대되고 있다. 아울러 SOC 확충, 관광 인프라 구축은 물론이거니와 국토의 균형발전을 위해서도 엑스포 여수 유치가 절실하다. 여수 시민을 비롯해 전남도민 및 인근의 지역민들도 그러한 염원을 갖고 여수 유치를 간절하게 열망하고 있을 것이다.

　여수시를 비롯해 관계기관에서는 지역민들의 '자신감'과 관심이 관건이 될 것이며, 또 인근 지자체와의 공동체 인식을 강조하면서 유치 전망을 낙관하고 있는 듯하다. 당연히 유치를 확신하고 또 여러 가지 방안을 신중하게 강구하고 있을 것이다. 방심만 하지 않는다면 확신하면서 총력을 기울이는 자세만큼 효과적인 경우도 없다고 하겠다. 지금은 지나친 낙관도 금물이다.

　돌이켜 회상하고 싶지는 않지만, 우리는 4년 전 2010년 등록 박람회 유치에 실패한 뼈아픈 경험을 소중한 교훈으로 삼아야 할 것이다. 외교력과 개최도시 인지도 열세, 도시 인프라 부족, BIE 및 박람회 전문가 대응 미흡, 추진 주체간 협력체제 부족 등으로 말미암아 목표한 바를 달성할 수 없었다. 4년이 지난 지금 시점에서 과연 그러한 부분들이 얼마나 보완이 되고 구축이 되었는지 냉정하게 성찰하고 점검해야 할 것이다.

　인근 지자체와 공동체 인식이나 협조체제의 구축 못지않게 지역민들의 관심과 협조도 아낌없이 이루어질 수 있도록 배전의 노력이 요구된다고 하겠다. 솔직히 인근 순천이나 광양의 지역민들은 다소 그 열기가 부족한 것 같다. 피부에 와 닿을 수 있도록 지자체간의 협의를 통해 관심을 공유할 수 있는 협조체계의 구축에도 소홀함이 없었으면 하는 마음이다.

　엑스포 여수 유치와 성공은 여수의 성공에 그치지 않는다. 올해는 대통령을 선거를 앞 둔 만큼 정치권에서도 많은 관심을 기울이고 있다고 들었다. 특히 야당의 거당적 협조는 여수 유치의 전망을 밝게 한다. 정치권의 이해관계나 유권자 표심의 향배를 떠나 정치권에서는 정말 진심으로 지역민을 바람과 염원을 챙겨주는데 한 치의 소홀함이 없었으면 하는 마음이다.

　　　　성공한 사람과 성공하는 사람들

공식외교 라인 못지않게 비공식라인인 민간 기업들의 역할도 유치의 성공을 좌우하는 관건이 될 것이라는 생각이 든다. 엑스포 여수 유치가 성공하기 위해서는 이처럼 국가적인 차원에서의 대폭적인 지원과 정치권의 초당적인 협조, 그리고 각 계의 역량이 모아져야 하며, 특히 지역민들의 관심과 자발적 참여가 그 어느 때보다 중요한 시점이라는 생각을 지울 수 없다.

(2007. 2. 6)

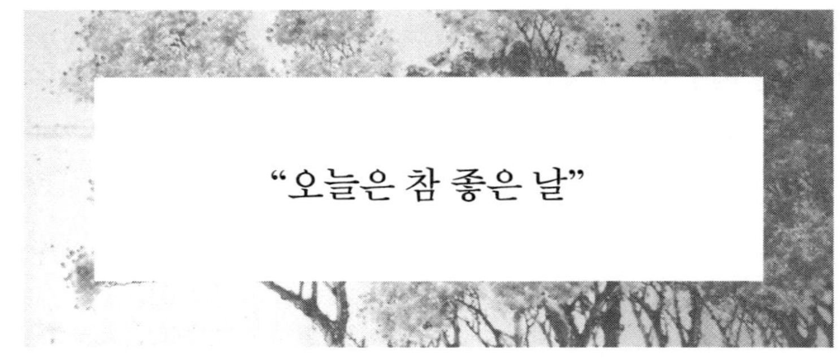

"오늘은 참 좋은 날"

여수가 드디어 2012년 세계박람회 개최지로 선정됐다. 한국시간 새벽 5시 50분에 국제박람회 기구, BIE는 140개 회원국이 모인 142차 총회에서 결선투표까지 가는 치열한 접전 끝에 여수는 모로코 탕헤르를 14표차로 제치고 2012년 세계박람회 개최지로 최종 선정된 것이다. 여수를 비롯한 광양만권, 전남 도민, 나아가 대한민국의 쾌거요 경사라 할 수 있겠다.

알려진 바와 같이 세계박람회는 3대 박람회의 하나로서 2012년 5월 12일부터 약 3개월 동안에 개최되는데 10조원의 생산유발효과, 5조원의 부가가치 유발효과, 그리고 15만여 명의 고용창출효과가 기대되고 있다. 물론 박람회 유치를 지역민들이 간절하게 염원했던 것은 이런 경제적인 효과만을 염두에 둔 것은 아니다. 박람회 유치를 위해 노력하는 과정에서 지역민들이 동고동락을 함께 했을 뿐 아니라 이것이 지역의 발전을 견인하는 저력이 될 수 있음을 확인했다는 점도 간과할 수 없는 요소다.

성공한 사람과 성공하는 사람들

앞으로 박람회장 건설과 SOC확충, 그리고 인프라 구축과 이와 관련된 투자를 통해 여수는 관광·레저의 개발로 남해안 관광벨트 사업의 거점도시로 성장하고 남해안 일대의 개발에도 가속도가 붙을 것이다. 특히 이번 여수의 박람회 유치는 한 번의 실패를 딛고 일궈낸 성공인 만큼 지역민들의 기쁨도 더욱 크다고 하겠다.

유치에 성공한 이유는 여러 가지를 들 수 있겠지만 무엇보다도 세계적인 이슈로 부각되고 있는 지구온난화의 문제점을 부각시킨 박람회의 주제 ‘살아있는 바다, 숨 쉬는 연안‘을 택함으로써 기후변화에 대한 전 세계적인 대응의 필요성을 강조하고 환경지킴이를 자처한 점이 주효했다는 생각이 든다.

또한 4월 BIE 실사단의 현지방문 시 보여준 지역민의 간절한 염원과 열정도 크게 한 몫을 했을 것이다. 정부의 총력적인 외교전도 크게 뒷받침이 되었을 것이고, 재계의 민간차원의 득표활동도 한 몫을 했다고 볼 수 있다. 2012년 여수세계박람회 유치에는 이렇게 정부, 재계, 지역민이 그야말로 일심동체가 되어 500여일의 대장정 끝에 일궈낸 대한민국의 쾌거라고 할 수 있겠다.

한편으로 이제는 4년 반 정도 남은 기간에 착실하게 준비해서 박람회를 성공적으로 개최하는 일이 과제로 남았다. 이제 커다란 산 하나를 넘었다. 이제 남은 또 하나의 산 역시 우리에게 미래의 꿈과 희망을 줄 수 있는 산이다.

당분간은 유치의 기쁨을 만끽하면서 서로를 위로하고 격려하는 시간도 필요하다고 본다. 하지만 정부는 유치를 위해 자치단체와 더불어 혼신의 노력을 기울인 지역민의 노고를 위로함과 동시에 박람회 유치를 위해 쏟은 똑같은 열정으로 박람회 유치와 관련된 위원회를 가능하면 빨리 가동해서 추진에도 박차를 가해야 할 것이다.

　지역민들도 이제는 여수와 인접해 있는 광양만권에 한정할 것이 아니라 남해안 및 전남 도민들이 함께 하는 마음으로 성공적인 개최를 위해 매진해야 할 것 같다. 오늘은 정말 좋은 날이다.

(2007. 11. 27)

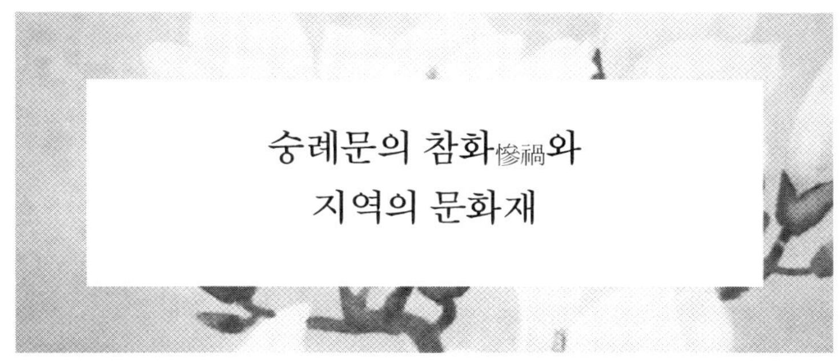

숭 례문의 참화慘禍를 질타하는 국민들의 분노가 수그러들 줄을 모르고 있다. 불탄 숭례문의 참담한 모습을 보노라면 대한민국 국민 모두가 착잡한 심정을 형언할 수 없을 줄 안다. 새 정부의 출범을 보름 남짓 남겨 둔 시점에서 일어난 숭례문의 화재는 국민들의 자존심에도 큰 상처를 주었다.

선진국의 진입을 목전에 둔 우리의 문화의식 수준이 과연 '고작 이 정도인가'라는 자괴감을 안겨 준 사건임에는 틀림없다. 어이없는 사회 재난들이 계속 될 때마다 우리는 '시스템의 부재'를 지적하곤 한다. '시스템의 구축'이 해결책인양 이야기한다. 하지만 정작 그 시스템이 무엇인지, 어떻게 작동해 어떤 결과를 만드는지 데에서는 빈약하기 짝이 없었던 것 같다. '시스템의 구축' 이니 '매뉴얼'을 일견 그럴듯하게 포장만 했을 뿐 실제로 일이 터졌을 때에는 우왕좌왕하기에 바쁘고 제대로 작동조차 되지 않았다면 그건 허상에 불과한 경우가 비일비재하기 때문이다.

우리의 마음 한 켠에는 아직도 '눈가림식 짝퉁 매뉴얼'이나 '무사안일'이 똬리를 틀고 있었음을 말해 준다. 어이없는 사회 재난들이 계속될 때마다 적당히 얼버무리고 시간이 지나면 잊어버리는 관성이 빚어진 결과이다.

두루 알고 있듯이 숭례문은 단순한 목조 건축물이 아니라 우리의 역사이며 뿌리이고 한국 문화의 정체성 그 자체다. 임진왜란, 병자호란, 그리고 한국전쟁이라는 혹독한 전쟁의 참화도 비켜간 그런 숭례문이 철없는 한 노인에 의해 속절없이 불타버렸다. 그 한사람의 잘못으로 돌릴 수만은 없다. "앞만 보고 달리느라 소중한 가치를 소홀히 한 우리 모두의 책임이다. 귀중한 문화유산을 '노숙자의 쉼터'로 방치하고 야간에 경비원 한 사람도 두지 않은 경박한 문화의식이 숭례문을 불태웠다. 물질적 가치에 치우쳐 정신의 산물인 문화를 돌보지 않은 데 따른 혹독한 대가를 치른 것"라는 신문의 사설 한 토막이 아프게 다가오는 이유도 여기에 있다.

이번을 계기로 일단 우리 내부적으로 통렬한 자기반성과 성찰이 요구된다. 그렇다고 언제까지나 '인재'人災타령만 하자는 얘기는 아니다. 철없는 한 노인의 우발적 행동으로 치부하기 전에 우리의 문화수준을 업그레이드하는 계기로 삼는 지혜가 요구된다.

불타 버린 문화재를 복원만 하면 만사해결이고, 책임을 다한 것이라고 믿는 지도자나 국민은 과거를 통해 미래를 볼 수 없는 눈 뜬 장님이라고 할 수 있다. 정녕 성공한 역사, 좋은 일만이 역사가 아니다. 치욕도 역사다. 이런 점에서 한국 문화의 랜드 마크가 참화를 당한 현장을 급히 덮고 가리는 건 만이 능사는 아닐 것이다. 9·11테러가 일어난 미국 뉴욕시 '그라운드 제로'는 7년째 관람대를 만들어 비극의 현장을

성공한 사람과 성공하는 사람들

증언하고 있는 점 또한 우리에게 시사해 주는 바가 크다.

이번을 계기로 당연히 우리 지역의 문화재를 둘러보고 점검해 보는 기회도 가져야 할 줄 안다. 문화재 화재와 관련된 매뉴얼은 제대로 구비하고 있는지, 소방당국의 화재예방책은 일회성에 그치거나 혹은 전시행정에 머물러 있는 점은 없는지 냉정하게 돌아보고 점검해야 할 것이다.

이번 기회에 우리의 문화재는 민족의 위대한 유산이기도 하지만, 바로 내 옆에서 숨 쉬고 있는 가족 같은 존재라는 인식을 공유했으면 한다. 그래야 진정 아끼고 지켜주고 싶은 마음이 생길 것이다. 특히 이번 '숭례문 참화'를 계기로 우리 지역의 문화재 역시 조상 대대로 이어져 온 지역민들의 삶의 현장이자 숨결이 스민 소중한 문화유산임을 절실하게 자각하는 계기가 되었으면 한다.

(2008. 2. 19)

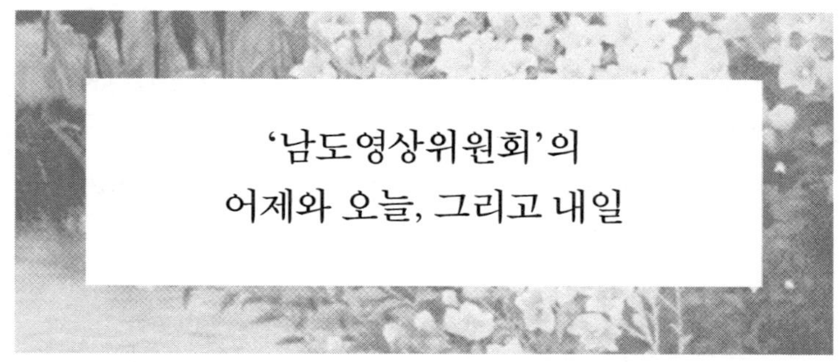

'남도영상위원회'의
어제와 오늘, 그리고 내일

요즈음 우리는 주변에서 흔히 '문화의 시대'라는 말들을 많이 하곤 한다. 그 만큼 국가는 물론 사회 각 분야에서도 문화와 관련된 논의들이 많다는 얘기로도 들린다. 문화는 그 범위가 광범위하고 또 정치나 경제에 비해 다소 추상적인 성격을 띠고 있지만, 대체로 예술분야, 영상분야, 그리고 문학 및 관광 등을 두로 포함하고 있다. 문화분야는 또 인간의 삶의 질을 가늠해 주는 척도가 되기도 한다.

전남지역에서도 관광분야를 중점사업의 하나로 설정해서 추진하고 있을 뿐 아니라 광주광역시는 문화수도의 건설을 시 캐치프레이즈로 삼고 각 분야의 전문가들로 구성된 위원회를 구성하고 이를 실현시키기 위해 많은 노력을 기울이고 있다.

부산시에서 주관하는 부산국제영화제를 비롯해 부천영화제 및 전주국제영화제 등 각 지방자치단체에서도 각종 문화 및 영상과 관련된 콘텐츠들이 붐을 이루고 있을 정도다. 각 지방자치단체장들도 문화적

성공한 사람과 성공하는 사람들

여건이 지역민들의 삶의 질에 차지하는 비중이 큰 만큼 이 분야에 많은 관심을 보이고 있다는 소리도 들린다. 문화적 마인드나 문화적 감각도 각 지방자치 단체장들에게 필수적으로 요구되는 추세이다. 따라서 이들은 우선 영화나 드라마의 촬영장소를 자신의 지역구로 유치하기 위해 적지 않은 관심을 보이고 있으며, 또 실제로 행정적인 지원뿐 아니라 수십억의 예산을 편성해 뒷받침해 주기도 한다. 일견 바람직한 모습이고 권장할 만하다.

우리 지역에도 남도영상위원회가 출범한지 올해로 3년째 이른다. 이런 점에서 오늘은 남도영상위원회의 그 동안의 활동을 돌아보고 내일을 여는데 조금이나마 보탬이 되었으면 하는 마음에서 몇 가지 생각을 개진開陳하고 싶다.

남도영상위원회는 순천시, 여수시, 광양시 등 3시가 공통 출자해서 출범했다. 전남 동부권에 기반을 두고 활동하고 있는 만큼 이 지역의 문화적 통합이나 협력에 적지 않은 기여를 하고 있다고 본다. 무엇보다도 이곳 남도를 영화촬영지나 드라마로 찍으려고 하는 제작진들에게 촬영과 관련된 제반 편의를 제공함은 물론 유관기관의 협조를 통한 행정적 지원 활동에 주안점을 두어 왔다. 그동안 남도영상위원회는 로케이션 지원은 물론이고, 지역영상문화 구축을 위해 섬진강 Cinema 촬영촌 건립을 위한 간담회 및 팸투어, 영화학교 개설(5박 6일), "남도, 영화를 말하다" 등을 주관했다.

또한, 지역영상문화구축 및 홍보를 위해 3시를 순화하며 여러 차례 무료 시사회를 개최했음은 물론 영상문화 협력 네트워크 관련 활동 등도 다양하게 전개해 왔다.

이외에도 데이터베이스 구축을 위한 활동도 소홀히 하지 않고 있다. 이런 측면에서 남도영상위원회는 남도지역의 문화유적지 및 명소를 알리고 홍보하는데 적지 않은 기여를 해 온 셈이다. 다소 관점의 차이는 있을지 몰라도 전남 동부지역을 드라마나 영상을 통해 알리고, 또 지역민들에게 문화적 혜택의 기회를 제공함은 물론 경제적 파급 효과도 일정 정도 성과(순천, 여수, 광양지역에서의 소비액 산출 약 26억 정도 추산)를 거두고 있다고 들었다. 물론 현재 상태가 충분하다고 볼 수는 없으며, 더구나 만족할 단계는 더욱 아니다. 그리고 지원에 비해 그 성과를 충분히 이루었다고 보기 힘든 점도 있다. 하지만 각 지방자치단체장들이 더 많은 관심을 기울이고 이것을 문화콘텐츠로 활용하려는 노력과 적극적인 관심을 기울일 때 더 좋은 성과를 낼 수 있을 것으로 본다.

문화 예술 분야는 특히 다른 분야에 비해 그 가시적 성과가 쉽게 드러나지 않는 측면이 있다. 따라서 문화의 생리를 모르거나 안다고 하더라도 조급증을 발휘하다보면 낭패를 보기 쉽다. 특히 이 분야에 종사하거나 관련된 사람들은 자유스럽게 자신들의 '끼'를 발휘하며 사는 사람들이다. 지나치게 관에서 간섭하려 하거나 혹은 개입하려 들면 효과를 거두지 못할 뿐 아니라 사기를 저하시키고 만다. 각 지방자치단체장은 물론 행정의 실무자들도 이런 점을 헤아려 남도영상위원회가 처음에 품었던 웅지를 펼칠 수 있도록 실질적인과 지원과 격려에 인색하지 않았으면 한다. 처음의 기대와 관심에 비해 지금은 다소 소강상태를 보이고 있는 듯해 하는 말이다. 또한, 실질적인 지원이 아니라 구색맞추기에 머물거나 일과성적인 관심의 표현에 그치지 않았는지 되짚어 보는 계기도 되었으면 싶다.

남도 영상위원회 역시 전문성을 보완하는 문제, 그리고 지역민들이 피부로 느낄 수 있는 사업의 설정이나 아이템의 개발, 그리고 예산집행의 투명성 등 미비점들을 보완해 나가야 할 책무도 주어져 있다. 하

  성공한 사람과 성공하는 사람들

지만 무엇보다도 남도영상위원회가 정체성을 잃지 않고 보다 발전하기 위해서는 각 지방자치단체의 지속적인 관심과 성원, 그리고 지역민의 관심, 여기에 남도영상위원회의 정열과 사명감이 잘 조화를 이루었을 때 가능하다고 본다.

이제 한 3년쯤 이르다 보면 흔히 매너리즘이나 일과성적인 관심의 표현에 머물러 관련 사업들이 탄력을 잃고 표류하지나 않을까 우려하는 시각이 적지 않기에 드리는 고언(苦言)이다. 자칫 서로 책임을 전가하고 지진부진해서 그 열매를 맺기도 전에 난관에 봉착하지나 않을지 염려도 된다.

순천시, 광양시, 여수시 등 3시가 여러 가지 행정적인 지원과 유대를 강화해 오면서 열매를 맺어가고 있는 만큼 앞으로도 남도영상위원회가 이곳 전남의 영상 및 문화의 메카로 성장하는데 주춧돌의 역할을 톡톡히 할 수 있도록 배전의 노력을 기울여 주기를 바라는 마음 간절하다.

'문화의 시대'는 구호로 이룩되지 않는다. 다른 분야도 마찬가지겠지만 문화 분야는 특히 서두르지 않는 느긋함과 여유 속에서도 끊임없는 정열과 지속적인 관심이 어우러질 때만이 그 결실을 보게 될 것이기 때문이다.

(2006. 10. 11)

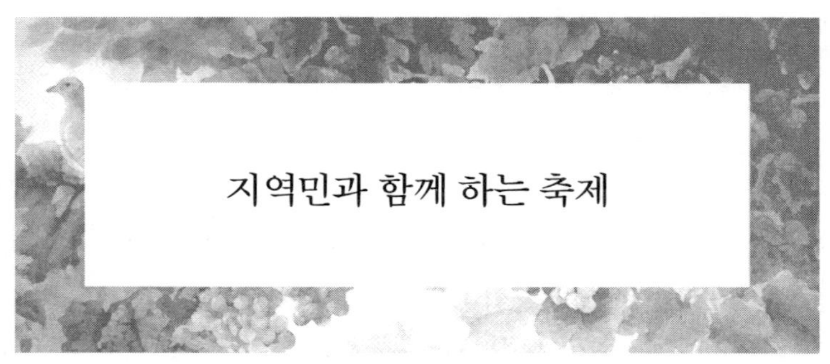

지역민과 함께 하는 축제

화사한 봄꽃으로 뒤덮인 남도의 전역에서 지금 봄 축제가 한창 열리고 있다. 4월말에서 5월 중순 사이에 열리는 축제만 대략 열거해 보아도, 함평 나비 축제(4월 29일~5월 8일), 담양 대나무 축제(4월 29일~5월7일), 보성의 다향제(5월 6일~9일), 완도 장보고 축제(5월 5일~7일), 장성 홍길동 축제(5월 5일~7일), 그리고 순천 낙안읍 성축제(5월 4일~8일)와 여수 거북선 축제(5월 3일~5일) 등을 들 수 있다.

불멸의 이순신 장군과 해상왕 장보고, 의적 홍길동 등 역사 속의 인물을 만나 보고, 또 나비와 대나무 등 자연과 어울려 생태체험을 할 수 있는 좋은 기회가 될 것으로 기대된다. 호국의 맥이 흐르는 전라좌수영의 옛터인 여수에서는 '거북선의 고향 여수'라는 주제로 진남제가 열린다. 전국 최대 규모의 가장행렬과 해상불꽃놀이 등도 펼쳐진다.

함평 나비 축제는 나비와 꽃, 살아있는 곤충을 소재로 자연과 함께 하는 새로운 개념의 축제로 전국적으로 많은 호응과 관심을 받고 있

성공한 사람과 성공하는 사람들

다. 또한 고전소설의 작중인물인 홍길동을 소재로 한 장성 홍길동 축제는 어린이들을 위한 다양한 체험 행사가 마련돼 있다.

한편, 조선시대 민속 경관이 그대로 보존된 순천 낙안 읍성에서는 조선 중기 백성들의 삶을 체험할 수 있는 축제가 열린다. 임경업 군수 송사마당과 수문장 교대식, 전통 혼례, 성곽 밟고 달집 태우기 등이 펼쳐진다. 읍성의 생활과 민속, 병영을 체험할 수 있는 행사가 다채로운 것이 특징이라고 할 수 있을 것이다. 이외에도 장흥의 제암 철쭉제(5월 6일~7일), 법성포 단오제(5월 28일~31일), 녹동의 바다 불꽃 축제(5월 19일~21일) 등도 5월 중에 치러진다.

항간에는 지역축제가 우후죽순으로 생겨나면서 그 지역의 고유한 문화와 특성을 지닌 브랜드를 살려내지 못한 채 몰개성화 되거나 혹은 상업적인 면에 치우친다는 우려도 일부 있다. 유사한 지역 축제를 과감히 통폐·합해서 본래의 취지를 살리는 쪽으로 대폭 개편해야 한다는 목소리도 공감을 얻고 있다. 하지만 위에서 열거한 축제는 대체로 지역의 고유한 문화와 정체성을 잘 살려 비교적 성공적으로 치러지는 전남의 대표적인 축제라고 할 수 있겠다. 축제를 보기 위해 전남은 물론이거니와 전국에서 많은 관광객들이 행사장을 찾는 만큼 남도의 훈훈한 정과 멋을 전국에 널리 알릴 수 있는 좋은 기회라는 점도 도외시 할 수 없다고 본다.

특히 지역의 고유 특산품을 소개할 수 있는 장이 될 뿐 아니라 지역의 문화와 전통을 살려갈 수 있는 기회가 된다는 점에서 축제는 적지 않은 의미를 담고 있다. 지역민이 주체적으로 참여하고 함께 할 수 있도록 분위기를 형성해 간다면 공동체의식의 함양에도 크게 기여해 지역 발전의 견인차로 자리매김 할 수 있을 것이기 때문이다.

이런 점에서 축제를 주관하는 각 지방자치단체와 기관에서는 건실하고 알찬 플랜으로 지역민의 자발적 동참을 유도할 수 있는 만반의 준비를 갖추었으면 한다.

또한 외지에서 행사장을 찾은 관광객들이 식상하지 않고 좋은 이미지를 갖고 가도록 행사의 운영 전반에 있어서 참신성과 치밀함을 두루 갖추어야 할 것이다. 행사를 치루고 난 뒤에는 각 계의 전문가와 시민의 여론을 충분히 수렴하는 시간도 가졌으면 한다. 이 모든 것에 우선하는 것은 지역민들이 애정을 기울이고 동참하면서 개선해야 할 점들을 요구함으로써 지역민과 함께 날로 발전하는 축제로 성장하도록 독려하는데 있다.

우리 고장에서 열리는 지역 축제기간에 그 동안 바쁜 일상 속에서 자주 만나지 못했던 타 지역에 살고 있는 지인들과 함께하며 돈독한 우의를 쌓는 계기를 마련하였으면 더욱 좋을 것이다 다양한 볼거리와 즐길 거리, 전통의 민속문화가 한데 어우러진 남도 특유의 멋과 맛, 그리고 흥이 함께 하는 축제로 거듭 나기를 바라는 마음 간절하다.

(2006. 4. 27)

 성공한 사람과 성공하는 사람들

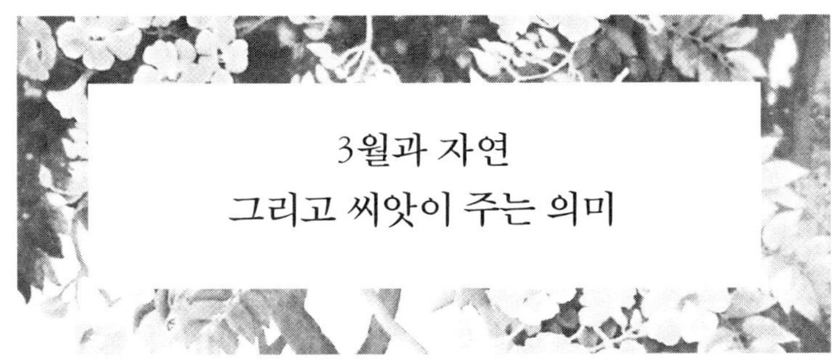

당신의 마음에 어떤 믿음이 움터나면/그것을 가슴속 깊은 곳에/은밀히 간직해 두고 하나의 씨앗이 되게 하라//그 씨앗이 당신 마음의 토양에서 싹트게 하여/마침내 커다란 나무로 자라도록 기도하라// −중략− /아무리 소중하고 귀한 것일지라도 입 벌려 쏟아버리고 나면/빈 들녘처럼 허해질 뿐이다//어떤 생각을 가슴 속 깊은 곳에 은밀히 간직해 두면/그것이 씨앗이 되어 싹이 트고 잎이 펼쳐지다가/마침내는 꽃이 피고 열매를 맺게 될 것이다//열매를 맺지 못하는 씨앗은 쭉정이로 그칠 뿐/그 씨앗은 세월을 뛰어넘어 새로운 씨앗으로 거듭난다//

부산했던 3월도 벌써 다 지났다. 3월 역시 새로운 시작과 밀접한 관련을 맺는 달로서 새로운 생활에 대한 설렘과 기대, 그리고 각오가 교차하는 만큼 처음 시작할 때의 각오나 다짐을 이맘때쯤 다시 한번 되새겨보는 시간을 갖는 것도 좋을 듯싶다. 그래서 오늘은 봄과 연관되는 잠언집의 한 대목을 인용해 보면서 조금 가벼운(?) 얘기로 시작했다.

　우리 지역에서 풀어야 할 문제들이 산적해 있는 시점에서 한가한 애기한다고 생각할 수도 있지만, 한편으로 서로의 주장이 첨예하게 대립하고 갈등적 요소가 산적할수록 조금 거리를 두거나 혹은 역지사지易地思之의 입장에서 헤아려 보는 시간도 필요하지 않을까 생각해 본다. 이런 점에서 자연의 섭리만큼 우리에게 훌륭한 스승은 없다는 생각이 드는 요즈음이다.

　도심을 조금 벗어나 보면 산하는 싱그러움과 생동감으로 봄 내음을 물씬 풍기며 우리를 반기고 있다. 계절마다 특징이 있지만, 봄은 만물이 생동하는 계절로서 이곳 전남 동부지역의 산하도 울긋불긋 형형색색의 꽃들로 가득 메워져 있다. 광양의 다압에는 매화꽃이 만발해 마치 눈꽃을 연상케 하고, 또 영취산에는 진달래가 군락을 이루며 고운 자태를 드러낸다. 때맞춰 우리 지역에서 다채로운 행사도 열리는 만큼 관람하면서 자연의 오묘함에 흠뻑 빠져 각자의 삶을 성찰해 보는 것도 우리네 삶에 활력을 주지 않을까?

　5·31지방 선거에 나온 각 후보자들의 속 타는 마음이야 미루어 짐작할 수 있지만 한번 쯤 현장에서 떨어져 자연과 함께 하면서 민심의 흐름을 냉정하게 되짚어 보는 시간도 권하고 싶다.

　농촌은 아직 본격적인 농사철은 안 되었다고는 하지만 농부들은 농사 준비에 여념이 없을 때다. 이처럼 봄은 가을에 풍성한 수확을 거두기 위해 씨앗을 뿌리는 계절이다. 농사를 잘 짓기 위해서 농부는 우선 씨앗을 고르는데 많은 정성을 들인다. 제대로 된 좋은 씨앗이 아니면 정성을 들여도 들인 만큼 수확을 거두지 못할 뿐만 아니라 농사를 망칠 수도 있기 때문일 것이다. 이런 이치가 어찌 농사에 국한될 수 있겠는가?

　전남 및 동부지역 역시 지역사회의 현안 문제를 포함하여 여러 가지

　　　　　　　　　　　　성공한 사람과 성공하는 사람들

사회적 이슈와 논란으로 조용(?)할 날이 없다. 게다가 지방선거를 코 앞에 둔만큼 민감한 지역의 현안들이 확대재생산 됨으로써 더 많은 이슈와 논란으로 지역사회를 시끌벅적하게 할 것이다.

발전하는 사회일수록 많은 이슈와 논란 속에서 때로는 갈등에 휩싸이지만, 그러한 갈등을 조정하고 합리적으로 해결해 나갈 때 그 사회는 한 단계 업그레이드 될 것도 분명해 보인다. 또 그러한 잠재능력은 그 지역사회의 성숙도와 비전을 가늠해 준다는 점도 상기하고 싶다. 그럴듯한 명분과 주장이 난무해 보통의 서민들을 헷갈리게 하는 점도 적지 않은 요즈음이지만, 이런 때일수록 지역현안에 대해 씨 뿌리는 농부의 심정으로 우리 지역의 발전과 미래를 위해서 지역민의 지혜와 역량을 한데 모았으면 하는 마음 간절하다.

(2006. 3 31)

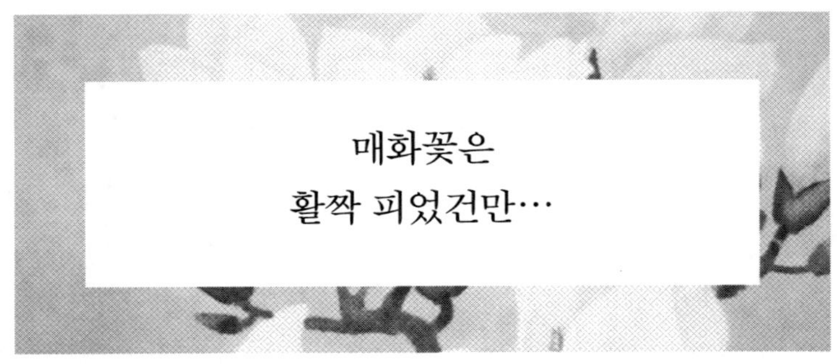

겨우내 움츠렸던 온갖 생명체들이 기지개를 켜듯이 약동하기 시작했다. 마치 훌륭한 오케스트라 연주의 화음을 듣는 것 같은 착각이 든다. 그만큼 봄은 생명의 경이로움과 자연의 이치를 통해 우리 인간들에게 많은 것을 느끼게 한다. 시인들이 사계절 중에서 유독 봄을 노래하고 찬미한 경우가 많은 것도 이러한 맥락에서 일견 이해가 간다.

며칠 꽃샘 추위가 기승을 부리고는 있지만 남녘의 여기저기서 봄소식을 알려주고 있다. 섬진강변을 따라가다 보면 매화꽃이 방긋거리며 우리를 반기고 있고, 광양의 다압에는 매화꽃이 만발해 이른 봄의 설경雪景을 방불케 한다. 낮에 보는 정경도 일품이지만 밤에는 마치 눈꽃이 핀 것 같다.

때맞춰 섬진강변의 매화마을에서는 오는 17일부터 25일까지 제11회 광양매화 축제가 열린다. 다채로운 행사가 준비되어 있는 만큼 여

성공한 사람과 성공하는 사람들

기서 매화꽃을 감상하면서 매천 황현 선생의 의기義氣도 한번 되새겨봄
직 하다.

매천 선생이 56세의 나이로 경술국치의 치욕을 당하자 자결하기 전
에 쓴 절명시絶命詩중 1편이다. 자연의 경이로움을 애기하다가 황현 선
생을 떠올리는 것이 다소 비약으로 들릴 수도 있겠지만, 매화꽃이 한
창 만발한 이즈음에 광양 출신의 우국시인이자 역사학자 황현 선생의
우국충절을 되새겨 보는 것도 무익하지만은 않을 듯싶다.

얼마 전에는 제가 아는 원로 은사님께서 황현 선생의 시를 알기 쉽
게 역주譯註해서 펴낸 3권의 저서를 보내왔다. 황현 선생의 주옥같은
시를 접하면서 새삼스럽게 구한말의 격동기를 살아오면서 느꼈을 지
식인의 고뇌 앞에 숙연함이 절로 들었다.

황현 선생이 남긴 행적과 실천력 그리고 우국충정이 매화꽃이 만발
한 이즈음에 더 되새겨 보는 이유가 무엇일까? 언론에서는 벌써부터
예비 대선주자들의 행적들로 지면이 채워지고 있다. 앞으로 국정을 이
끌어 갈 최고지도자의 선거를 10개월 앞 둔 만큼 매스컴에서 보도의
비중을 두는 것이 당연하다고 하겠다. 그러나 한편으로 대다수 국민들
입장에서는 씁쓸한 생각도 할 것이다. 지금의 민심과는 거리가 있어
보이기 때문이다.

민생과 관련되어 시급을 다투는 법안마저 정치권의 샅바싸움으로
차일피일 통과가 미뤄지는 경우가 있는가 하면, 개혁입법이라고 자화

자찬하며 가까스로 통과됐던 법안마저도 이익집단의 이해관계와 맞물려 시행이 탄력을 받지 못한 채 우물쭈물하고 있는 상태이기 때문이다. 말로는 국민들을 위한다고 떠들면서도 정말로 국민들의 시름을 달래주고 진정으로 국민을 위하는 정치인은 많지 않은 것 같다.

정치 불신은 결코 국가를 위해서도 또 국민들을 위해서도 좋지 않을 뿐 아니라 장차 엄청난 국력의 소모로 이어질 것을 뻔히 알면서도 아쉬움이 수그러들지 않는 이유도 여기에 있다. 대다수 서민들이 만물이 소생하는 봄의 정취에 흠뻑 취하면서 잠시나마 시름을 달래고 싶은 이유를 이 나라의 위정자들이 깊이 되새겼으면 하는 마음이다.

(2007. 3. 5)

성공한 사람과 성공하는 사람들

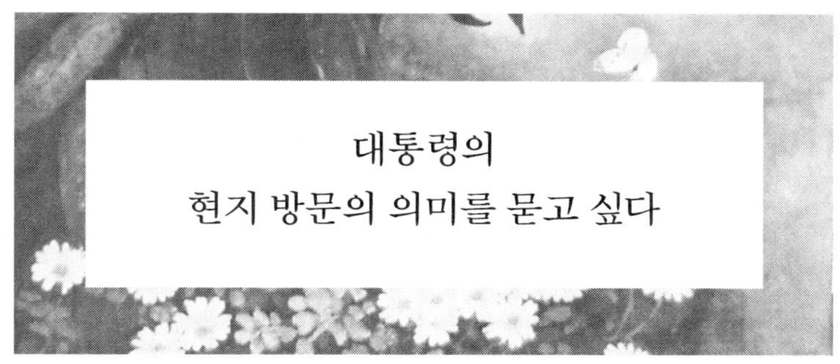

지난 21일 이명박 대통령의 광양항 방문이 있었다. 취임 후 항만 가운데 첫 방문지로 광양항이 선택된 것에 대해 상당한 의미를 부여하는 지역계의 목소리도 있다고 들었다. 대통령이 지역의 현안에 관심을 기울이면서 각계의 목소리를 여과 없이 듣고 이것을 정책에 반영하는 것은 중요하다는 점에 대해서는 이견이 없을 것이다.

하지만 이번 대통령의 광양항 방문이 이런 소기의 목적에 부합했는지에 대해서는 선뜻 동의하기 어렵다. 다소 실망스럽다는 지역계의 목소리가 적지 않은 것도 엄연한 사실이다. 대통령이 지역을 방문하면 지역의 현안사업에 물꼬를 트는 이른바 '선물'이 없어서가 아니다. 예전처럼 대통령의 말 한마디에 기존 정책이 180도 달라지는 세상도 아니기 때문이다. 이것을 모르지는 않을 만큼 지역민들의 의식도 한층 더 성숙해져 있다고 본다. 정작 문제 삼고 싶은 부분은 지역의 여론을 여과 없이 들을 수 있는 시민단체나 전문가들을 거의 초청하지 않았다는 대목이다. 컨 부두 방문에 일차적인 방문 목적을 둔 만큼 정치인은 가능한 배제하고, 또 이와 관련된 사람 위주로 초대했다고는 하지만 현장의 쓴 소리를 피하기 위한 조치라는 비판으로부터 자유스럽다고 할 수 없을 것이다.

이미 지나간 일을 가지고 웬 트집이냐고 하실 분도 있겠지만 그렇지 않다. 대통령의 현지 방문이 이런 식으로 진행된다면 지나치게 효율성만을 내세우면서 지역의 민심을 외면하는 결과를 초래할 수 있다고 보기 때문이다. 광양항을 방문했음에도 불구하고 새 정부의 광양항 지원 의지나 투포트 정책 등 민감한 사안이나 지역민들의 관심사에 대한 언급이 전혀 없었던 것도 이런 점과 무관할 수 없다고 하겠다.

근래들어 광양의 지역민들은 대통령직인수위가 광양항 투자를 예산낭비 사례로 지적한 것을 상기시키면서 이명박 정부 들어 투 포트 정책의 기조가 흔들리는 것은 아닌지 우려하는 시각이 팽배해져 있다. 광양지역에서도 여기에 대한 대응논리와 당위성을 시와 유관기관이 그리고 오피니언 리더들이 주축이 되어 정책을 계발해 가야 할 선도적 책무가 주어져 있다. 과거처럼 집단민원이나 떼쓰기식 수법이 통하는 세상이 아니다. 또 그래서도 안 될 것이다. 자칫 명분도 잃고 효율성도 떨어질 수 있기 때문이다.

대통령의 광양항 방문을 계기로 앞으로 대통령 및 장관의 현장 방문 시 각계의 쓴 소리를 여과없이 듣고 이것을 정책에 반영할 수 있도록 열린 자세로 국정에 임하였으면 한다.

대통령의 현지 방문과는 다소 차원이 다르겠지만 장관의 경우도 마찬가지라고 생각된다. 국민을 섬기는 정부라는 이명박 정부 출범 시 초심이 변하지 않아야 대한민국호는 순항 할 수 있을 것이다. 특히 호남의 지역민들은 이명박 정부의 공약사항 이행의지나 지역균형 발전

성공한 사람과 성공하는 사람들

전략에 대해서도 주시하고 있다. 그럴리야 없겠지만 혹시라도 총선을
앞둔 시점에서 지역민의 여론 떠보기나 임기응변식의 대응에 대해서
는 준엄하게 평가할 것임을 잊지 않았으면 하는 한다. 국민이 행복하
고 이명박 정부가 성공할 수 있기를 진심으로 기원하는 마음에서 하는
충고이기도 하다.

(2008. 3. 25)

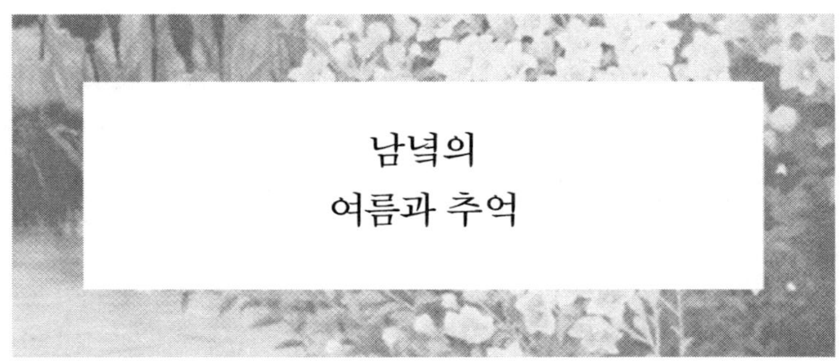

전국이 낮에는 삼복더위, 밤에는 열대야로 시달리느라 밤잠을 설치는 일쑤다. 올해의 유난히 긴 장마, 게다가 수해로 귀중한 생명을 잃거나 심지어 전 재산을 송두리째 빼앗겨버린 수재민의 고통을 생각할 때 삼복더위를 반겨야 할 처지다. 다행히 전국에 몰려든 자원 봉사자들이 수해 복구의 현장에서 땀을 흘리면서 수재민들과 고통을 함께 하면서 위로를 보내고 있고 또 온 국민의 정성이 답지하고 있어 그나마 많은 위안이 될 것이다.

세상사란 남의 불행이 때론 나의 일로 되는 경우가 적지 않은 만큼 다른 사람의 고통을 조금이라도 함께 나누려는 정신이야말로 아름답고 지혜로운 처신이라는 생각이 든다. 몇 년 전에 이곳 남녘이 태풍으로 인해 인명피해와 수해를 입었을 때에도 전국에서 온 자원 봉사자들과 온 국민의 따뜻한 손길 덕분에 많은 위로를 받고 재기하는데 큰 보탬이 되었던 기억이 난다.

　　　　　　　　　성공한 사람과 성공하는 사람들

이제 본격적인 여름이 시작되고 직장인들은 기다려지는 휴가철이다. 이곳 남녘은 바다와 산, 그리고 올망졸망한 섬들이 깔려 있는 천혜의 관광자원을 갖추고 있어 전국에 몰려든 피서인파로 가득하다. 더욱이 교통의 발달과 전국이 거의 1일 생활권에 들고, 또 주 5일 근무제를 시행하는 사업장이 늘어나는 추세인 만큼 인상에 남는 명소는 전국에서 관광객이 몰려오는 시대다.

전국의 시도 그리고 지방자치단체들이 앞 다투어 관광자원을 계발하고 이와 관련된 도시기반 시설의 확충을 서두르는 이유도 그만큼 관광자원이 그 지역의 발전과 경제에 미치는 파급효과를 염두에 두지 않을 수 없기 때문일 것이다.

이곳 전남 동부권의 경우만 해도, 지리산 준령을 이어받아 이곳 남도에 우뚝 솟은 명산으로 산 곳곳에 도선 국사의 체취와 혼이 배어 있는 백운산, 그 백운산의 줄기와 계곡에서 흘러내린 물이 도심생활에 지친 피서객들에게 휴식과 재충전의 공간으로 손색이 없다. 뿐만 아니라 순천의 낙안읍성, 선암사, 순천만으로 이어지는 일주 코스는 남녘의 정서와 진수를 만끽할 수 있는 곳으로 가득하다. 또 여수 쪽으로 발길을 돌리면 남녘의 쪽빛 바다를 접한 여러 해수욕장이 한 여름의 더위를 말끔히 씻어줄 만반의 준비를 갖추어 놓고 있다.

이렇게 우리 남녘이 전국에서 몰려든 피서객들에게 잊혀지지 않는 추억의 장소로서 또 오고 싶은 명소로 자리 잡기 위해서는 이곳 지역민들의 주인의식과 애정이 조화를 이룰 때 가능하다고 본다. 피서객들을 위한 각종 편의시설이나 부대시설들이 잘 되어 있는지 관심을 기울여 시나 관계기관에 개선을 요청하고 건의하는 적극적인 자세가 요구된다. 특히 자라나는 청소년들은 추억이 깃든 곳은 오래도록 간직하는 세대로서 학업에 심신이 지친 그들에게 그 동안의 피로를 말끔히 씻어

주고 평생 잊혀지지 않는 추억과 꿈이 깃든 곳으로 이곳 남녘이 기억될 수 있도록 여러 가지 세심한 배려와 준비가 요구되는 것이다.

휴식은 그저 낭비하는 시간이 아니라 재충전의 기회이자 삶의 활력소가 되는 귀중한 시간이다. 일상으로 돌아가 자신에게 주어진 삶을 더 치열하게 살기 위해서는 휴식이 필요하다. 휴가철을 맞아 이곳 남녘에 온 피서객들이 잊지 못할 아름다운 추억을 만들고 또 평생 잊혀지지 않는 명소로 거듭 날 수 있도록 지역민들 역시 친절하고 배려하는 마음으로 피서객들을 대해 주었으면 하는 마음이다. 특히 관광지에서 자영업을 하는 사람들은 한철 장사라는 강박관념에 사로잡혀 이른바 '바가지요금'을 씌워 관광객들의 인상을 흐리게 하는 일이 없도록 각별히 관심을 기울여야 한다.

'바가지 상혼'은 자기 눈 앞의 이익에만 눈이 먼 소아적 이기주의에서 나온 얄팍한 생각으로 지역을 멍들게 하고 자신에게도 결코 좋을 것이 없는 작태다. 이곳 남녘이 추억이 깃든 명소로 피서객들에게 오래도록 남을 수 있도록 지역민의 관심과 애정이 필요한 시점이다.

(2006. 8. 4)

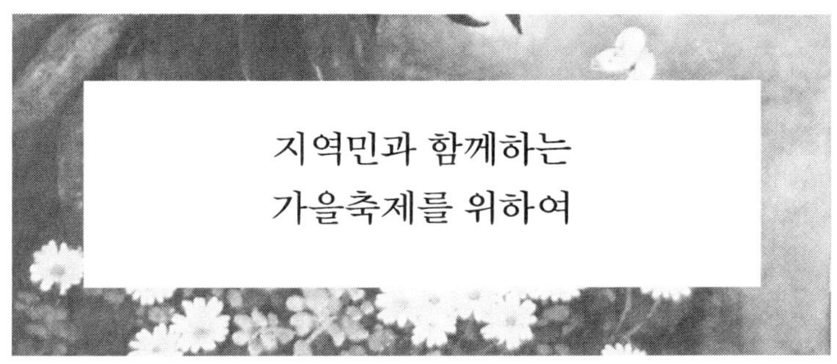

요즘 농촌은 가을걷이로 농민들의 손길이 눈 코 뜰 새 없이 바쁜 때다. 예년에 비해 소출이 떨어질 것으로 예상되는데다 수확을 앞둔 병충해가 막바지 기승을 부리고 있어 농민들의 마음이 무겁다는 소리도 들린다. 황금 들녘에 농민들의 한숨소리가 안 들리고 수확의 기쁨을 만끽하는 가을이 되었으면 하는 마음 간절하다. 또 이맘때 쯤 되면 우리 고장에서 여러 형태의 지역 축제와 기념행사가 부적 많다.

전남 동부지역만 해도 10월 19일부터 6일간 순천의 낙안읍성 민속마을에서 제12회 '남도음식문화큰잔치'가 열려 도내 23개 시·군의 다양한 전통음식 경연이 펼쳐진다. 또 제11회 순천시민의 날과 제23회 팔마문화제 행사가 10월 15일 구 성가롤로병원(현 삼양 주차장)에서 펼쳐진다. 또 11월 중에는 남승용 마라톤 대회도 이곳 순천에서 열린다. 전국의 마라톤 마니아들이 남녘으로 몰려올 것이다. 남도의 맛과 멋, 훈훈한 인심을 널리 알릴 수 있는 좋은 기회다.

광양에서도 10월에 들어서 다양한 형태의 지역축제가 연속적으로 열리고 있다. 10월 6일에서 8일까지는 서천 체육공원에서 '광양 전통 숯불구이축제', 10월 8일에는 광양만 축제, 그리고 10월 15일~16일 양일간에는 전어 축제 일정이 잡혀져 있다. '가을 전어는 집 나간 며느리도 돌아온다'고 할 정도로 별미로 잘 알려져 있다.

한편, 여순사건 제57주기 기념행사('여순사건의 진실과 화해를 위하여')가 15일부터 25일까지 전남 동부지역 일원은 물론 대구에서까지 열린다.

주최 측에 의하면, 57년 만에 광양의 유당공원에서 합동위령제를 갖는 등 광양과 고흥 보성 구례를 아우르는 권역 내에서 기념행사가 광범위하게 치러질 것이라고 한다. 고흥에서는 10월 14일부터 17일까지는 나로도 항에서 수산물 축제가 열린다.

이외에도 전남 동부권과 인근지역에서 크고 작은 많은 행사들이 준비되어 있다. 지역축제가 난립하면서 그 지역의 고유한 문화와 특성을 지닌 브랜드를 살려내지 못한 채 몰개성화 되거나 혹은 상업적인 면에 치우침으로써 행사장을 찾는 지역민은 물론 외지인들로부터 외면 받는 경우도 없지는 않다. 그래서 일각에서는 유사한 지역 축제를 과감히 통폐·합해서 본래의 취지를 살리는 쪽으로 대폭 개편해야 한다는 따가운 비판을 하기도 한다. 귀 기울여할 점이 있다고 하겠다.

이런 점에서 축제를 주관하는 각 지방자치단체와 기관에서는 건실하고 알찬 플랜으로 지역민의 자발적 동참을 유도할 수 있는 만반의 준비를 갖추어야 할 것이다. 이외에도 행사를 치루고 난 뒤에는 각 계의 전문가와 시민의 여론을 충분히 수렴해서 시행착오를 거듭하지 않으려는 지혜가 요구된다. 하지만 모든 것에 우선하는 것은 지역민들이

성공한 사람과 성공하는 사람들

애정을 기울이고 동참하면서 개선해야 할 것들을 요구해야 한다고 생각한다. 무관심은 금물이다.

우리 고장에서 열리는 지역 축제기간에 그동안 바쁜 일상 속에서 만나지 못했던 친지와 타 지역에 살고 있는 지인들을 초대해 돈독한 우의를 쌓는 계기가 되었으면 좋겠다. 우리 지역에 열리는 축제나 행사에만 관심을 갖자는 얘기가 아니다. 큰 비용을 들이지 않고도 각 지방의 의미있는 축제를 찾아가는 마음의 여유와 생활의 지혜가 요구되는 것이다. 수확의 계절 가을에 진정 마음이 풍요로울 수 있는 지역축제에 참여해 보는 것도 진정 생활의 활력소가 될 것이 분명할 테니까!

(2006. 10. 12)

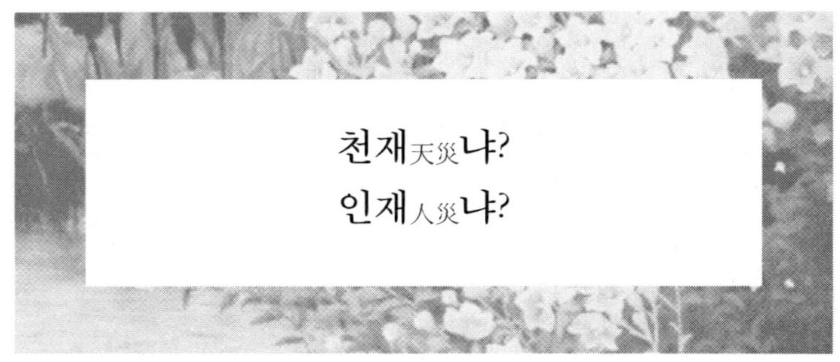

지난주 우리나라는 물론 지구촌을 경악케 했던 사건은 미국 남부를 강타한 태풍 허리케인 카트리나로 인한 자연재해일 것이다. 보도를 통해 이미 잘 알려진 바와 같이 사망자의 수도 수천에서 수만으로 추정하고 있을 뿐 제대로 파악되지 않을 정도로 베일에 있으며, 또 피해 복구에 드는 시간도 최소한 몇 개월에서 해를 넘길 수도 있다고 한다. 재해의 규모와 그 참상의 정도가 심각한 수준임을 말해 주고 있다.

우리 한인들이 거주하고 있는 곳도 예외일 수 없었던 모양이다. 사상자는 거의 없었지만 1000억 원 정도(1억달러)의 재산상의 피해를 입어 사업기반 자체가 흔들린다는 소식이 들려온다. 다행히 지금은 혼란이 많이 줄어들고 복구에 박차를 가하고 있지만, 그들이 입은 경제적 · 정신적인 상흔이 치유되기에는 적지 않은 시간과 감내해야 할 고통이 클 것이다. 게다가 복구가 한창인 지금도 물에서 치명적인 식중독

　　　　　　　　　　　　　　　성공한 사람과 성공하는 사람들

균이 발견돼 제2의 재앙이 되지 않을까 우려하고 있다니 그야말로 점입가경이란 말을 생각나게 할 뿐이다.

그런데, 이 사건을 두고 인재人災의 성격을 지적하는 목소리도 적지 않게 들려온다. 불가항력적인 천재의 성격을 부인할 수야 없겠지만 낡은 둑을 방치하거나, 혹은 부두 예산을 줄여 재난관리 시스템에 허점을 초래함으로써 그 피해가 더 커졌다는 외신보도가 잇따르고 있기 때문이다. 한마디로 인재人災가 숨어 있었다는 얘기다. 더욱이 구호품이 제 때 전달되지 않았거나 혹은 늑장대응에서 비롯되는 사상자의 증가는 두고두고 논란거리를 안겨주고 있다.

이런 소식을 접하면서 우리는 어떤 자세를 취해야 할까. 미국의 사정이라며 강 건너 불 보듯 할 수는 없는 일이다. 인도적인 차원에서 정부에서 지원금을 보내는 것도 중요하지만, 타산지석의 지혜를 발휘하려는 당국의 자세와 책임의식이 더 시급하다고 생각한다.

관계당국은 만일의 경우에 대비한 재난시스템이 제대로 작동되어 국민의 귀중한 생명과 재산을 안전하게 보호할 수 있는 만반의 준비가 갖추어져 있는지 총체적으로 점검해야 할 것이다. 또 지방자치단체는 지역민들에게 경각심과 사전 예방조치를 취하는데 소홀함이 없어야 할 줄 안다.

며칠 전에도 제14호 태풍 '나비'가 몰고 온 강풍과 폭우로 인해 우리나라 일부 지역이 산사태와 침수, 정전, 휴교 등의 적지 않은 피해를 입었다. 다행스럽게 생각보다 그 피해의 정도가 크지는 않다고 하지만, 앞으로도 마음을 놓을 수 없는 일이다. 벌써부터 태풍 제15호 카눈이 북상하고 있다는 소식도 있고, 또 지구 온난화에 따른 기상이변으로 자연재해는 급격히 늘어나는 추세에 있음을 유념할 때다.

자연재해는 인간의 힘으로 어찌할 수 없는 불가항력적인 부분도 있다. 하지만 피해를 최소화하지 못하고 재앙을 키운 경우가 적지 않았던 전례를 우리 역시 잊지 말아야 할 것이다.

이곳 전남은 바다에 인접한 곳이 많고, 또 지금 한창 농작물의 수확기를 앞둔 만큼 철저한 대비로 이맘때쯤이면 불어 닥치는 불청객 태풍의 피해를 입지 않도록 각별히 주의를 기울여야 하는 이유가 여기에 있다. 철저한 준비와 대비는 아무리 강조해도 지나치지 않다.

사후약방문 격으로 큰 피해를 당한 뒤에 천재냐 인재냐 논란을 거듭하는 일이 우리나라는 물론 이 지구상에서 더 이상 없었으면 하는 간절한 바램을 담아본다.

(2005. 9. 8)

 성공한 사람과 성공하는 사람들

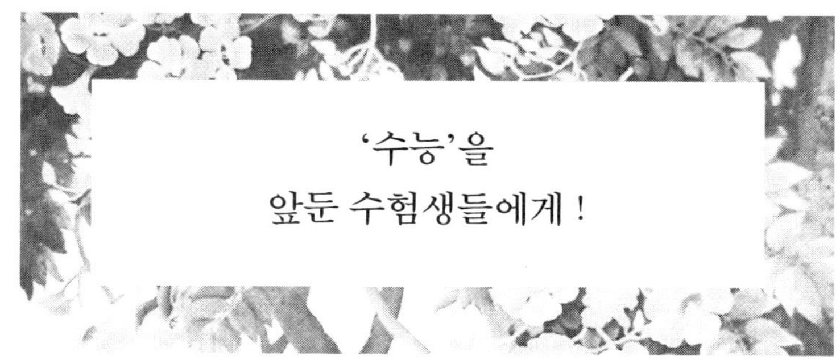

수험생 여러분! 수학능력시험(이하 수능)이 이틀 앞으로 다가왔습니다. 특별한 경우를 제외하고 시험은 대체로 사람들에게 부담을 줍니다. 더욱이 ‘수능’은 대학의 진학여부를 결정하는 시험인지라 그 부담감이 더욱 클 줄 압니다. 아직도 우리 사회는 대학의 진학여부를 그 사람의 장래와 밀접하게 관련시켜 생각하는 경향이 팽배해 있는 만큼 당사자인 여러분이 피부적으로 느끼는 부담감은 더욱 클 수 있습니다. 심지어 여러분을 뒷바라지 해 온 부모님과 선생님의 성원을 생각하면 고맙기도 하지만 한편으로 그러한 기대조차도 부담으로 다가오는 경우가 있을 것입니다.

사회 각 계의 뜻있는 사람들은 이렇게 입시부담에 짓눌려 있는 여러분들의 짐을 조금이라도 덜어줄 수 있는 여러 가지 대책을 제시해 왔지만, 그것이 시행되고 현실화되기는 쉽지 않은 것 같습니다. 앞으로 교육계는 물론이거니와 우리 사회가 풀어가야 할 숙제이기도 합니다.

그러나 한편으로 생각해 보면 앞으로 아무리 좋은 정책을 시행하더라도 교육의 본질적 속성이 경쟁력과 밀접한 관계를 맺는 만큼 어느 정도의 부담감으로부터 자유로울 수만은 없을 것입니다.

문제는 지금의 교육제도와 현실은 청소년들에게 너무 심한 부담을 주고 있다는 생각이 들어 안타까울 뿐입니다. 지금의 제도 하에서는 이미 주사위가 던져진 만큼 여러분들이 다음과 같은 자세로 '수능'에 임해 주었으면 합니다.

무엇보다도 먼저, 부모님이나 선생님들로부터 누누이 들었겠지만 '최선을 다하는 자세'를 강조하고 싶습니다. '수능'은 여러분의 인생 항로에 있어서 중요한 선택의 하나일 수 있다는 점은 부인할 수 없을 것 같습니다. 누구에게나 최선을 다하는 자세와 정열만큼 아름답고 보기 좋은 모습도 없습니다. 특히 미래세대의 주인공이 될 젊은이들이 자신의 목표를 정하고 그 목표를 달성하기 위해 혼신의 노력을 다하는 자세야말로 두고두고 여러분의 인생 항로에 소중한 밑거름이 될 것을 확신합니다.

다음으로 여러분 못지않게 요즈음 하루하루를 초조하게 보내는 부모님의 심정을 헤아려 주었으면 합니다. 부모님들이 여러분들에게 거는 기대를 져 버리지 않으려는 마음자세도 무엇보다도 중요합니다. 또 부모님의 마음을 헤아리며 생각하고 행동하면 크게 후회할 일도 없을 것입니다. 동시에 수험생을 둔 부모님들 역시 '수능'이 마치 인생의 전부인 것처럼 너무 과도한 부담은 주지 말았으면 합니다.

수험생을 둔 부모님들 스스로 사려 깊게 배려할 줄 알면서도 지나친 기대나 과욕은 오히려 수험생들에게 바람직하지 않은 영향을 줍니다. 흔히 인생을 등산에 비유하듯이 수험생들 스스로 이런 이치를 깨우칠 수 있는 계기가 되어 담담하게 최선을 다할 수 있는 여건의 조성이 중요합니다.

　대학 진학 여부만으로 한 사람의 장래와 결부시켜 생각하는 우리 사회의 통념이나 관행도 바뀌었으면 하는 생각도 이 기회에 해 봅니다. 시간이 다소 걸리겠지만 이런 사회 분위기의 조성과 의식이 전환이 우리의 청소년들이 다소나마 '입시지옥'에서 조금이라도 벗어날 수 있는 통로가 되지 않을까 생각해 보았습니다.

　한편, 이곳 전남 동부권에서도 대략 8000여명이 '수능 '시험에 지원한 것으로 알고 있습니다. 수험생 여러분들은 우리 지역사회를 더욱 발전시켜 살기 좋은 고장으로 만들어 가야 하는 미래세대의 주역입니다.

　개인의 성공과 꿈의 성취는 본인에게도 영예스러운 일이지만 지역사회의 발전의 원동력이 되는 점도 소홀히 할 수 없는 대목입니다. 전남의 발전이 여러분들의 어깨에 달려 있는 만큼 최선을 다하는 자세로 모두가 소망하는 좋은 결과를 얻었으면 하는 마음 간절합니다.

(2007. 11. 14)

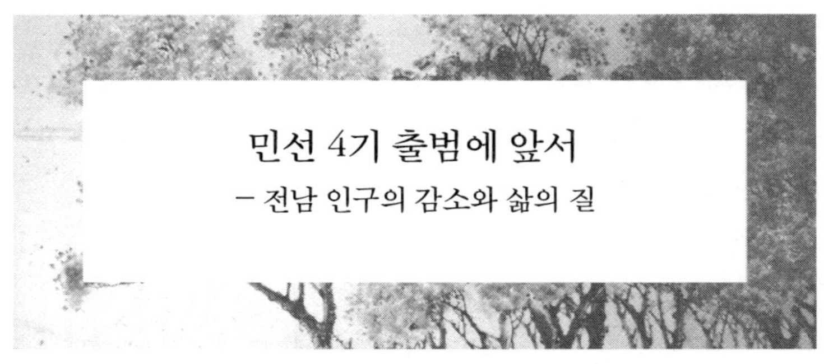

저 출산·고령화 문제가 우리 사회의 주요 문제로 이슈화되고 있다. 특히 정부에서는 저출산 문제의 심각성을 절감하고 이와 관련된 여러 방안을 내놓고 있지만 각 가정의 입장에서는 피부에 와 닿지 않는 미봉책에 불과하다는 의견이 지배적인 것 같다.

저출산 문제는 우리 사회가 안고 있는 여러 사회 문제와도 얽혀 있는 만큼 납득할만한 방안이나 처방을 내놓기가 녹록치는 않다. 다만, 우선 여성들의 사회진출의 확대와 양육비 및 교육 부담 때문에 출산을 기피하게 되는 점과 밀접하게 연관되어 있는 점만은 분명해 보인다.

각 지방자치단체에서도 이와 관련해서 여러 가지 대안을 내놓고 있지만 실효를 거두고 있지 못하고 있는 형편이다. 전남의 경우도 작년 시·군비 포함 23억 원을 투입, 도내 농어촌 1년 이상 거주 출산 가정에 한해 신생아 1인당 30만원의 양육지원금을 지원했다고 들었다. 시·군은 별도로 현금지원 등 각종 출산장려책을 시행하고 있으나 전남

성공한 사람과 성공하는 사람들

지역 출생자수는 매년 감소 추세를 면치 못하고 있다.

이런 실정이다 보니 2004년부터 마지노선 인구 200만 명이 무너지기 시작했고 5년 동안 17만 7000여명이 전남을 빠져나갔다. 인구의 유출 및 감소는 도시의 집중화와 현저한 출산율 저하로 남도의 문제만은 아니겠으나, 문제는 지역 인구의 역외 외출이 너무 급격히 이뤄지고 있어 지역경제 살리기에도 치명적인 영향을 주고 있다는 점이다. 요컨대 어느 정도의 인구 감소와 유출은 불가피한 측면도 있지만 전남의 경우 인구는 거의 유입되지 않은 채 빠른 속도로 축소되고 있는 현상이 우려스러운 것이다.

다음 주 초에 광역 및 각 지방자치단체 단체장의 취임식이 예정되어 있다. '시작하는 마음'을 잃지 않고 임기를 마치는 그날까지 유권자들에게 약속했던 사항을 실천하면서 살기 좋은 전남을 만드는데 혼신의 노력을 기울여주기를 바라는 마음 간절하다. 민선 4기의 출범을 앞둔 시점에서 전남이 살기 좋은 곳이 되어 타 시도에서 많은 사람들이 이사 올 수 있어야 한다.

이렇게 되기 위해서는 무엇보다도 전남은 도차원에서 대책을 강구하고 기초자치단체는 나름으로 지역경제의 활성화를 통한 '일자리 창출'에 많은 노력을 기울여야 할 것이다. 전남 서부권의 J프로젝트가 차질 없이 진행될 수 있도록 지역의 정치인들은 여야를 막론하고 역량을 집중해야 하고 중앙부처와도 유기적인 협조체제를 잘 갖추어야 할 것이다.

전남 동부권의 개발에도 박차를 가해 전남이 고루 발전할 수 있도록 혼신의 노력을 경주해야 하거니와 특히 광양항 축소 움직임에 대해서는 중앙정부에 그 시정을 촉구할 수 있어야 한다. 당연히 2012년 여수세계박람회의 유치에도 혼신의 노력을 기울여야 할 것이다.

　이런 점에서 전남의 기초자치단체가 각 지역의 특성과 문화에 맞게 특성화하기 위해서는 인근 자치단체간의 유치경쟁 과열은 효율성을 떨어뜨린다는 점에도 주목해야 할 필요를 느낀다. 유수한 산업단지나 공공기관의 유치를 위해 기초자치단체간의 선의의 경쟁도 좋지만 지역의 실정에 맞게 특성화하려는 전략이 필요하다고 생각되기 때문이다.

　전남은 천혜의 관광자원을 갖고 있는 만큼 기초자치단체간에 협조할 것은 상호 협조하면서 전남을 풍요롭고 살기 좋은 곳이 될 수 있도록 민선 4기의 출범을 앞둔 시점에서 전남이 날로 발전하기를 소망해 본다.

(2006. 1. 30)

성공한 사람과 성공하는 사람들

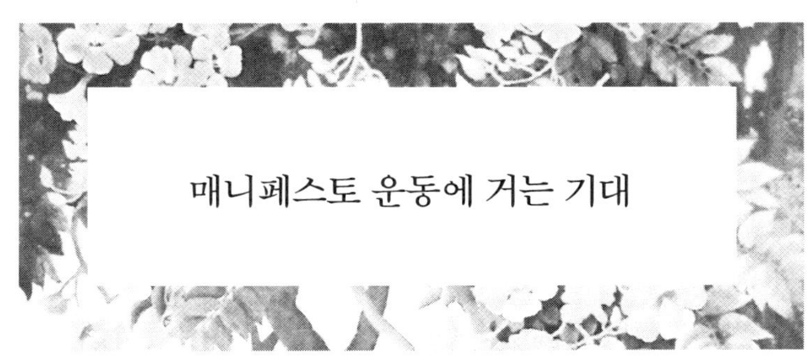

5·31 지방선거가 20여일 앞으로 다가왔다. 각 당 후보들의 공천도 거의 마무리 단계에 들어감으로써 본격적인 선거 채비에 돌입했다고 볼 수 있다.

이런 시점에서 정책선거로 가기 위한 단계로 후보들의 공약 실현가능성 여부를 포함해서 공약 전반을 검증하고 또 건강한 선거문화로 이어가는데 매니페스토(manifesto)운동에 주목할 필요를 느낀다. 두루 알고 있듯이 이른바 참공약 선택 및 실천 운동이다.

전남지역에서도 매니페스토 전남 본부 출범식을 갖고 활동했으나 최근에는 선거법에 부딪쳐 활동이 전면 중단되었다는 안타까운 소식을 접했다. 선거일이 다가오면서 이제 유권자들 스스로 이런 운동의 취지를 잘 살려 나갔으면 하는 마음에서 몇 가지 의견을 개진하고 싶다.

무엇보다도 우선, 매니페스토 운동은 지연, 연고 등에 의한 구태의 선거풍토를 바꿀 수 있어 결과적으로 건전한 선거문화의 정착에 기여할 수 있다는 생각이 든다. 더욱이 이번부터 중선거구제로 바뀌면서 기초의원까지 정당공천제가 시행됨에 따라 자칫하면 일부 후보는 '우리 동네 의원' 만들기를 부추기거나 혹은 소지역주의에 편승할 우려를 안고 있다. 유권자들의 선택의 폭을 넓히고 정당간 정책대결을 유도하는 중선거구제 본래의 취지를 흐릴 소지도 안고 있는 것이다. 뿐만 아니라 최악의 경우 특정 정당이 특정한 곳에서 자치단체장과 의원을 싹쓸이할 경우는 견제와 균형을 통해 지역의 발전을 꾀할 수 있는 길을 차단할 수 있다는 점에서 우려스럽다. 이런 점에서 매니페스토 운동은 이런 폐해를 최소화할 수 있는 장점을 가지고 있다고 생각한다.

두 번째로는 네거티브 선거 전략이 사라지는데 기여할 수 있다고 본다. 과거의 경우 선거를 앞두고 경쟁자를 비방하거나 음해, 중상모략하면서 선거분위기를 혼탁하게 하는 경우가 종종 있었다. 특히 선거일에 임박하거나 혹은 박빙으로 선거 결과를 가늠하기 곤란할 때 더욱 기승을 부리는 경우가 비일비재해 왔던 것도 사실이다. 하지만 매니페스토 운동은 각 후보들 공약의 실현가능성 여부, 구체성, 우선순위 그리고 재원의 확보 방안 등을 구체적으로 검증함으로써 후보자들의 헛공약이 난무하지 않도록 견제할 수 있다고 본다. 또 네거티브 선거 전략에 힘입어 당선된 사람은 지역사회와 지역민을 위해 봉사하는 행정을 펴지 않을 뿐 아니라 유권자들에게도 부메랑이 되어 커다란 상처를 안겨줄 것이 자명해 보인다. 물론 이러한 부작용을 막고 건전한 선거문화로 이어지는데 매니페스토 운동이 유일하다고는 할 수 없을 것이다. 무엇보다도 유권자들의 깨어 있는 의식으로 건전한 선거문화의 정착을 위해 실천하는 자세가 선행되어야 하기 때문이다.

각 당에서도 후보를 뽑을 때 중앙당에서 하향식으로 뽑는 관행에서 탈피해 기간당원 및 여론조사 부분까지 포함함으로써 나름으로 변화를 꾀하고는 있지만, 아직도 공천을 둘러싼 잡음이 끊이지 않는 현실을

성공한 사람과 성공하는 사람들

보면 유권자들의 참여와 견제가 그 어느 때보다도 중요한 시점이다.

건전한 선거문화를 정착시키고 지역의 참 일꾼을 뽑는데 유권자의 현명한 자세 여부에 따라 이번 5·31 지방선거는 물론이거니와 풀뿌리 민주주의의 명운이 달려있다고 해도 과언이 아니다.

(2006. 5. 12)

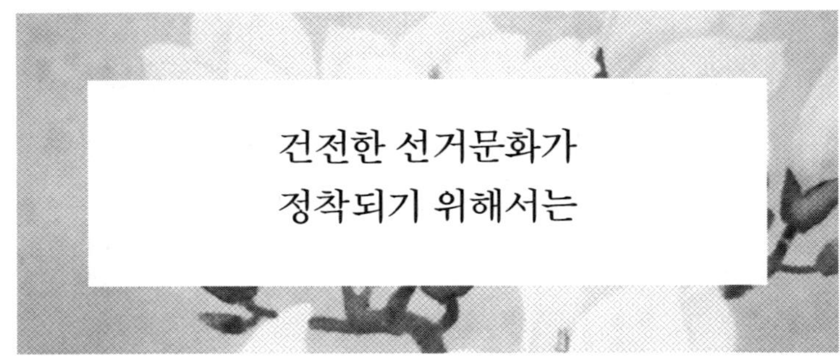

건전한 선거문화가
정착되기 위해서는

5 · 31 지방 선거일이 일주일도 채 안 남았다. 시내 곳곳에서 후보자와 운동원들이 유권자들의 관심을 끌기 위해 온갖 아이디어를 동원해 가면서 막바지 선거운동에 안간힘을 쏟고 있는 모습을 자주 보게 된다. 이런 시점에서 건전한 선거문화의 정착과 관련해서 다음과 같은 제언 몇 가지 덧붙이고 싶다.

먼저, 과거에 비해 많이 나아졌다고는 하지만 아직도 선거를 전쟁에 비유하는 표현들이 난무하고 있다. 예컨대 특히 일부 언론에서 격돌, 대접전, 공략 등등 마치 전쟁을 방불케 하는 섬뜩한 표현을 구사해 가면서 보도하는 관행을 여전히 되풀이하고 있는 것 같아 안타깝다.

사람에 따라서는 선거를 전쟁에 비유하는 것에 대해 단지 언어적 수사일 뿐 그 부작용이나 폐해에 대해 심각하게 고려할 사항이 아니라고 생각하는 경우도 있을 것이다. 하지만 이것은 입후보자들은 물론이거니와 유권자들에게도 '결과 지상주의'를 만연시켜 무조건 이겨야 한

성공한 사람과 성공하는 사람들

다는 생각에 사로잡혀 선거분위기를 극도로 혼탁하게 할 소지를 안고 있다는 점에서 그 폐해는 심각할 수 있다고 본다. 따라서 이번에는 언론에서 선도적으로 가능한 좀 더 정제된 표현으로 선거 관련 보도를 함으로써 건전한 선거문화를 정착하는데 기여했으면 한다.

다음으로는 아직 투표를 하지 않은 상태라고는 하지만, 지방선거가 회를 거듭할수록 투표율이 저조했다는 보도를 접하면서 이번 선거에서도 낮은 투표율이 재현되는 것은 아닌지 걱정스럽다. (95 − 68.4%, 98 − 52.7%, 2002 − 48.8%)

특히 젊은이들의 투표율 저하는 우려할 만한 현상이다. 2002년도의 경우라지만 20대의 투표율이 60대 투표율의 1/3에도 미치지 못했다는 통계는 유권자로서의 신성한 권리를 포기한 경우로 충격적으로 다가온다. 이번부터는 만19세로 선거연령도 낮추어 젊은 유권자들의 표심을 정치권에서도 적극 반영하려 한 점을 염두에 둔다면 젊은 유권자들의 적극적인 관심과 동참이 절실하게 요구된다고 하겠다. 정치권 및 제도권에 대한 불만이나 비판도 표를 통해 표출하려는 자세가 더욱 바람직하다고 생각한다. 당연히 60대 이후의 노년층의 선거에 대한 관심과 동참도 요구된다. 더욱이 85년 12대 총선 이후 20여년 만에 중선구제가 전면 실시되기 때문에 해당 선거구에서 선출하는 의원 수에 맞게 복수의 후보에게 기표하는 것으로 착각하는 유권자도 예상외로 많다고 한다. 올바른 투표방법에 대한 안내로 무효표로 줄이려는 관심도 필요한 시점이다.

다음으로 너무도 당연한 사항이지만, 선거를 치른 후에 후유증이 심화되지 않도록 모범적인 선례를 많이 만들어졌으면 바램이다.

과거의 경우 가끔 선거를 치룬 후에 후보자들 간의 앙금이 도화선이 되어 지역민들 간에도 분열과 반목을 초래하는 경우가 적지 않았다.

선거를 치른 후 어느 정도 후유증은 예상된다. 하지만 '아름다운 패배'
로 유권자들에게 진한 감동을 주는 선거도 얼마든지 있을 수 있으며,
또 이것의 가치와 의미를 인정해 주는 풍토가 필요한 것이다.

　선거운동 과정에서 후보자들 간의 상호 비방 및 네거티브 전략으로
인해 서로에게 상처를 입히게 될 경우 당락 여부를 떠나 지역의 화합
을 저해하는 요인이 될 수 있다는 점을 마땅히 경계해야 한다.

　이번의 5 · 31 지방선거가 각 후보자들의 페어플레이 정신과 유권
자들의 성숙함이 조화를 이뤄 타 지역에 모범이 되는 선례를 많이 만
들어 갔으면 하는 마음 간절하다.

(2006. 5. 25)

　　성공한 사람과 성공하는 사람들

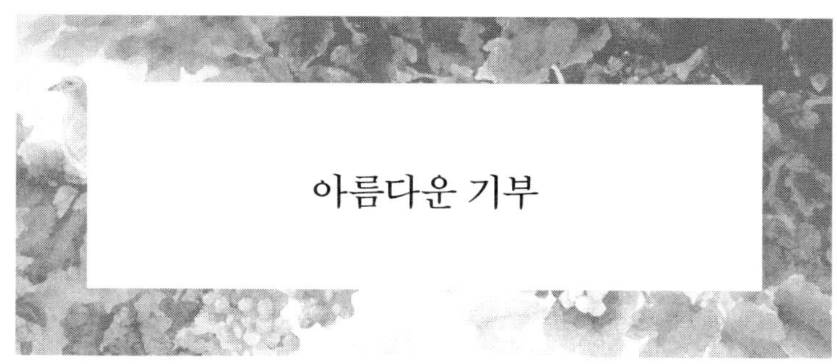

아름다운 기부

새해 들어 국내·외적으로 경기 전망이 그리 밝지 않다며 우려하는 목소리가 적지 않다. 설 명절이 열흘 남짓 남았는데 서민들의 살림살이는 별로 나아질 것 같지 않아 마음이 무겁다는 소리도 여기저기서 들린다. 더욱이 물가는 가파르게 상승하고 있어 서민들의 고통이 더욱 가중되고 있다.

순천시내 곳곳에는 때 아닌 플래카드가 이곳저곳에 어지럽게 널려 있어 우리 고장을 찾는 외지인들을 어리둥절하게 하고 있다. 이 자리에서 간단하게 언급할 성격은 아닌 줄 알고 있다. 다만 대학의 단과대학의 이전문제를 놓고 마치 대학과 지역민이 갈등하는 양상으로 빚어지는 것 같아 안타깝다. 대학은 위기를 진단하고 활로를 모색하는 과정에서 한 대안으로 나올법한 구상이고, 지역민은 단과대학의 인근 이전은 자칫 지역의 교육경쟁력을 약화시킬 수 있다고 생각하는 것 같다. 대학과 지역이 상생의 방법을 모색해 가는 성장통에 머물렀으면 한다.

오늘은 미담 하나를 소개하고 싶다. 필자가 자주 다니는 동네 목욕탕이 하나 있다. 헬스장, 수영장, 그 밖의 위락시설을 두루 갖춘 대형 목욕탕이 아니다. 인근 아파트 주민들이 주로 이용하는 평범한 목욕탕이다.

그런데 이곳에서 얼마 전 집안형편이 넉넉하지 못한 상태에서도 꿋꿋하게 생활하는 청소년을 상대로 1인당 100만원씩 10여명의 학생에게 장학금을 수여할 계획이니 이곳을 이용하는 고객의 추천을 받는다는 내용이 공지된 것을 보았다. 내심 신선하고 훈훈하다는 생각이 들었다. 고객의 추천을 받는 것도 그렇고 또 성적을 크게 고려하지 않는다는 점도 가슴에 와 닿았다. 그래서 필자도 우리 집 아이 또래의 중3 중에서 가정형편이 어려운 가운데에서도 효심도 지극하고 공부도 열심히 하는 한 학생을 추천했다. 얼마쯤 지난 뒤 그 학생에게도 장학금이 수여됐다는 소식을 접했다.

목욕탕 사장님과 필자는 일면식도 없다. 다만, 우리 주변에 도움을 줬으면 하는 한 청소년을 추천해 주었을 뿐이다. 생각해 보니 목욕탕 사장님의 마음씨가 너무 고맙고 주변에 알리고 싶은 생각이 들었다. 목욕탕 사장님의 경우처럼 우리 사회에는 어려운 이웃들에게 봉사와 나눔의 정신을 실천하는 사람이 또 있을 줄 안다. 그리고 이런 분들은 대체로 주변에 알려지는 것을 꺼리거나 부담스러워하는 경우마저 있다. 하지만 이런 미담은 가능하면 우리가 서로 공유하고 주변에도 소개함으로써 아름다운 나눔의 문화가 우리 사회에 좀 더 확산되었으면 하는 마음을 가져 본다.

우리 사회는 이렇게 묵묵히 아름다운 기부를 실천하는 사람이 있어 '살맛나는 세상'이 아닌가 하는 생각이 든다. 대체로 어려운 여건 속에 놓인 사람들이 가진 사람들보다 나눔의 정신을 실천하는 경우가 더 많

     성공한 사람과 성공하는 사람들

다는 소리도 들려온다.

　경제사정이 어려운 가운데에서도 봉사와 나눔의 정신을 실천하는 사람들의 마음에서 진정한 부자富者의 품격을 느끼는 소중한 기억으로 오래 남을 것 같다.

(2008. 1. 29)

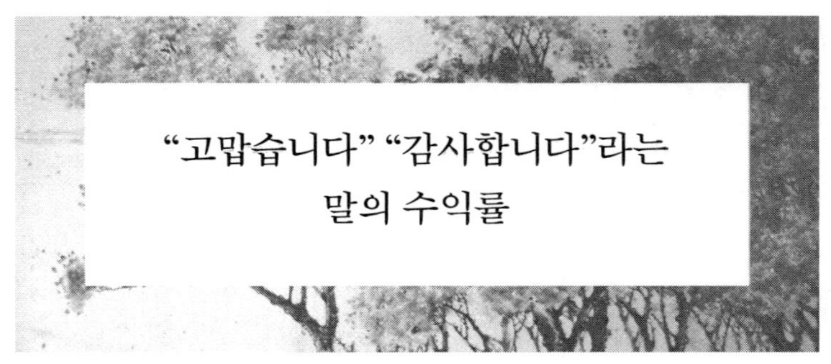

2008년 무자년 새해를 맞은 지도 벌써 보름이 다 되어간다. 하지만 요즈음도 새로운 해를 맞아 지인들에게 덕담을 건네는 모습을 우리 주변에서 종종 볼 수가 있다. 또 연초에는 사회 각 계의 지도층에서 올 한해를 맞는 각오나 바람을 사자성어를 통해 표현하곤 한다. 국민들 각자의 입장에 따라 다소 차이는 있겠지만, 대체로 사회의 구성원들이 소망하는 바를 순조롭게 이루기를 바라는 기원祈願이 담겨있음을 볼 수가 있다.

필자에게 몇 년 전부터 인상적인 메일이 1통씩 배달되고 있다. 오늘 소개하고픈 내용은 '감사합니다'라는 말의 효과와 관련된 것이다. 우리는 살면서 많은 사람들의 도움을 받으며 사는데 정작 "감사합니다" 혹은 "고맙습니다"라는 말을 쓰는데 다소 인색한 것은 아닌지 돌아보게 하는 내용이었다.

피터 드러커라는 외국인 학자에게 리더십의 가장 중요한 요소 3가

성공한 사람과 성공하는 사람들

지를 묻자, 두 번째로 중요한 것이 경어를 쓰는 것과 "감사합니다" 혹은 "고맙습니다"라는 표현의 수익률이 무한대라고 주장했다는 것이다. 요컨대 진심어린 감사의 표현만으로도 많은 일들을 이룰 수 있다는 내용으로 요약된다.

실제 현실과는 다소 거리가 있을 수 있다. 하지만 "말 한마디로 천 냥 빚을 갚는다"는 우리네 속담을 떠올려 봐도 말이란 칼날과 같은 속성을 지녔다는 생각이 든다. 말은 자칫 상대방에게 상처를 주기도 하지만 많은 위로와 격려를 주기도 하기 때문일 것이다.

올 한 해를 맞는 우리 전남도민을 비롯해 동부권의 지역민들에게도 "감사합니다" "고맙습니다"라는 표현을 가능한 많이 쓸 것을 권유하고 싶다. 교과서적인 내용이라고만 생각하지 마시고 이것을 우리 일상생활에서 실천해 감으로써 이런 물결이 주위에 널리 퍼져갔으면 하는 마음이다. "감사합니다", "고맙습니다"를 많이 쓰다 보면 자연히 남을 배려하는 마음도 생겨 우리 사회가 보다 넉넉하고 마음이 부자가 될 수 있을 것 같기 때문이다.

작년에 우리 지역에서는 2012년 여수엑스포 유치를 일궈낸 큰 경사가 있었다. 전남도민을 비롯해 특히 광양만권 지역민들은 이제 엑스포의 성공적인 개최를 위해 혼신의 노력을 경주해야 할 소명이 주어져 있다. 성공적인 개최를 위해서는 정부차원의 전폭적인 지원은 물론이거니와 광양만권 각 지방자치단체와 지역민들의 긴밀한 협조가 그 어느 때보다 절실하다고 생각한다.

새 정부 출범을 앞두고 인수위의 활동에 온 국민의 눈과 귀가 쏠려 있다. 전남의 정치적 기반은 이제 여당에서 야당으로 바뀌었다는 점에 대해 크게 이견을 없을 줄 안다. 전남의 지역민들 중에는 참여정부에서 추진했던 정책들이 새 정부 들어 그 기조가 흔들리는 것은 아닌지 우려하는 시각도 일부 있다고 들었다. 하지만 새 정부 역시 국가의 운영이라는 큰 틀에서 국가의 경쟁력과 정책의 일관성이 우선되어야 할 것이다.

새해를 맞고 새 정부의 출범을 앞둔 만큼 우리 지역이 더욱 발전하고 살기 좋은 고장으로 거듭 나기를 간절히 소망해 본다.

(2008. 1. 15)

성공한 사람과 성공하는 사람들

제2부

성공한 사람과 성공하는 사람들

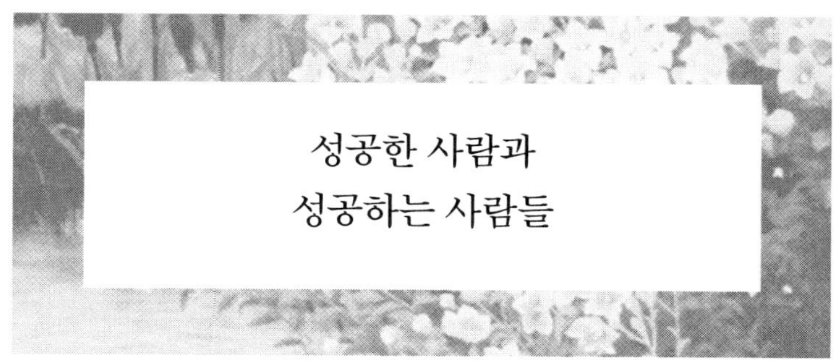

성공하고 싶지 않은 사람은 없다. 많은 사람들이 성공하기를 원한다. 하지만 성공한 사람은 많지 않다. 그만큼 성공하기가 힘들다는 얘기다. 성공의 기준과 범위를 어디에 두어야 할지 사람마다 관점이 다를 뿐 아니라 주관적인 측면도 포함하고 있는 만큼 일률적으로 정하기 어렵다. 하지만 적어도 자타가 공인할 만큼 어느 분야에서 일가를 이룬 사람들의 면면을 보면 몇 가지 공통점을 어렵지 않게 발견할 수 있다. 또한 정작 중요한 건 성공 여부를 떠나 이런 유형의 사람들이 많아질 때 분명 우리 사회는 희망차고 밝을 것이라는 생각도 든다.

우선, 무엇보다도 성공한 사람들은 대체로 적극적이고 능동적이다. 그렇다고 소극적인 사람들은 성공할 수 없다는 얘기는 아니다. 사실 능동적인 것과 소극적인 것의 구분도 지극히 주관적이다. 또 억지로 하거나 마지못해 하는 일은 소극적이기 마련이다. 이렇게 언어의 엄밀성을 들이대면서 하는 얘기가 아니다. 다만, 매사 적극적이고 능동적인 사람들이 소극적인 사람들보다 성공할 확률이 높다고 보는 것이다.

개인의 성격차도 있지만 적극적인 사람들은 대체로 열정적이다. 열정적인 사람은 실패의 가능성도 있지만 기회가 더 많이 따르기 마련이다. 열정적이지 않은 사람은 대체로 무기력과 친연성이 강하다. 무기력은 사람을 멍들게 만드는 암적인 존재다. 젊은이가 무기력에 빠져 있다면 희망이 없다고 단언하고 싶다. 일시적으로 무기력에 빠질 수 있다. 그렇다면 가능한 빨리 무기력 증상에서 벗어나야 한다. 무기력은 늪과 같은 속성을 지닌다. 빠져들수록 헤어나기 어렵다.

성공한 사람들은 남을 배려할 줄 아는 따뜻한 가슴을 지니고 있다. 독해야(?) 성공한다는 얘기를 흔히 하곤 했다. 남의 사정 다 들어주며 인정에 약해 정작 자기 일을 그르치거나 혹은 시기를 놓쳐 실패할 수도 있다는 점을 경계하기 위한 목적으로 제법 그럴듯하게 회자膾炙된 적이 있었다. 수정할 여지가 있다. 다른 사람들에게 독하게(?) 해야 한다는 의미로 그 진의가 왜곡된 경우이기 때문이다.

자신에게 철저한 사람은 타인에게 관대한 편이다. 자신의 잘못은 덮어두고 관대하면서 잘못되면 남의 탓으로만 돌리는 사람이 있다. 이런 부류의 사람은 성공할 가능성이 지극히 낮다. 성공한 사람들은 남의 탓으로 돌리지 않는다. 남들의 원성을 들어가며 자기 잇속만 챙기는 사람 역시 성공하기 힘들다. 그렇게 세상이 변하고 있다.

성공한 사람들은 미래를 보는 남다른 통찰력을 소유하고 있다. 앞으로 무엇이 정말 중요하고 사소한지를 가늠하는 안목이 남다르다는 얘기다. 사소한 일에 집착하지 않는다. 어리석은 사람일수록 본분을 망각하거나 사소한 일에 집착하고 고집을 부린다. 기성세대들 중에는 고집을 소신으로 착각하는 경우가 없었는지 되새겨 볼 일이다. 책임 있는 위치에 있는 기성세대 중에서 이런 식으로 억지와 고집을 부리면

　　　　　　　　　　　　성공한 사람과 성공하는 사람들

그 구성원들이 수난을 당한다. 뿐만 아니라 앞으로 우리 사회를 이끌어 갈 젊은 세대들에게 죄를 짓는 행위다. 젊은이들의 비위(?)를 맞추라는 얘기가 아니다. 젊은이들과의 소통의 단절을 초래해서는 안 된다. 젊은이들은 삶의 연륜이 짧기에 의욕이 다소 앞서거나 생각이 투박하고 거칠지라도, 젊은 세대들의 열정이야말로 우리 사회를 한 단계 업그레이드 시키는 기폭제다. 젊은이들로부터 외면 받는 기성세대는 성공하기 힘들다.

성공하는 사람들은 시간관리에 철저하다. 시간을 돈보다 몇 배 더 소중하게 여긴다. 촌음을 아껴 시간을 효율적으로 관리한다. 그렇다고 자신을 돌아볼 시간마저 갖는 않는 건 아니다. 바쁠수록 자신의 내면을 성찰하는 자세를 게을리 해서는 성공할 수 없다.

이외에도 약속을 잘 지키는 것도 성공한 사람들에게 있어 빼놓을 수 없는 중요한 요소다. 당연히 책임감도 강하다. 이처럼 성공한 사람들이 갖추고 있는 장점을 들자면 더 많다. 그렇다고 성공한 사람들이 모두 장점만 가지고 있는 건 아니다. 당연히 부족한 점도 있다. 또 스스로 부족하다고 느낀다. 중요한 건 부족함을 메우기 위해 부단히 노력하는 자세를 견지堅持한다는 점이다.

이처럼 우리 사회에서 성공했으면 모델은 위에서 열거한 마음가짐에다 "중간 이상 정도의 두뇌감각을 갖고 매사에 성실하고 겸손한 사람"이다. 두뇌를 끼워 넣은 건 머리가 명민한데 정신이 건전치 못한 부류의 사람이 한 사회를 리드하는 위치에 있으면 그 사회적 폐해가 너무 크다는 점을 강조하고 싶어서다.

필자의 개인적인 소견에 입각立脚해 성공한 사람들이 가지는 유형과 공통점을 몇 가지 제시해 놓았지만 다른 한 쪽에서 반박하는 소리도 귓전에 맴돈다. 우리의 현실이 과연 그러냐고? 하지만 성공한 사람들

은 대체로 앞에서 열거한 유형의 사람들이 많다는 생각을 철회하고 싶
지는 않다. 동시에 이런 부류의 사람들이 성공할 가능성이 높다고 주
장하고 싶다. 이것을 과학적으로 설명할 자신은 없다. 다만, 그런 확신
을 갖고 있다. 또 이런 부류의 사람들이 우리 사회에서 중추적 기능을
맡아 선도해 갈 때 그 사회의 미래가 밝고 희망적이라는 생각에도 변
함이 없다.

(2007. 8. 20)

성공한 사람과 성공하는 사람들

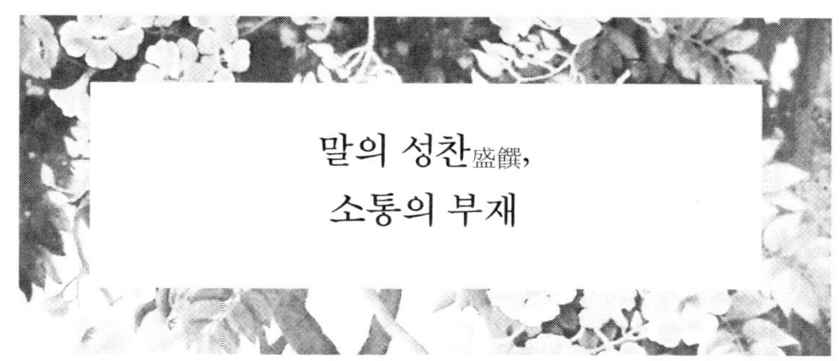

요즘 우리 사회의 세태를 보면서 절실하게 느끼는 것 중의 하나는 말들이 너무 많다는 점이다. 국민들의 주권의식이 강하고 민도가 높아지면서 생기는 자연스러운 현상을 두고 무슨 딴죽을 거냐고 힐난할지도 모르겠다. 말이 많은 사회는 침묵하는 사회보다 백번 낫다. 침묵을 강요하는 사회야말로 죽은 사회이기 때문이다. 사회가 역동적이고 언로가 트이면 말이 많은 법이다.

문제는 말은 많되 제대로 소통되지 않고 있다는 점에 있다. 더욱이 말을 하는 편에서는 말이 안 통한다고 답답해하고, 듣는 입장에서는 말의 진정성을 의심하면서 핵심을 외면하고, 심지어 말꼬리를 물고 늘어지는 경우가 너무도 많다. 요컨대 말의 성찬, 소통이 부재하는 사회에 우리가 살고 있다는 생각이 든다. 여러 면에서 바람직스럽지 않은 현상이다.

우선, 대통령의 말에 말들이 많은 점부터 상기해 보자. 일국의 대통령의 말속에는 통치철학과 향후 국정의 방향을 가늠해 볼 수 있게 한

다는 점에서 정치권은 물론 언론에서 여러 가지 반응을 보이는 것은
지극히 자연스럽다. 또 발언의 진위 여부와 시점의 적절성 문제도 논
란거리를 제공하지만, 이해관계에 따라 이것의 파장이 확대재생산 되
는 속성을 지닌다.

몇 년 전 대통령이 일부 정치인을 잡초에 비유한 이른바 '잡초론'을
두고 정치권은 물론 네티즌 사이에 공방이 뜨거웠던 적도 같은 맥락이
다. 대통령이 쓴 원문을 놓고 볼 때 지극히 원론적이고 일반적인 측면
에서 정치개혁을 논하는 과정에서 집단이기주의 기승, 세대 간의 갈등
등 우리 사회의 개혁을 가로막는 폐단에 대해 국민들에게 당부의 말과
아울러 회초리 얘기를 했다. 국민들의 따끔한 질책과 비판이 동시에
요구되고 있음을 피력했던 것이다. 하지만 정치권에서는 잡초라는 단
어가 갖는 상징성과 함축성을 상기하면서 모욕감을 느끼고, 심지어 일
부 정치인들 중에는 자신들의 입지를 약화(혹은 제거)시키려는 정략적
의도가 숨어있다고 해석하며 반발하지 않았는가.

또, 지난 연말에 공식석상에서 다소 격정적으로 여과되지 않은 표현
을 한 것을 두고 정치권에서부터 말들이 많았다. 새해 벽두 대통령의
개헌 발언을 두고 정치권에서부터 각기 다양한 반응을 보이다 지금은
다소 소강국면이다. 대통령의 말을 동일 선상에 놓고 볼 수 없다. 말의
성격이 다소 다르기 때문이다.

지난 연말의 경우는 여과되지 않은 직설적인 표현에 대한 언어의 격
格에 대한 논란이었고, 새해 벽두의 개헌 관련 발언은 정치권의 이해관
계와 맞물려 그 파장이 확대재생산 되고 있는 형국이었다. 하지만 대
통령의 연설 및 국정운영의 스타일로 볼 때 앞으로도 그런 불씨를 여
전히 안고 있다고 봐야 옳다.

언어는 같은 말이라도 사용하는 사람의 입장이나 상황(context)에

　　　　　　　　성공한 사람과 성공하는 사람들

따라 얼마든지 다르게 받아들일 수 있는 속성을 지닌다. 사람들은 언어의 이런 점을 대체로 잘 알고 있으면서도 실제 현실은 그렇게 간단하게 적용되지 않고 있음을 간혹 놓치고 만다. 복잡하고 다기多岐한 사회일수록 본래의 뜻에 한정되지 않고 여러 가지 다른 해석과 의미가 부여될 수 있다.

이런 점에서 대통령의 발언은 일차적으로 국가의 지도자로서 지켜야 할 언어의 품격을 유지하는 게 온당하다. 국민들 일부(혹은 정치권에서)가 진정성을 몰라주는 것 같아 억울(?)한 생각이 들고, 일부 언론의 보도와 논평이 마음에 안 들어도 공식석상에서는 정제되지 않은 표현을 자제하는 게 순리다. 시빗거리를 만들어 소모적인 논쟁을 부추길 소지가 있기 때문이다. 품격 있는 언어의 구사가 요구되는 이유도 여기에 있다.

대통령의 연설 스타일이 역대 대통령과 달리 공식적인 틀에 얽매이지 않고 즉흥적으로 자신의 생각을 솔직하게 표현하는 장점도 지닌다. 국민들의 피부에 와 닿게 하는 어법이다. 문제는 이런 장점 못지않게 자칫 소모적인 논쟁으로 이어질 빌미를 주고, 그러한 논쟁의 폐해는 결국 국민의 몫으로 남는 점도 늘 염두에 두고 이것을 최소화할 수 있어야 한다는 점이다.

언어가 개인은 물론 사회의 의사소통을 원활하게 전달하는 수단임에도 불구하고, 오히려 그것이 사람들 사이의 불신을 조장하고 그 파장을 불러일으키는 현상을 어떻게 설명할 수 있을까. 그것은 무엇보다도 우리 사회의 고질적인 병폐의 하나인 신뢰의 부재와도 무관하지 않다고 본다. 신뢰의 부재는 당연히 의사소통의 단절과 곡해를 초래한다.

둘째는 우리 사회가 상생의 측면보다 대결문화에 너무 익숙해져 있는 습성과도 깊숙이 관련되어 있다고 봐야 할 것이다. 얼핏 보면 개성이 강조되고 다양성이 자리하는 듯하면서도 실제 내용은 이분법적 사고의 틀을 벗어나지 못하는 사회상(社會相)과도 맞닿아 있는 것이다. 정치권은 그 정도가 더 심한 편이고 심지어 조장하는 측면도 있다. 더욱이 올해는 대선을 앞둔 만큼 정치권에서부터 많은 말들을 쏟아낼 것이다. 정말 국민을 위하고 민심을 챙기는 진실함이 묻어있는지를 꼼꼼하게 따져보는 것도 국민들의 몫이다. 지역민들의 경우도 예외는 아니다. 지역의 정치인들이 정말 지역민을 위해서 실현가능한 정책과 내세우고 있는지 아니면 공약(空約)을 남발하며 그럴듯한 말로 지역민을 현혹하지나 않는지 곱씹어 볼일이다.

언제부턴가 우리 사회는 정치권은 물론 언론에서도 지극히 자극적이고 선동적인 언어구사를 통해 자신의 의사를 표현하거나 보도하는 데 너무 익숙해져 있다. 심지어 이런 표현을 써야 효과적으로 의사를 전달할 수 있는 것으로 착각하고 있는 듯하다.

언어는 인간의 사고를 드러내는 수단이기도 하지만, 자극적이고 거친 언어구사는 인간의 마음을 황폐하게 한다. 나아가 우리 사회의 분열과 이기심을 조장하게 되어 결국 우리 사회의 화합을 저해하고 오직 분열과 소모적인 논쟁만을 부추기게 될 것이다.

언어에도 품격이 있다. 언어의 품격은 대화의 상대성을 헤아려 진실을 담을 때 유지된다. 특히 지도층에서는 언어의 공신력을 갖는 만큼 사려 깊고 분명하게 의견을 전달하는 데 소홀함이 없어야 하고, 또 받아들이는 사람 역시 본래의 취지를 자의적(恣意的)으로 해석하여 이를 왜곡하거나 확대재생산하는 일이 없어야 할 것이다.

성숙한 사회의 지표는 언어의 격을 갖추고도 원활하게 소통될 수 있는 언어구사 방식과도 무관할 수 없다고 하겠다.

(2007. 1. 18)

 성공한 사람과 성공하는 사람들

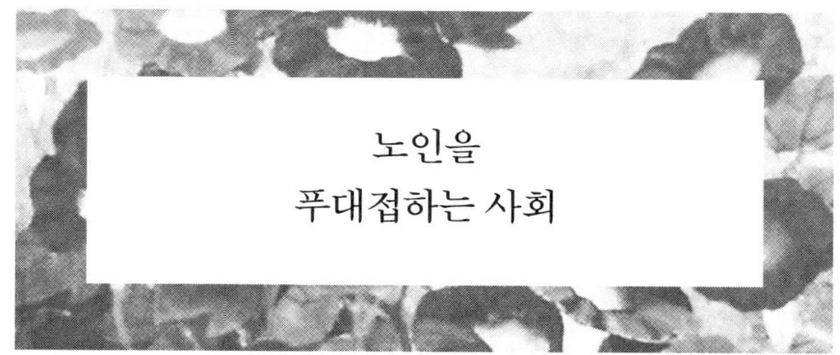

우 리 사회는 급격하게 고령화 사회로 접어들고 있다. 유엔은 65세 이상 인구가 총 인구의 7% 이상이면 고령화 사회, 14% 이상이면 고령사회, 20% 이상이면 초고령 사회로 정의하고 있다. 근래 몇 년의 통계에서도 나타난 바와 같이, 한국 남성의 평균수명은 남성 73.4세, 여성 80.4세로 전체적으로는 77.0세에 도달한 것으로 조사됐다.

통계청과 보건복지부에 따르면 한국은 2000년에 이미 65세 이상 고령인구 비율이 7.2%로 "고령화 사회"로 접어든 것으로 나타났다. 또 19년 뒤인 2019년에는 14.4%로 높아져 "고령사회"가 되고 다시 7년 뒤인 2026년에는 23.1%로 "초超고령사회"가 될 것으로 전망됐다. 이는 통계가 비교 가능한 국가들 가운데 가장 빠른 고령화 속도다.

과학 및 의학기술의 발달과 웰빙(Well-being) 분위기의 확산 등으로 인간의 평균 수명이 이처럼 많이 연장돼 있는 반면, 출산율이 저조한 점들에 고령화 사회의 주요 원인이 있다고 하겠다. 이렇게 우리 사회가 고령화 사회로 접어들자 사회 일각에서는 우려하는 목소리도 적지 않다.

무엇보다도 국가는 물론 사회의 각 부문에서 경쟁력이 저하될 것을 크게 우려하고, 또 이 점을 심각하게 받아들이는 추세다. 일리 있는 지적이고 이와 관련된 대안이 시급히 요구된다는 점에 이의를 달기는 어렵다. 젊고 의욕에 찬 젊은이들이 기발한 아이디어와 패기로 가득할 때 그 국가와 사회의 미래가 밝을 것이 자명하기 때문이다.

그런데 문제는 이렇게 우리 사회가 경쟁력을 지나치게 중요시하는 과정에서 은연중에 노인들을 푸대접하는 사회 분위기가 팽배해 있는 점이다. 심지어 부모를 학대하는 자식이 있는가 하면 단순히 쳐다보았다고 힘없는 노인을 살해하는 젊은이가 있을 정도니 더 이상 무슨 사례가 필요하랴. 극히 일부에서 저지르는 패륜아적 행위나 정신이 이상한 젊은이의 행위로만 치부하기에는 그 징후가 심상치 않다. 노인 학대는 이미 심각한 사회문제로 부각되고 있는 실정이다.

우리나라의 역사에 과거 고려장이라는 풍속이 있었다고 전해진다. 물론 이러한 풍속의 유래와 기원 및 그 이유에 대해서는 확실하지는 않은 측면도 있지만, 노동력을 상실한 노인들을 각 가정에서 일정한 양의 식량만 주어 한적한 곳에 유기遺棄하고 더 이상 돌보지 않도록 나라에서 법으로 정하고 이를 어긴 자는 엄하게 다스렸다고 전해진다. 특히 우리나라는 외침이 잦고 흉년이 잦다보면 기근으로 백성들이 고생을 많이 하게 되고 따라서 자연히 노동력을 상실하여 자생할 여력이 없을 뿐 아니라 부족의 세를 약화시킬 수 있는 노인들로 인해 가정적으로나 사회적으로 심각한 문제를 야기했을 것이라는 추측도 든다.

하지만 오늘날은 상황이 많이 달라졌다. 그럼에도 불구하고 과거 고려장의 풍습과 그 형태만 다르지 이와 유사한 일이 우리 사회에서 비

성공한 사람과 성공하는 사람들

일비재하게 일어나고 있음을 언론을 통해 자주 접하다 보면 일과성으로 치부할 수만은 없는 문제로 생각된다. 새삼스러운 얘기가 아니냐고 반문할 수도 있으나 노인을 푸대접하는 사회는 정녕 건강한 사회가 아니다. 아니 행복하고 희망찬 미래를 건설할 수 없다는 생각도 든다.

사람이 늙지 않을 수 없으며 늙지 않는 사람도 없다. 노후의 편안한 삶은 각 개인의 능력에 달린 문제로 볼 수도 있겠으나, 최소한 노인들이 사회로부터 버림받고 푸대접받는 사회 풍토는 지양해야 마땅하다. 이런 사회를 개선하고 노소가 어우러져 살기를 희망하는 마음에서 필자는 다음과 같은 몇 가지 소박한 제안을 하고 싶다.

첫째로, 우리 사회에 여러 형태의 모임 및 동아리들에 가능하면 노소가 함께 하는 자리가 더 많이 만들어졌으면 한다. 운동 및 여행 그리고 각종 답사회 등에 가능하면 노소가 함께 활동할 수 있는 분위기의 조성을 통해 노인은 젊은이들에게 인생의 참뜻을 전해줄 수 있는 기회가 되고, 젊은이는 이런 자리를 통해 삶의 지혜를 얻는 시간들로 자연스럽게 채워졌으면 하는 마음에서다. 실제로 노소가 함께 하는 모임은 비교적 생명력도 있고 모임이 오래도록 유지되는 경우를 자주 보게 된다.

노인들은 대체로 여러 가지 갈등적 요소를 포용하려고 노력하는 반면, 젊은이들은 왕성하게 일에 추진하는데 장기를 발휘함으로써 여러 가지 면에서 조화를 이루기 때문일 것이다. 이때 무엇보다도 노인들의 능동적인 참여 자세도 필요하지만, 젊은이들이 먼저 노인들을 보다 적극적으로 동참을 유도하고 배려하는 자세가 요구된다.

둘째, 우리 사회가 원로를 대접하는 사회 풍토가 확산되었으면 하는 마음이다. 다소 엉뚱하게 들릴 수도 있지만, 우리 사회가 '원로元老'에 대한 경외심이 사라지는 점도 노인이 푸대접받게 하는 한 원인遠因으로 작용했다고 본다. 혹자는 우리 사회에 '원로다운 원로'가 없을 뿐 아니라 원로라고 자칭하는 분들이 대체로 지극히 권위주의적 사고에 젖어 있거나, 혹은 구시대적인 완고함의 상징처럼 생각하는 경향도 있다. 그렇다고 우리 사회에 존경할만한 원로가 전혀 없다고는 생각하지 않는다. 권력이나 언론 및 그 어느 곳으로부터도 구애받지 않고 우리 사회가 올바른 방향으로 갈 수 있도록 선도할 뿐 아니라 잘못된 것에 대해서는 질타하기를 서슴지 않는 어른이 있다는 얘기다. 이런 점에서 원로들의 경륜과 지혜를 우리 사회에서 수용하고 힘을 발휘할 수 있도록 사회적 여건을 조성하는 것도 중요하다고 본다.

셋째로 우리 사회에서 노인들이 말년에 풍요롭게 살지는 못할망정 최소한의 행복추구권을 누리며 살 수 있도록 노인 복지제도와 노인 수용시설의 확충 그리고 노인 여가시설 및 프로그램들이 다양하게 마련되었으면 하는 마음이다. 이는 복지사회의 구현과 맞물려 있어 간단한 문제는 아니다. 또 중점을 두어야 할 사업 분야가 한두 군데가 아니고 과거에 비해 많이 나아졌다고 하지만 노인들이 체감하기는 미흡한 점이 많다.

이러한 점을 해결하기 위해서 무엇보다도 예산의 확보가 시급한 당면문제이겠으나, 국가의 재정상 어려움이 있으면 각 지방자치단체 및 독지가들의 후원을 통해서라도 이러한 점들을 보충하고 관심을 두어야 할 때다.

마지막으로 가장 중요한 것은 각 가정에서 부모를 섬기고 노인을 존중하는데 솔선수범하는 태도를 보이는 것이다. 청소년들을 비롯해 젊은이들은 어른들의 백 마디의 말보다 실천이 더 실감나고 자연스럽게 체득하는 기회를 준다. 사실 이 점은 지극히 당연한 얘기라 더 이상 설명이 필요하지도 않거니와 위에서 열거한 것 중에서도 가장 효과적이

성공한 사람과 성공하는 사람들

고 실질적인 요소를 포함하고 있다고 봐야 한다.

유치원은 물론 학교 교육의 현장에서 경노의식을 키워주는데 지금보다 더 많은 관심과 실질적인 대책이 요구된다. 그리고 자라나는 세대들이 많이 접하는 영화나 드라마 등 에서도 노인들이 등장하는 경우 이들을 은연중 폄하(貶下)하거나 무시하는 점들은 없는지 각별히 신경을 써서 제작하는 것도 효과적인 교육의 한 방법이 되지 않을까 싶다.

희망차고 밝은 선진 미래사회를 건설하기 위해서는 젊은이들의 몫도 크지만 노인들의 지혜와 경륜이 조화를 이룰 때 더 빨리 앞당길 수 있는 것이다. 이런 점들이 단순히 원론적인 수준에 그칠 게 아니라 우리 사회에서 심각하게 받아들여 여러 가지 대안을 서두를 때 우리 사회의 미래는 훨씬 더 밝을 것으로 확신한다. 10월 2일은 노인의 날이기도 하다.

(2007. 10. 1)

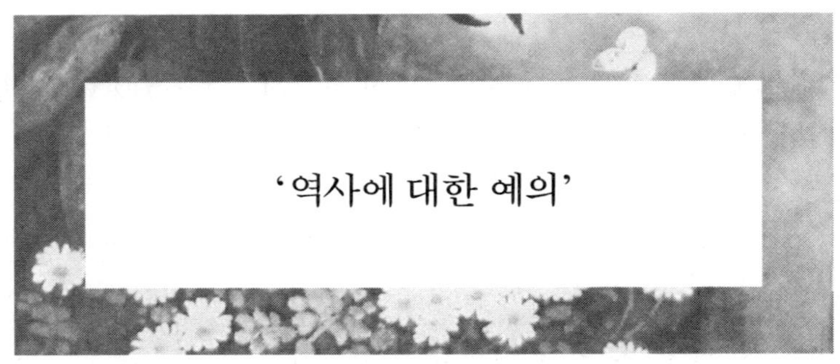

우리는 흔히 "역사로부터 배우지 못하는 민족이나 집단은 희망이 없다"는 말을 많이 한다. 역사는 과거를 통해 현재와 미래를 비추는 거울과 같은 속성을 지니기 때문이다. 그만큼 역사는 오늘을 사는 우리들의 삶에 소중한 교훈을 준다.

실패한 역사든 성공한 역사든 역사적 진실이 소중한 이유 중의 하나도 따지고 보면 역사의 교훈성과 밀접하게 관련되어 있다고 본다. 과거 실패한 역사를 통해서 우리는 그런 시행착오를 겪지 않으려고 노력할 것이고, 또 성공한 역사를 통해서는 성공에 이르는 효율적인 방안을 참고함으로써 후세의 소중한 교훈이 되기 때문이다. 역사의 현재성도 이런 맥락과 관련을 맺는다.

올해로 6월 항쟁이 일어난 지 20년이 되었다. 우리의 근현대사가 격동의 세월이었다고 하지만 한국현대사에서 6월 항쟁이 지니는 역사적 의미는 결코 작지 않다. 평범한 소시민들이 주축이 되어 역사의 수레바퀴를 제대로 굴러가게 한 기념비적 사건이었기 때문이다. 6월 항쟁

성공한 사람과 성공하는 사람들

에 대한 평가는 다양하다.

일부에서는 6월 항쟁의 정치적 귀결이 수동혁명으로 끝났다고 평가하면서 20년이 지난 지금도 한국의 민주주의는 수동혁명으로서의 태생적 한계를 벗어나지 못한 것으로 평가한다. 민주화 이후 한국사회가 질적으로 더 나빠졌다고 보는 것이다. 계급 간 불평등이 심화되었을 뿐 아니라 기득권 세력의 이익은 더욱 견고해져 사회이동이 더 어렵게 되었다는 점을 대표적인 예로 들고 있다.

반면, 시민운동의 성장에 초점을 두면서 낙관적 전망을 하는 경우가 있다. 아래로부터의 끊임없는 압력에 의해 불철저한 수동혁명의 결과가 계속적으로 개선되는 방향으로 나아갔다고 주장하는 경우다. 시민사회의 역동성에 보다 주안점을 둔 경우로서 이것이 발판이 되어 사회각 부문에서 자율성이 강화되었을 뿐 아니라 주권의식이 강해져 다양한 스펙트럼이 공존할 수 있는 선진사회로의 진입이 가능해졌다는 평가다.

6월 항쟁에 대해서 이렇게 비관 혹은 낙관이 교차하고 있지만 한 가지 분명한 것은 6월 항쟁을 우리 사회의 민주주의 성장과 결부해서 해석되고 있다는 점이다.

6월 항쟁은 일명 '넥타이부대'라고 부르는 화이트칼라들이 '호헌철폐' '직선제개헌'을 외치며 시위에 동참했던 점들도 우리 기억에 오래도록 남는다. 민주화에 대한 국민들의 열망을 확인함으로써 군사정권의 가슴을 써늘하게 했던 사건이었다. 이 사건의 정점에 박종철 고문치사 사건이나 이한열의 죽음과 같은 젊은이들의 값진 희생이 있었다. 6월 항쟁 이후 우리 사회가 온 국민들의 열망을 담아 살기 좋은 민주사회로 얼마나 진전시켰는지를 되짚어 보아야 하는 이유도 여기에 있다. 역사는 결코 지나간 사건이 아니다. 현재와 호흡함은 물론이거니와 희망찬 미래를 열어가는 지표이기도 하다.

이런 점에서 희망찬 미래사회를 위해서 우리는 오늘의 정치·사회적 상황을 냉철하게 진단하고 성찰하는 임무를 게을리 하지 말아야 할 것이다. 동시에 우리의 미래가 희망차고 후손들에게 결코 부끄럽지 않은 상태로 물려주기 위해서는 다음과 같은 점들이 더욱 공고해졌으면 하는 바람을 담아 본다.

무엇보다도 우리의 민주주의가 더욱 성숙해져야 한다. 민주주의는 세계 각국이 공통적으로 추구하는 최고의 가치체계다. 국민의 주권이 더욱 존중되고, 진정 국민을 위하는 정치가 뿌리를 내려야 한다. 선거철만 되면 "민심이 천심이다", "국민들이 무섭다"고 되뇌는 정치인들이 있다. 진심으로 국민을 섬기는 충정에서 나온 표현이라면 다행이지만 표를 의식한 언어적 수사修辭라면 유권자인 국민들이 냉정하게 판단해야 한다. 정말로 국민을 섬기고 봉사할 줄 아는 지도자를 뽑는 것도 결국 국민들의 몫이다. 국민들 역시 지도자를 제대로 볼 줄 아는 안목과 통찰력이 요구되는 이유다.

다음으로 소홀히 할 수 없는 것이 국민들의 힘을 분열시킬 뿐만 아니라 국력을 약화시키는 사회 각 부문에서의 양극화 현상을 해소하는 방안이다. 성장우선이냐 분배의 차원을 떠나 우리 사회를 좀먹는 암적인 존재일 수 있다는 우려 때문이다. 각 부문에서 시장경제의 원리에 의한 경쟁력을 확보하는 것 못지않게 부익부 빈익빈이 더욱 가속화되는 현상을 막는 실질적인 대책이 요구되는 시점이다.

다음으로 중요한 건 한반도 평화체제의 구축을 더욱 공고하게 해야 한다는 점을 들고 싶다. 냉전적인 이데올로기 시대가 역사의 뒷장으로 물려나고 확실한 평화체제의 구축을 위해서 남북이 서로 협력하고 화해를 도모하는 시대를 열어가야 한다. 이것이 우리가 지향해야 할 역

성공한 사람과 성공하는 사람들

사의 도도한 흐름이다. 우리 후손들이 더 이상 전쟁이나 핵위협으로부터 불안해하지 않고 살아갈 수 있는 토대를 확실하게 구축해야 할 역사적 소명을 우리 세대는 부여받았다.

6월 항쟁의 참뜻을 계승하는 것도 결국은 우리의 조국을 더욱 더 희망차고 온 국민이 살기 좋은 나라를 건설해 나가는데 있다고 본다. 또한 6월은 호국보훈의 달이다. 이래저래 6월은 새삼 '역사에 대한 예의'가 요청되는 시대를 실감하며 우리가 살아야 하는 이유다.

(2007. 6. 12)

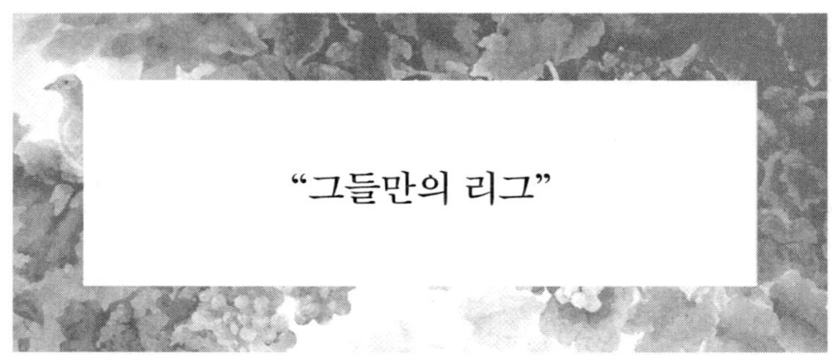

대학가는 12월 중순이면 학기말이다. 한 때 대학생들 사이에 '커닝'이 낭만으로 치부된 적이 있었다. 담당 교수마저 너그럽게 대하지는 않았지만 일부 대학생들 사이에 '커닝'에 대해 그렇게 크게 '죄의식'을 못 느낄 정도로 무감각했던 것 같다. 지금 생각해 보면 납득하기 힘들지만 그런 분위기가 한때나마 한 흐름을 형성하곤 했다.

지금은 대학마다 배우는 학생들에게 공정성과 투명성을 담보하기 위해서라도 철저하게 감독하려고 애쓴다. '커닝'은 열심히 공부한 사람과 그렇지 못한 학생의 변별력을 떨어트림으로써 페어플레이 정신에도 어긋난다. 일종의 새치기와도 같은 부끄럽고 파렴치한 행위다.

그런데 요즈음 뉴스를 접하다 보면 우리 사회의 공정성과 투명성을 저해하는 여러 가지 우울한 소식들이 들려온다. 어려운 여건 속에서 열심히 살아가는 보통 서민들의 상식으로는 도저히 이해가 가지 않는 사건들이 꼬리를 물고 있다. 열거하자면 많지만 한 두 가지 사례만 들고 싶다.

 　　　　　　　　　　성공한 사람과 성공하는 사람들

　양측의 공방이 오고가는 단계로서 좀 더 사정당국의 조사를 지켜봐야 하겠지만, 전직 삼성 법무팀장의 양심고백의 내용은 충격적이다. 대한민국 젊은이들 대부분이 제1순위로 취업을 희망하는 선망의 대상이자 초일류 기업을 내세우는 대기업이 검찰을 비롯해 국세청, 안기부, 언론 등 이른바 힘 있는 부서를 대상으로 전방위 로비를 펼쳤다는 세간의 의혹은 국민들을 실망시키고도 남는다.

　해당기업에서는 강하게 부정하고 있다지만, 이것을 액면 그대로 믿는 국민들은 그리 많지 않은 것 같다. 얼마 전 한 방송사에서도 국민들을 대상으로 한 여론 조사를 토대로 국민들의 70% 이상이 양심고백의 내용에 더 신뢰하고 있다는 보도를 내놓은 바 있다.

　초일류 기업을 내세우는 굴지屈指의 내로라하는 기업이 정상적으로 기업활동을 한 측면보다 부정과 탈법적인 방법에 더 많이 의존했다는 점에서 우리 사회의 부끄러운 자화상이기도 하다. 부의 세습이나 혹은 상속과정에서 탈세를 하거나 부당한 이윤추구 의혹은 보통 국민들의 마음을 서글프게 한다. 정상적으로 기업활동을 했다면 그렇게 많은 돈을 차명으로 관리해 가면서 여러 기관의 힘 있는 사람들에게 ‘떡값’을 줄 이유가 없지 않은가.

　기업활동을 하다 보면 어떻게 그렇게 원칙만 고수할 수 있느냐고 생각하는 경우도 있을 줄 안다. 하지만 이것은 정도가 지나쳤다는 생각이 든다. 국민들 역시 그동안 삼성이 우리나라 경제발전에 끼친 공헌을 모르지 않는다. 삼성관련 기업에 종사한 근로자들의 자부심에 상처를 주는 것도 원하지 않는다. 다만, 우리 사회가 명실상부한 선진사회로 한 단계 더 발전하기 위해서는 공정하고 투명한 사회를 담보할 때만이 가능하다는 생각에 이의를 달기는 어렵다. 이런 점에서 삼성 상층부의 진솔한 자기반성과 성찰의 자세가 요구된다.

다음으로 국민들의 마음을 또 한 번 먹구름으로 드리운 사건은 사설학원에 의해 어느 특목고 시험지가 사전 유출돼 일어난 파동이다. 관점에 따라서는 사설학원의 과욕 및 관행에 의해 저질러진 개인비리적인 성격으로 치부할 수도 있을 것이다. 하지만 그렇게 단순하게 볼 사항만은 아닌 것 같다. 좀 더 수사를 지켜봐야 하겠지만 항간에는 사설학원과 특목고의 유착관계가 공공연하게 이루어졌다는 의혹이 일고 있다. 우리 사회의 투명성과 공익성의 수준을 가늠하게 하는 부끄럽고 파렴치한 행위로 밖에 볼 수 없다. 더욱이 어느 곳보다 도덕성이 우선해야 할 교직사회가 연루되어 있는 점에서 심히 부끄럽다.

일련의 사건 속에서 우리는 우리 사회가 공정성과 투명성을 많이 담보하고 있다는 생각에 회의감마저 생긴다. 이른바 돈 많이 벌고 있는 사람, 많이 배운 사람, 그리고 힘 있는 계층의 사람들이 도덕적으로 청렴하고 법규를 준수하여 모범적인 행동을 하기보다는 '그들만의 리그'를 형성해서 사욕 채우기에 급급했다는 인상을 주기 때문이다. 좀 거친 표현을 쓰자면 "남들이야 어떻게 되든 나만 배부르고 등 따뜻하면 된다"는 극단적 이기주의가 똬리를 형성하고 있다는 생각마저 든다.

이러한 분위기가 우리 사회에 팽배해져 간다면 국민통합은커녕 국가의 경쟁력도 곤두박질 할 것이 뻔하다. 적당히 덮어둘 사안은 아닌 것 같다. 남을 배려하는 품격 있는 선진 사회와는 자꾸만 멀어져 가는 징조인 것 같아 안타까운 마음이 생긴다.

보통 서민들이 느끼는 배신감을 달래 주기 위해서라도 흥분하지 않고 차분하게 냉철한 눈으로 우리 사회를 진단해서 도려낼 악습은 과감하게 떨쳐버리고 새롭게 태어날 수 있어야 한다. 그런 사회를 간절하게 소망해 본다.

(2007. 11. 22)

  성공한 사람과 성공하는 사람들

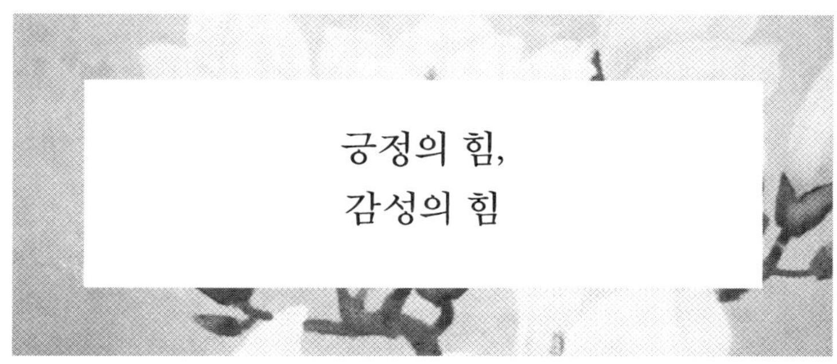

긍정의 힘,
감성의 힘

1980년대 초반에 대학을 다닌 40대 중반의 사회인들이라면 비슷한 경험을 했을 것이다. 감성은 인간을 나약하게 만든다며 논리를 선호했다. 동시에 우리 사회에 대한 막연한 분노감이 의식의 한 쪽을 지배했던 것 같다. 사회를 변혁하고픈 열망도 분노감의 다른 한 쪽에 똬리를 틀고 있었다. 이른바 386세대들은 대체로 사회의 구조적 모순에 대한 비판과 분노감 그리고 변혁열망 등이 응축되는 과정을 거쳐 지금은 우리 사회의 여러 분야에서 중추적 기능을 담당하고 있다.

작금에 이르러 이들은 욕(?)도 많이 먹고 있다. 편 가르기 좋아하고 의욕만 너무 앞선다는 비판에서부터 아마추어리즘을 탈피하지 못하고 있다는 비판에 이르기까지 다양하다. 항간에는 우리 사회를 뭔가 잘못된 방향으로 끌고 간다며 곱지 않은 시선을 보내고 있다는 소리도 들린다. 잘못한 점도 있고 잘한 점도 분명 있지만, 지금의 세태는 잘못한 점들을 더 들춰내는 것 같다.

지금의 우리 사회는 한 세대에 의해 좌지우지 되는 세상은 아니다. 현 정권의 탄생과도 직·간접적으로 관련을 맺으면서 정책의 브레인 역할을 맡을 만큼 사회의 중추세력으로 부상했지만 그러한 기대에 부응하지 못한 점에 대한 질책의 성격이 더 크다고 본다. 386세대들은 사회를 변혁시키고 했던 당시의 열정을 쉽게 잊어버리면 안 된다. 소중한 자산으로 되새겨 보는 지혜를 가져야 한다. 세월이 좀 더 흐른 뒤에 그 열정과 에너지들이 우리 사회를 변혁하고 발전시키는데 얼마나 기여했는지에 대해서 평가해도 늦지 않다.

대학시절의 경험을 하나 떠올려 본다. 국문학을 전공한 필자는 당시 청록파의 시들을 매몰차게 비판한 경험을 갖고 있다. 대다수 민중들은 일제 식민치하에서 신음하고 있는데 자연의 서정을 주로 노래한 그들의 작품 성향이 못마땅했고 현실도피로 여겨졌다. 그러한 시를 창작한 작가들도 당연히 비겁한 지식인으로 비쳐졌다.

새삼스럽게 대학시절을 떠 올려 본 것은 두 가지 측면에서다. 하나는 열정은 가득했을지언정 긍정의 힘이 약했던 점을 반추하기 위해서다. 또 하나는 자연의 서정을 읊은 시라면 면밀하게 따져보지도 않고 현실도피적인 성향을 띠었다고 비판한 이분법적 사고에 대한 반성의 일환이다. 이러한 생각의 연장선에 있는 만큼 우리 사회를 냉철하게 통찰하면서 사물을 종합적으로 관조하는 능력이 결여되어 있었던 셈이다.

자연을 대상으로 한 문학은 모두 현실도피적인 것이 아니었음을 세월이 더 흐른 뒤에 깨달을 수 있었다. 자연을 대상으로 했을지라도 일제하의 암담한 현실을 문학적 장치를 동원하여 우회적으로 비판한 경우가 있었음을 소홀히 한 결과다. 비판만 무성했지 긍정의 힘이 약했던 것이다. 연륜이 짧고 혈기 왕성한 대학시절이었던 만큼 그러한 생

   성공한 사람과 성공하는 사람들

각 자체를 탓할 수는 없을지라도 긍정의 힘이 약했기에 사고의 균형감각을 회복하는데 걸린 시간만큼 손해를 본 셈이다. 은연중 누군가에게 좋지 않은 영향을 줄 수도 있었을 것이다.

지금 남녘의 산하는 꽃으로 가득하다. 자연의 순리를 좇다보면 인간의 욕망이 덧없음을 실감할 때가 많다. 선인들이 자연을 벗하고 또 자연의 이치를 통해 삶의 오묘함을 설파한 대목과 접하다 보면 절로 머리가 숙여진다. 그들은 자연을 단순히 자연으로 대하지 않았다. 여러 형태의 예술도 인간에게 감성을 키워주지만 자연은 감성을 북돋아주는 보고寶庫다. 어쩌면 자연은 인간에게 감성을 높여주는 원천이다. 감성의 힘은 순리를 따르는 지혜와 강인함도 준다. 긍정의 힘도 감성의 다른 한 축이다.

과거와 비해 사람들에게 많은 능력을 요구하는 세상이다. 못하는 게 없어야 생존경쟁에서 밀려나지 않는 세태다. 작금에 이르러 우리 사회를 지배하는 키워드 중 하나는 경쟁력이다. 그만큼 삭막해 질 수 밖에 없는 환경에 둘러 싸여 있다. 경쟁력을 쌓기 위해 개인은 물론 사회 전반적으로 치열하게 노력하는 것을 탓할 수는 없다. 경쟁력을 제대로 갖추기 위해서 필수적으로 요구되는 것도 감성과 긍정의 힘이다.

감성은 인간답게 생각하고 표현하는 사고의 저장소다. 긍정은 두루뭉수리하게 대충 넘어가는 무비판적 사고가 아니다. 긍정의 힘, 감성의 힘은 개인의 재발견과 성찰에 이르는 동인動因이 될 수 있거니와 좀 더 품격 있고 뿌리가 튼튼한 사회로 나아가는데 필수적으로 요구되는 소중한 정신적 가치다. 남녘의 산하와 완연한 봄을 만끽할 수 있는 상춘지절賞春之節에 느끼는 단상斷想이다.

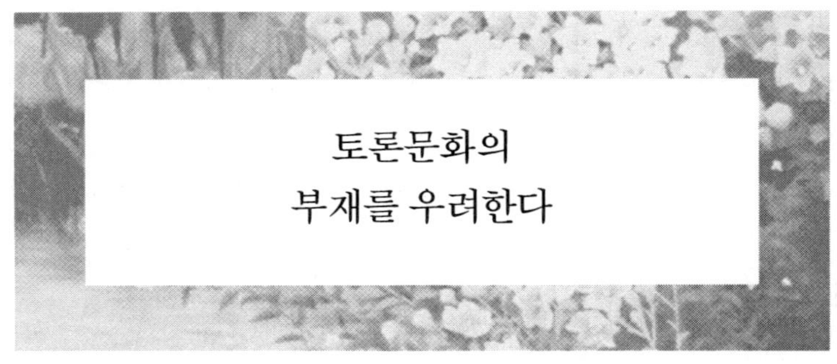

요즘 우리는 국민적 관심사나 사회적 이슈에 대해 방송이나 신문에서 토론하는 광경을 자주 접한다. 이는 언론매체에서 사회적으로 민감한 문제와 관련하여 각 분야 전문가를 출연·기고하는 형태를 통해 국민들에게 알 권리를 충족시켜 준다는 점에서 일견 바람직한 현상이다.

언제부턴가 우리 사회에 토론문화의 부재를 우려하는 목소리가 적지 않은 현실에서 토론문화를 한 단계 성숙시킬 수 있는 좋은 기회가 될 수 있다. 그런데 실제로 이것이 그런 효과나 기능을 거의 발휘하지 못하고 있다는 생각이 들 때가 종종 있다. 참여정부에 들어서도 '토론공화국'으로 불릴 만큼 토론의 생산성과 효율성을 강조하고, 또한 이러한 분위기를 각 부문에 권장하고 있음에도 불구하고 생산적인 토론과 논쟁으로 이어지는 경우가 극히 적기 때문이다.

사람에 따라서는 토론의 과잉이 사회 각 부문의 효율성을 떨어뜨린

성공한 사람과 성공하는 사람들

다고 우려하는 시각도 있지만, 오히려 실제로 우리 사회는 진정한 의미에서의 토론문화가 부재하다고 해도 과언이 아니다. TV토론 프로를 보면서 이러한 생각이 자주 든다. 토론의 룰을 모른다(혹은 무시한다)고 착각할 정도로 고압적 자세로 자기의 주장만을 일방적으로 늘어놓은 패널들이 적지 않다. 심지어 사회자의 제지에도 불구하고 자신의 주장만을 강변함으로써 토론장이 아니라 마치 연설장을 방불케 하는 경우가 비일비재하다. 토론이 격렬하다 보면 그럴 수도 있겠구나 싶다가도 얼굴이 화끈거린다. 각 방송사와 프로그램마다 약간의 정도의 차이는 있을지언정 이런 광경을 자주 본다.

참석자들이 자신의 의견을 충분하게 피력할 수 없는 시간상의 제약이나 이해 당사자 간의 첨예한 대립, 그리고 토론의 상대성 등을 고려할 때 여러 가지 어려움도 있을 수 있다. 출연자의 개인적 자질이나 역량 탓으로 무시해 버릴 수도 있다. 하지만 방송에 출연한 인사들이 대체로 각 분야의 전문가이거나 정치인 등 사회의 여론에 영향을 미칠 수 있는 점, 또 토론의 광경을 지켜본 대다수 국민들의 심정을 헤아려 본다면 아쉬움이 크다. 우리 사회의 한쪽에서는 생산적인 논쟁과 토론이 활발하게 진행되고 있음에도 불구하고, 논쟁다운 논쟁이나 성숙한 토론문화를 찾기 힘들다고 보는 이유가 여기에 있다.

얼마 전 한 시민이 TV토론에서 어느 연예인의 병역기피와 입국문제로 토론하던 중 자신의 의견을 피력했다 토론이 끝난 후에도 온갖 협박에 시달리며 많은 고통을 겪었다는 보도를 접했다. 보통시민의 경우도 이러한 정도니 각 분야 전문가들이 사회적으로 민감한 사안에 대해 자신의 견해를 피력하려면 상당한 용기(?)와 소신이 필요한 세상이 되고 말았다. 자신의 생각과 다른 사람의 관점의 차이에 인색하고, 자신의 생각에 동의하기만을 강요하는 사회는 분명 후진성을 면치 못한다.

이러한 사회 분위기의 만연은 토론에 의한 구성원의 합의과정과 신뢰의 구축에 장애가 될 뿐 아니라 결국 우리 사회의 효율성을 떨어트리고 말 것이다.

이러한 폐해는 고스란히 부메랑이 되어 우리 사회에 온갖 병폐와 부조리를 불러올 것이다. 우리 사회가 표면적으로 다양성과 개성을 존중해 가는 사회를 지향하면서도 어느 한편에서는 아직도 이분법적 사고의 틀로 얽매여 있는 경우가 종종 발생하는 것도 이런 현실의 반영과 무관할 수 없다. 요컨대 우리 사회의 겉은 다양성을 추구하고 다양한 모습을 띠는데 그 실질적 내용은 내편이냐 네편 혹은 선과 악으로 도식화된 이분법적 선택을 강요하고 있는 형국인 것이다.

매체의 성격이 다른 일간신문의 경우도 형태만 조금 달리할 뿐이지 이런 유형의 토론과 논쟁을 탈피하지 못하고 있다. 각 신문사에서 운영하는 인터넷 신문에 들어가 보면 자신의 생각과 다른 의견을 피력하면 입에 담기도 거북한 험담과 인신공격으로 상대방을 힐난하기 일쑤다. 섬뜩한 기분이 들 정도다. 이런 현상이 어제 오늘의 일이 아니라며 방치할 수만은 없는 일이다. 그나마 시민단체를 비롯해 여러 기관에서 인터넷 문화의 올바른 정착을 위해 많은 노력을 기울이고 있어서 다행스럽다. 하지만 보다 중요하고 효율적인 것은 국민들 각 자의 자발적인 정화노력과 분위기의 조성에 달려 있다고 본다.

역동하는 사회일수록 각 분야의 새로운 이슈가 분출되고, 또 이해당사자 간에 갈등이 생길 수밖에 없다. 사회적 이슈가 왕성하게 창출되고 토론이 활발한 사회는 그 만큼 미래가 밝고 희망적이다. 문제는 복잡하게 얽혀 있는 여러 가지 갈등도 많은 토론과 공론화 과정을 통해 합의점을 도출하고, 또 이것을 준수하는 사회적 토대와 신뢰의 구축과정이다. 국가의 비전이나 생존전략은 물론 국민적 관심사를 충분하게

 성공한 사람과 성공하는 사람들

토론하고 합의를 도출해내는 과정이야말로 선진사회로 가는 바로미
터가 된다.

이제 우리 사회도 각 부문에서 눈부시게 발전해 가는 만큼 우리 사
회의 토론문화를 한 단계 성숙시켜 대화와 타협의 중요성과 효율성을
제고시킴으로써 선진사회를 앞당기는 데에 기여할 수 있었으면 하는
바람을 가져본다.

(2003. 7. 12)

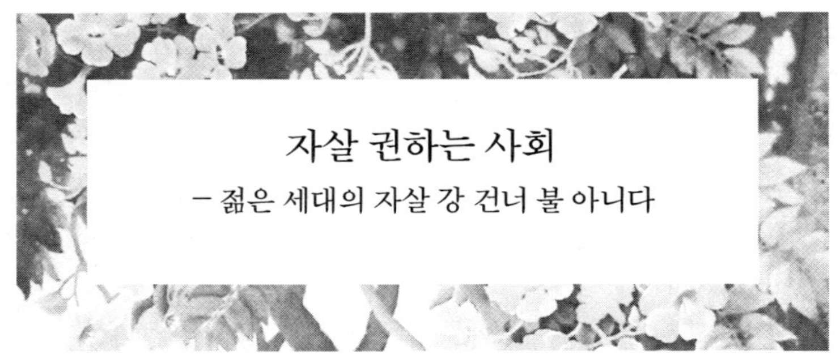

生활고를 비관한 서민층의 자살이 잇따르는 가운데 10대 혹은 20대의 젊은 세대들마저 목숨을 끊는 일이 자주 발생하고 있어 우리를 안타깝게 하고 있다.

생활고나 혹은 신병을 비관한 어른들도 목숨을 끊는 일이 비일비재할 만큼 자살이 우리 사회에 흔한 일상이 되고만 현실에서 반복되는 악순환이다. 인간의 생명에 대해서 비중의 가치여부를 논할 수는 없을 것이다. 노소를 막론하고 혹은 빈부를 떠나 사람의 목숨만큼 소중한 것은 없기 때문이다. 특히 '앞길이 구만리' 같은 젊은 세대의 자살에 대해 사회적인 차원에서 심각하게 고민하고 대책을 서둘러야 할 때다.

자살의 사유도 어른들이 보기에 납득이 가지 않는다. 외모를 비관해서, 성적이 부진해서, 상급학교 진학에 실패해서, 이성친구와 헤어지고 등 그 사연도 다양하다. 조금만 더 인내하고 자제했다면 세상과 하직하는 사태를 막을 수 있었을 텐데 하는 아쉬움을 느끼는 경우가 너

　　　　　　　　　성공한 사람과 성공하는 사람들

무도 많다. 자살이 다소 돌발적이고 의외성을 띤다고 하지만, 자살을 결심하기까지 젊은이들이 겪었을 고통을 생각하면 기성세대의 한 사람으로서 착잡한 심정과 책임감을 절감하지 않을 수 없다. 가정이나 사회에서 이들에게 좀 더 관심과 애정을 기울였다면 자살이라는 극단적인 선택을 하지 않을 수도 있었을 텐데.

자살은 지극히 개인적이면서도 사회적인 측면과 맞닿아 있다. 극단적인 이기심과 개인주의의 만연, 미래에 대한 불안, 인명경시 풍조의 만연, 물질만능주의의 팽배, 입시과열에서 오는 성적부담, 죽음에 대한 막연한 동경과 왜곡된 인식 등 여러 가지 사안들이 복잡하게 얽혀 있기 때문이다. 젊은 세대의 자살에 대해 각 계의 많은 관심과 대책이 요구된다는 이유도 여기에 있다.

우리 사회가 젊은 세대의 자살에 대해 지극히 개인적인 사정으로 혹은 일과성으로만 치부해 버릴 때 자살의 악순환은 반복되고 말 것이다. 자살을 근본적으로 막을 수는 없겠지만 최소화하려는 사회적인 시스템의 보완과 대책이 절실하게 요구된다고 하겠다.

무엇보다도 우선 우리 사회가 아직도 가족 간의 혹은 세대 간의 대화의 단절과 소통의 부재가 심각함을 말해 준다. 젊은 세대들이 사이버상의 가상공간에 너무 몰입한 나머지 유폐현상에 빠져 있는 것도 소통의 부재를 심화시키는 한 요인으로 대두되고 있다.

근래에는 젊은이들이 무분별하게 사용한 카드빚으로 인한 가족 간의 갈등이 새로운 사회문제로 대두되고 있다. 젊은 세대들에게 건전하고 올바른 경제관념의 습득을 심어주고, 또 절제하는 생활습관이 몸에 배도록 교육하는 일도 기성세대에게 주어진 책임의 하나다.

젊은 세대들은 어른들이 자신들의 고민을 이해하지 못할 것이라고 예단하며 마음의 문을 쉽게 닫는 경우도 큰 문제다. 이러한 데에는 젊은이들의 생각을 탓해야 할 점도 있지만, 우리 기성세대들이 적극적으로 젊은이들의 세계를 이해하려고 얼마나 노력했는지 반성을 제기해 주는 측면도 있다. 세대차이라는 미명하에 선입견을 갖고 적극성을 발휘하지 않았는지 되돌아 볼 일이다. 이런 점에서 일차적으로는 가정에서의 대화와 소통의 원활함은 아무리 강조해도 지나치지 않다.

다음으로는 학교나 그 밖의 사회단체에서 청소년들을 대상으로 각종 고민을 해결하고 상담해 주는 기능이 보다 실질적으로 효과를 발휘하고 있는 지도 점검해 보아야 한다. 청소년을 대상으로 하는 상담기관이 적어서 청소년의 자살이 비일비재하게 일어난다고 단정하고 싶지는 않다. 하지만 수요에 비해 공급이 충분하다고 보기는 힘들다.

일선학교 상담교사의 효율적인 배치를 포함하여 청소년들을 대상으로 하는 상담기관이 실질적으로 효과를 발휘할 수 있도록 정부차원에서 제도적으로 여러 가지 미비점을 보완하고 지원을 통해 많은 노력을 기울여야 한다. 이는 청소년들의 자살을 근본적으로 막을 수는 없을 지라도 줄일 수 있는 한 방안이 될 수 있을 것이기 때문이다. 물론 그 전에 우리 사회에 아직도 잔존하고 있는 상담문화에 대한 왜곡된 인식을 불식시킬 수 있는 발상의 전환도 요구된다.

다음으로 우리 사회가 죽음에 대해서 논하기를 꺼리고 터부시하는 경향도 이번 기회에 한번 짚고 넘어가야 할 듯싶다. 사회 전반적으로 죽음에 대해서는 종교적인 차원에서 혹은 학술적인 차원에서 간헐적으로 논의될 뿐이지 삶과 유기적으로 연관해서 건설적으로 공론화하기를 꺼려하는 경우가 다반사다. 그러다 보니 일반인들은 물론 젊은이들도 죽음에 대한 막연한 환상이나 왜곡된 인식에 쉽게 빠져버릴 소지를 안고 있다. 심지어 젊은이들 사이에 자살사이트가 횡행하고, 또한 이런 곳에서 자살에 대한 막연한 환상의 조성이나 왜곡이 젊은 세대에

성공한 사람과 성공하는 사람들

게 미치는 파장을 결코 간과해서는 안 된다.

죽음에 대한 담론을 공론화된 장을 통해 잘못된 사생관_{死生觀}에 대항할 잠재력을 키워주어야 할 것이다. 이는 학교 현장에서 보다 실질적이고 효과적인 교육이 이루어질 수 있도록 방안을 강구하는 것도 한 방안일 수 있다.

자살의 도미노 현상은 한 가족이나 개인적인 차원에 그치지 않는다. 특히 인명경시 풍조의 만연은 사회악으로 자연스럽게 연결되고 만다. 살인과 같은 흉악한 범법행위마저도 별 다른 죄의식을 못 느끼며 자행할 소지를 안겨줌으로써 민심을 흉흉하게 할 뿐 아니라 한창 감수성이 민감한 젊은이들로 하여금 고통에서 벗어날 수 있는 유일한 탈출구로 자살을 선택할 소지를 안겨준다는 점에서 심각하다. 자살이 줄 잇는 사회는 정녕 희망을 담보하지 못한다.

젊은 세대들의 자살을 강 건너 불로 볼 것이 아니라 실질적인 효과를 거둘 수 있도록 사회적인 차원에서 보다 종합적인 대책의 수립과 적극적인 노력이 그 어느 때보다 절실하게 요구되는 시점이다.

(2008. 10. 9)

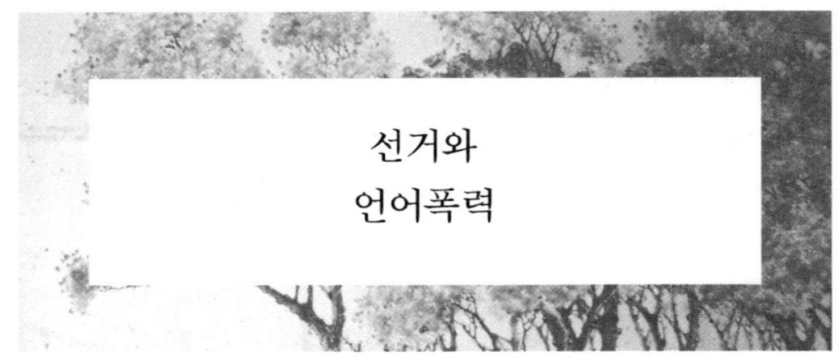

선거와
언어폭력

요즈음 우리 국민들의 관심사는 앞으로 열흘 정도를 남겨둔 대통령 선거에 쏠려있다 해도 과언이 아니다. 선거 후에는 또 선거와 관련된 뒷얘기들이 무성할 것이고 보면 올 연말부터 다가오는 신년으로 이어지는 한 두 달간은 선거에 얽힌 얘기들이 계속 국민들의 관심사로 부상할 가능성이 크다. 그러나 일반적으로 선거 전·후로 나누어 볼 때 선거전이 국민들의 관심을 더 끌게 되고, 또 이러저러한 말들이 많이 오가는 추세이고 보면 지금이야말로 정치얘기가 그 어느 때보다도 무성하고 관심이 최고조에 이르는 즈음이다.

대통령 선거를 불과 열흘 정도 남겨둔 요즈음에도 사람들이 모인 곳에서는 대부분 이번 대통령 선거와 관련된 얘기를 화제로 삼는 경우가 적지 않다. 각종 여론조사에서는 가장 불신을 받고 낙후된 분야로 정치권을 들고, 또한 국민들 중에는 정치인에 대해 불신의 벽이 높아 심지어 '정치혐오증'을 드러내는 경우도 있지만, 이 나라를 앞으로 5년

성공한 사람과 성공하는 사람들

동안 이끌어 갈 최고 지도자를 뽑는 이번 선거에 관심을 보이는 현상은 당연하다고 하겠다.

국민들의 정치 불신 이면에는 정치가 우리 국민의 일상생활에 얼마나 직·간접적으로 많은 영향을 주고 있는지를 드러내 주거나 혹은 애증이 교차하는 측면과도 관련되어 있다. 이번 대통령 선거 역시 현재 우리나라의 정치·경제·사회적으로 매우 중요한 전환기에 치르는 만큼 그 중요성에 대해서는 새삼 말할 나위가 없을 것이다.

그런데 여기서 내가 정작 언급하고 싶은 것은 정치에 대한 얘기가 아니다. 요즈음 신문이나 방송의 대선 관련 보도의 언어의 남용 및 폭력화 현상의 사례를 통해 그 폐해의 심각성을 지적하고 나아가 이것이 올바른 선거문화의 정착에 좋지 않은 영향을 준다는 점을 환기하고 싶어서다.

대선 관련 일간지 헤드라인 기사를 보면 마치 전쟁을 방불케 할 정도로 전투적이고 공격적인 언어일색이다. 이러한 현상은 중앙 일간지를 비롯하여 각 신문마다 거의 차이를 보이지 않고 있다. 우선 헤드라인 뉴스를 몇 개 추려보면 '이-노 최대 격전지 수도권 유세대결' 'X후보, 불교계·수도권 공략' '이·노 대접전' 등등 사례를 열거하자면 이외에도 많다.

이러한 현상은 헤드라인 뉴스에 그치지 않는다. 본문에서도 '공략' '공작' '격돌' 등 그야말로 전투에서나 나오는 섬뜩한 용어들이 난무하고 있다. 방송 역시 일간신문과 별반 다르지 않다.

정치인들이 이번 대통령 선거를 전쟁에 비견될 만큼 필사적으로 매달리는 심정을 이해 못하는 바는 아니다. 각 당 대통령 후보의 당선 유무에 따라 자신들의 정치적 입지나 행보에 큰 영향을 줄 수 있기 때문이다. 일부 정치인들이 너무 선거의 당락에 집착하여 그런 언어를 구사한다고 해서 언론이 여기에 부화뇌동하거나 혹은 가세하여 국민들의 마음을 편 가르고 나아가 이것이 국민통합을 저해하는 요소로 작용할 수 있는 점을 고려하지 않는다면 심히 우려할 만한 일이다.

언론의 속성상 독자들의 관심을 끌기 위해 자극적이거나 다소의 전략적인 표현이 요구되는 측면도 있겠지만 이것으로 정당화될 수는 없다. 언론이 국민들의 관심을 유도하고 선거의 중요성을 일깨우기 위해서는 정제된 언어를 구사하면서도 얼마든지 가능하다고 보기 때문이다. 그렇지 않아도 미래세대의 주인공이 될 청소년층이 인터넷상에서 사용되는 언어의 폭력성이 심각한 사회문제로 대두되고 있는 만큼 기성세대들이 이를 소홀히 취급해서는 안 될 것이다.

일부 언론은 정치권에 그 탓을 돌릴지도 모른다. 이를테면 소속 ‘정당의 입’이라 할 수 있는 각 당의 대변인들의 논평조차 공격적인 언어 일색인 현실에서 너무 원론적인 접근이라고 하소연할 것이기 때문이다. 하지만 전쟁에 비유될 정도로 언어의 폭력화로 점철된 선거문화는 자칫하면 선거 후에도 큰 후유증을 낳게 되고, 나아가 이러한 현상이 정치발전을 후퇴시키는 결과를 초래할 수도 있다는 점에서 심각하다.

이번 대통령 선거를 통해 성숙한 시민의식을 발휘하고 정치발전을 앞당기는 데 정치권이 모범을 보여야 함은 물론이거니와 이를 위해서는 무엇보다도 마치 경쟁자를 ‘적’을 대하듯이 상호 비방과 폭로로 맞대응하며 치르는 선거풍토도 지양되어야 할 것이다. 앞으로 선거일이 가까워지면서 상호 비방 및 흑색선전이 난무하면서 언어의 폭력화 현상이 더욱 심화될 소지를 안고 있으며 이미 그러한 조짐이 나타나고 있다.

앞으로 선거문화의 올바른 정착을 위해서는 언론은 물론 유권자들이 이런 부분에서 정치권에 대한 견제와 아울러 감시를 게을리 하지

성공한 사람과 성공하는 사람들

말아야 할 것이다. 정치가 제대로 바뀌고 국민들의 삶의 질이 향상되기 위해 유권자들의 의식전환이 그 어느 때보다도 필요하다는 점에 대해서는 아무리 강조해도 지나치지 않다.

(2003. 11. 30)

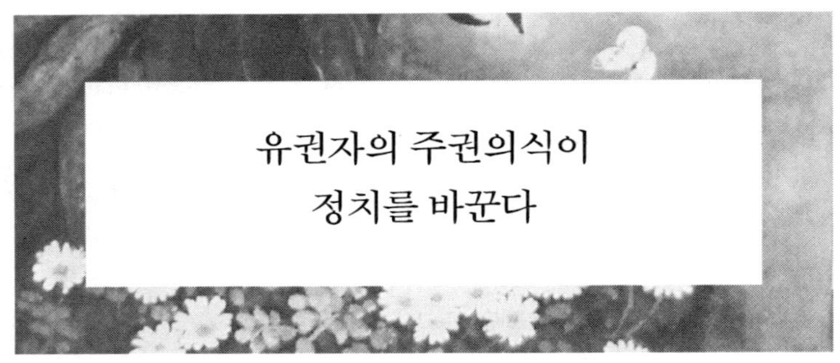

나들이하기 참 좋은 계절이다. 요즈음 남녘은 온갖 꽃들이 만발해서 꽃 잔치를 보기 위해 전국에서 몰려든 향춘객들로 붐비고 있다. 다소 감성이 무딘 사람도 도심권에서 조금만 벗어나면 자연의 오묘한 이치에 감탄사가 절로 날 것이다. 제18대 총선으로 임시 공휴일에 자연에 한번쯤 흠뻑 취하는 것도 좋겠지만, 유권자로서 신성한 주권은 꼭 행사하고 난 뒤 일정을 잡아야 할 것 같다.

중앙선거관리위원회가 지난 3일 제2차 유권자의식을 조사한 결과에 의하면, 투표율이 50% 초반에 머물 것이라는 전망을 내놓고 있다. 각 당의 공천이 늦어지고 유권자의 관심을 끌만한 이슈가 부족한 점도 있다지만, 기성 정치에 대한 불신으로 인한 무관심이 투표율을 떨어트리는 가장 큰 영향이라는 점에 대해 정치권은 곰곰이 되새겨 보아야 할 줄 안다. 선거 막판에 이르러 극히 일부지역이라고는 하지만 정책선거가 실종되고 돈 선거로 불거지는 점도 정치염증을 부채질하고 있다.

     성공한 사람과 성공하는 사람들

최근의 여론조사에 의하면 부동층이 50%에 육박한다는 소리가 들린다. 부동층이 높은 것 또한 유권자의 입장에서 지지하는 후보나 정당을 아직도 정하지 않았다는 점에서 국민들의 정치 불신의 정도를 가늠해 준다. 부동층이 다소 높은 것은 선거일이 가까워지면서 줄어들겠지만, 정작 더 큰 문제는 유권자들의 선거에 대한 무관심 혹은 정치권에 대한 불신으로 투표율이 현저하게 낮을 때 여러 가지 문제점을 낳을 수 있다는 점이다.

무엇보다도 정치권에서는 아전인수我田引水식으로 민의를 왜곡할 가능성을 안고 있을 뿐 아니라 정치발전에도 악영향을 미칠 수 있기 때문이다. 선거가 끝나면 정치권은 나름으로 냉철하게 그 결과를 분석할 것이다. 선거 결과와 관련해서 여당은 여당대로, 야당은 또 야당의 입장에서 유권자의 선택을 토대로 앞으로 지지를 더 받기 위해서 어떤 정책을 개발하고 노력해야 할지를 고심할 것이다. 하지만 기권은 유권자의 표심이 나타나 있지 않아 정치권에서 각자 유리한 쪽으로 민의를 왜곡할 수 있다는 점에서 심각한 부작용을 초래할 수 있다고 본다.

유권자의 입장에서 보면 정치권에 대한 불신을 어느 정도 이해 못할 바는 아니지만, 그래도 기권은 신성한 주권을 포기한다는 점에서 결코 바람직하다고 할 수 없다. 젊은 유권자들의 투표를 적극 권유하고 싶다. 젊은 유권자들 입장에서 취업에 신경에 쓰다 보니 선거에 관심을 기울일 여력이 없다는 가슴 아픈 고백을 하는 경우도 있다지만, 선거의 무관심과 기권은 나라의 장래를 암울하게 할 수도 있다는 생각이 든다. 혹자는 기권도 유권자의 선택의 하나이자 정치행위의 일종이라는 주장을 하기도 한다. 하지만 이것을 보편적으로 받아들이고 수긍하기에는 곤란하다는 생각이 든다.

4월 9일 총선! 유권자의 소중한 주권행사가 정치를 바꾸고 대한민국

호의 명운이 걸려있다는 사명감을 가졌으면 한다. 정치권은 호남의 유권자 의식 및 표심의 향방을 예의 주시하고 있다고 들었다. 유권자의 소중한 한 표 한 표가 모여 정치발전을 앞당길 뿐 아니라 지역발전의 견인차가 될 수 있도록 지혜를 모아야 할 것이다.

호남의 정치인들 중에는 아직도 당의 공천이 곧 당선으로 착각하는 경우가 적지 않은 것 같다. 위기의식을 느끼고 더욱 분발해야 한다. 지역의 유권자들은 '항심'恒心을 가지고 민심을 살피는 참 일꾼을 고대하고 있다.

유권자들의 입장에서 다소 양이 안 차더라도 후보자들 중에서 유능한 나라의 일꾼을 뽑아서 지역의 발전을 앞당길 수 있는 기틀을 마련하는데 뜻을 모았으면 한다. 잠시 짬을 내서 각 당의 공약도 검토해서 지지하는 정당에도 소중한 한 표를 행사함으로써 정당 민주주의가 더욱 발전할 수 있도록 관심을 기울였으면 하는 마음 간절하다.

(2008. 4. 7)

 성공한 사람과 성공하는 사람들

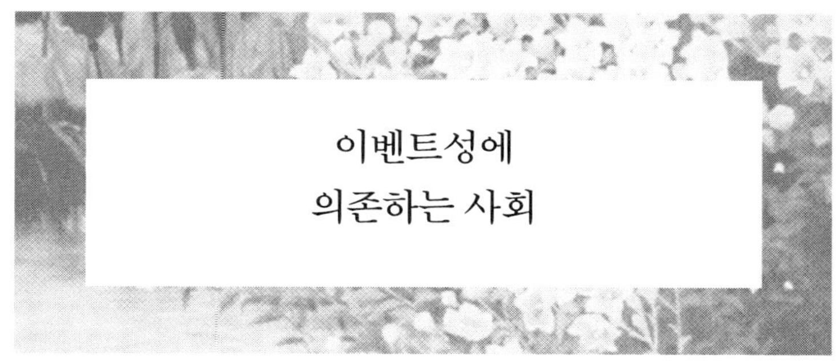

맥아더 장군 하면 우리는 검은 썬 글라스를 쓰고 파이프 담배를 문 채 한국전쟁 중 인천상륙작전을 진두지휘하는 모습이 담긴 사진 몇 장이 우선 떠오를 것이다. 그는 우리 국민들로부터 한국전쟁으로 위기에 처한 대한민국을 구해준 '구국의 장군'으로 숭앙받아 왔다고 해도 과언이 아니다. 과거에 비해 경외심의 정도가 조금은 덜 하다고는 하지만, 아직도 대부분의 한국 사람들은 그렇게 교육받아 왔고, 또 이러한 사실에 대해 별 다른 의문을 제기하지 않았다.

그런데 얼마 전 인천상륙작전 55주년을 맞이해 그의 동상 철거와 관련된 논란이 뉴스의 한 칸을 채운 바 있다. 정부를 비롯해 보수적인 사회 일각에서는 '성숙하지 못한 역사의식'의 발로라며 질타하는 분위기였다. 하지만 또 한편에서는 당시 맥아더 장군의 발언과 행적을 놓고 볼 때 과거 그를 지나치게 미화했던 측면에서 재평가해야 한다며 동조하는 사람들도 있다고 들었다.

　맥아더 장군의 동상 철거 논란을 보면서 한국전쟁을 포함한 우리의 현대사를 다시 한 번 곱씹어 보게 한다는 점에서 주목할 필요를 느낀다. 시각을 좀 더 좁혀 보면 단순히 그의 동상이 철거 되느냐 마느냐의 문제를 떠나 우리 현대사에서 미국의 역할과, 그 역할에 대한 사회 인식의 변화와 징후 나아가 우리 사회의 성숙도를 되짚어 보는 문제와도 무관할 수 없다고 보기 때문이다. 아직까지 우리 사회는 여전히 "맥아더 장군이 주도한 인천상륙작전이 성공하지 않았다면 오늘의 한국은 존재하지 않았을 것"이라는 일견 보수적 시각이 여전히 맹위를 떨치고 있음을 부인하기 어렵다. 대체로 많은 사람들은 동상의 철거에 의미를 크게 두지 않거나 혹은 그대로 두는 것이 더 역사적 의미를 갖는다고 생각하는 경향이 많은 것 같다.

　이런 점에서 맥아더 장군의 동상 철거와 관련해서 문제제기 방식의 잘 잘못을 따지고 문제삼을 수는 있다. 하지만 일부 언론에서 행위 자체만을 부각시킴으로써 이면에 가려진 상징성이나 진정성이 실종케 한 점은 우려하지 않을 수 없다. 왜곡되거나 굴절된 현대사에 대한 재조명의 계기로 이어지게 하지는 못할망정 친북반미세력의 준동으로 몰아세우는 보도태도나 혹은 그러한 입장을 대변하는 논조는 바람직하지 않다고 생각된다. 그나마 우리 사회 일각에서 일고 있는 냉전적 이데올로기의 허울에서 탈피하려는 흐름에 찬물을 끼얹는 경우가 될 수 있기 때문이다.

　역사는 시대적 상황에 따라 다양한 해석이 가능한 분야다. 인물에 대한 역사적 평가 역시 사학자의 몫만은 아니다. 이런 점에서 굴절된 우리 현대사에 대한 관심은 건전한 시민의식의 형성이나 역사의식의 발로와도 밀접한 관련을 맺는 경우가 있음을 주목해야 할 것이다.

　동상 철거를 주장하는 사람들 역시 그것이 안고 있는 상징성이 아무

　　　　　　　　　　　성공한 사람과 성공하는 사람들

리 크다고 하더라도 문제제기 방식이 이벤트성에 의존한다는 비판으로부터 자유로울 수 있어야 할 것이다. 또 최근에 드러난 단편적인 사실을 침소봉대針小棒大하거나 혹은 역사적 사실을 임의로 해석하는 과오는 경계해야 할 줄 안다. 우리 현대사의 첨예한 부분에 대한 정당한 문제제기를 위해서는 학술적인 차원에서 학자들에 의해 어느 정도 검증된 역사적 사실에 기초할 때 보다 많은 신뢰감을 줄 수 있을 것이다.

맥아더 장군의 동상철거 논란을 보면서 아무리 확고하고 신념에 가득 차 있는 경우라 할지라도 자신의 생각과 다른 사람들을 윽박지르거나 억압하지 않고 수용하면서 보다 생산적인 토론이 이어질 수 있는 건강한 사회 분위기를 소망해 본다. 이는 선진사회로 이어지는 지름길이자 성숙한 사회의 지표와도 밀접한 관련을 맺을 것이기 때문이기도 하다.

(2005. 10. 11)

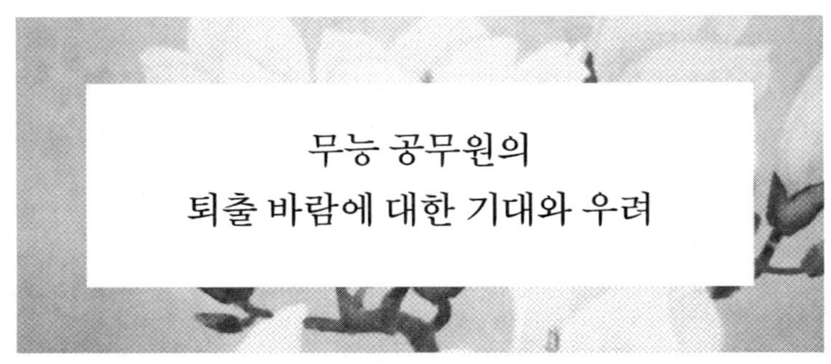

공직사회는 술렁이고 있다. 반면 일반 국민들은 대체로 환영하는 분위기다. 울산발 무능 공무원 퇴출 바람이 서울을 거쳐 전국의 지방자치단체로 확산되는 추세이기 때문이다.

한 여론 조사기관에서 500명의 남녀를 대상으로 설문조사한 결과에 의하면, '무능·태만한 공무원에 대한 의무·퇴출 계획에 찬성한다'는 의견이 63.8%인 반면, '잘못된 조치'라는 의견은 16.3%에 불과했다.

흔히 '철밥통'으로 불릴 만큼 본인이 과실을 저지르지 않는 한 공무원의 신분은 법으로 보장해 주고 있다. 각종 공무원 시험 채용의 경쟁률이 수백 대에 이르는 현상도 따지고 보면 안정성 측면이 구직자들에게 가장 매력적인 요소로 작용했다고 볼 수 있을 것이다. 일반 민간기업의 경우 사오정이니 오륙도니 하면서 50세를 넘기기가 어려운 판인데 공무원은 거의 60세까지 정년이 보장되고 있으니 부러울 수 밖에 없는 직장인 것이다. 이렇게 직업공무원 제도를 채택한 배경은 공무원이 정치적 중립을 유지하며 공공의 이익을 위해 안심하고 업무에 전념할 수 있도록 하기 위해서다.

그런데 이것이 작금에 이르러서는 자기계발을 소홀히 하고 무사안일주의와 복지부동에 빠지는 역기능을 초래하고 있다는 점이 문제가 되고 있다. 위 여론조사에 나타난 통계만 보아도 일부 공무원의 무능과 태만에 대한 국민의 시선이 곱지 않음을 시사해 준다. 극히 일부 공무원의 경우라고는 하지만 무사안일과 태만으로 인해 공무원 스스로 법으로 보호받을 수 없는 처지에 이른 것이다.

대다수 국민들이 쌍수를 들어 환영하는 것을 보아도 공직사회 스스로 반성할 점이 적지 않다고 하겠다. 물론 우리나라의 공무원들이 대체로 유능할 뿐만 아니라 국민을 위해 성심껏 봉사하는 사람들이 더 많다는 점도 잘 알고 있다.

문제는 지극히 일부에 해당하는 경우라 할지라도 그 공무원으로 인해 공직사회가 국민들로부터 불신을 받을 뿐 아니라 국민들에게 막대한 피해를 줄 수 있다는 점에 있다. 이런 점에서 공무원 신분의 보장과 안정성이 공직사회에 여러 가지 긍정적인 측면이 있었음에도 불구하고 그 폐해도 심각하다는 점에서 무능·태만한 공무원에 대한 퇴출바람에 기대하는 바가 크다. 이런 추세라면 앞으로 각 지방으로까지 확대될 가능성이 크다. 여러 가지 미비점을 보완하지 않고 경쟁적으로 도입해서 졸속적으로 추진할 경우 불러올 수 있는 부작용과 그 폐해에 대해서도 충분하게 고려해야 할 것이다.

우선, 무엇보다도 평가의 공정성을 확보하는 것이 관건이다. 유능한 공무원이 억울하게 선정되는 경우는 없어야 한다는 얘기다. 하지만 하급직 위주로 선정함으로써 또 다른 줄서기 문화를 강요하는 분위기가 되지 않을지 우려스러운 점도 예측된다. 평가의 속성상 주관성으로부터 자유스러울 수는 없는 경우가 많은데 과연 얼마나 공정성을 확보하고 당사자가 납득할 수 있을 시스템을 구축할 수 있을지 관심이 모아지는 이유도 여기에 있다.

이런 점에서 "고위직이나 자치단체장의 입맛에 맞지 않는 직원들은 객관적 기준이 빈약한 채 관리하고 퇴출시킬 수 있는 것"이라는 공무원 노조의 주장도 귀 기울일 점이 있다. 공무원 사회에 적용되는 퇴출 시스템을 각 부문에서 악의적으로 적용해 고용의 안정성을 해칠 수 있는 점도 도외시할 수 없는 대목이다. "공무원도 무능하면 퇴출되는 세상이야"하면서 우리 사회의 각 부문의 경쟁력과 효율성을 제고하는 방안으로 가지 않고 오히려 이것을 악용할 소지는 없는지 면밀히 따져 볼 필요를 느낀다.

이런 점들이 보완이 된다면 국민과 지역민을 위해 봉사하는 공무원 상을 다시 한번 정립하고 성찰하는 기회가 됨은 물론이거니와 공직사회에 신선한 충격으로 이어질 수 있을 것으로 기대해 본다.

(2007. 3. 20)

　　　　　　　성공한 사람과 성공하는 사람들

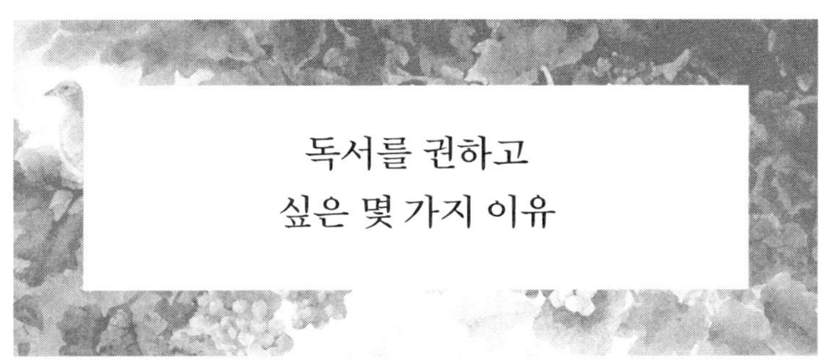

독서를 권하고
싶은 몇 가지 이유

가을은 흔히 '천고마비天高馬肥'의 계절이라고 한다. 올해는 다행히 큰 태풍도 없이 수확기를 맞이해 가을농작물의 작황도 비교적 좋다고 하니 농민들의 시름을 달랠 수 있어 다행이다. 황금물결로 출렁이는 들판을 보고 있으면 가을이 실감나는 시기다.

이즈음에는 전남 동부권을 비롯해서 전남 곳곳에서 가을축제가 한창이다. 남도의 맛과 멋, 그리고 아름다움을 만끽할 수 있는 다채로운 행사가 우리를 기다리고 있다. 가을에 이렇게 축제가 무성한 것도 농부들이 애써 키운 농작물을 가을에 수확하듯이 우리네의 삶도 이 계절에 그동안 공들이고 준비해온 행사를 개최함으로써 결실을 맺고픈 사람들의 심정이 반영되었을 것으로 헤아려진다.

요즈음은 '독서의 계절'이 따로 없다고는 하지만 한 때 가을을 '독서의 계절'이라면서 유독 이 즈음에 독서를 많이 권장했던 기억도 새롭다.

얼마 전 우연히 본 기사에 의하면 우리나라가 OECD국가 중 1인당 독서시간이 최하위에 맴돌고 있다는 소식을 접하면서 개인적으로 다소 놀랐던 적이 있다. 의외라는 생각이 들었다. 통계의 속성상 현상을 그대로 보여주는 것이 아니라 조사의 방법이나 문화적 차이 등 여러 가지 요인을 고려해야 하는 만큼 실제의 현실과 어느 정도 차이가 난다고는 하지만, 우리 국민들이 경제규모면에서는 선진국 진입을 문턱에 둔 상태라고 자부하면서도 정작 독서를 많이 하지 않는 편에 속한다는 사실마저 부정할 수는 없을 것 같았다. 이런 점에서 '책을 안 읽는 사회'는 몇 가지 우려스러운 현상을 야기할 수 있다.

무엇보다도 우리 사회에 창의적이고 독창적인 생각을 저해하는 요소가 미만彌滿해져 갈 가능성이 높다. 실제의 체험을 통해 얻는 정보도 중요하지만 우리는 책을 통해서 신선한 아이디어도 얻고 삶을 풍요롭게 할 수 있는 자양분을 얻는 점은 아무리 강조해도 지나치지 않다.

요즈음 디지털시대에는 인터넷을 통해서 빠르고 알찬 정보를 얻는 시대라고는 하지만 그렇다고 아날로그적인 접근의 가치가 무효화되는 아니다. 디지털 문화가 시대의 대세를 이루고 있지만 꾸준한 독서를 통해 삶의 지혜와 자양분을 얻는 점이 간과되어서도 안 되기 때문이다.

필자는 개인적으로 우리 사회가 여러 가지 면에서 '속빈 강정'처럼 겉은 화려하고 풍성한 것 같은데 실질 내용이 부실한 것도 '책 안 읽는 풍토'와도 무관하지 않다고 보는 편이다. 다소 논리의 비약이 있을 수 있지만 우리 사회에 구석구석에 편재遍在해 있는 눈에 보이는 가시적이고 표피적인 것에만 몰두해 실질 내용을 꼼꼼하게 따져보면 부실한 면들이 적지 않게 발견되고 있는 현상, 나아가 '보고용'이나 혹은 '면피용'으로 겉치레에만 너무 신경을 쓴 미봉책들이 난무하는 세태도 따지고 보면 철학의 빈곤과 무관하지 않다고 보는 것이다.

　　　　　　　　　　　　성공한 사람과 성공하는 사람들

대학입시에서 논술의 비중이 증대되면서 자라나는 세대들에게 독서의 중요성을 많이 강조하고 있지만 '시험용'이라는 점에서 이 역시 한계를 안고 있다. 책을 가까이하지 않는 것보다는 백번 낫지만 이것의 교육적 효과는 크게 기대할 수 없다는 생각이 든다. 성인들이 즐겨 찾아 '베스트셀러'의 반열에 오르는 책들 역시 그 면면을 보면 대부분 '성공신화'나 실용서, 그리고 '재테크'에 관련된 책들이 대부분이라는 사실을 접하고 보면 씁쓸한 생각도 든다.

독서 행위 자체가 지극히 개인적인 기호와 목적이 다양한 만큼 왈가왈부할 입장은 아닌 줄 잘 알면서도 우리 사회의 모든 분야의 기초가 좀 더 튼튼하고 개인적으로는 깊이가 있으려면 각자 내면의 삶을 살찌우는 독서행태나 독서습관도 중요하다는 생각이 드는 것은 어쩔 수 없다.

'책 안 읽는 사회'나 풍토는 우리 사회 면면의 기초를 부실하게 하여 결국 선진국으로의 진입을 가로막는 한 요인이 될 수 있다는 위기감이 개인의 넋두리가 아니라 우리 사회 전반으로 확산되었으면 하는 마음 간절하다.

(2007. 10. 9)

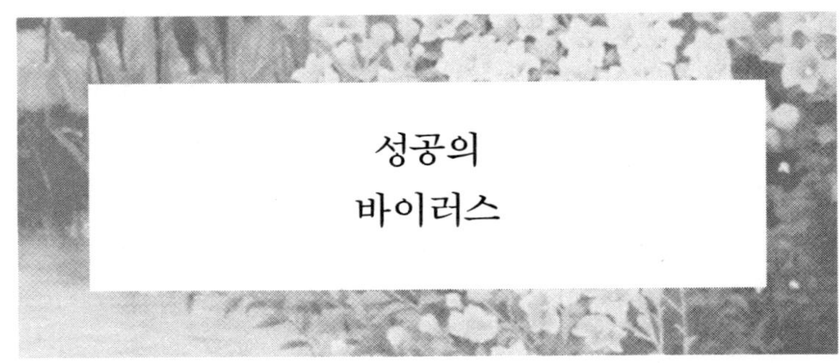

성공의
바이러스

며칠 전부터 국내 언론의 뉴스의 초점이 된 사건으로 단연 하인스 워드의 고국 방문과 관련된 얘기들을 빼 놓을 수 없을 같다. 그가 고국방문의 일정을 모두 마치고 미국으로 돌아갈 때까지 뉴스의 한 칸을 채울 것이다.

하인스 워드가 우리나라 사람들에게 알려진 것은 불과 몇 달 전부터다. 미국에서 미식축구(프로 풋볼)의 영웅으로 성장한 선수가 한국인을 어머니로 둔 혼혈인이라는 사실이 알려지고, 또 그의 성공 뒤에는 어머니의 헌신적인 노력, 특히 그 중에서도 그녀의 교육방식이 주목을 받으면서 국민의 관심을 집중시킨 바 있다.

현대사회는 영웅이 사라진 시대다. 한 두 사람의 리더에 의해 역사의 수레바퀴가 움직이는 것이 아니라 다수의 시민이 주체가 되어 사회를 변혁하고 역사를 움직여가는 시대에 살고 있기 때문이다. 이것이 또한 역사의 순리이기도 하다. 다만 지금은 온갖 고난과 시련을 견뎌

성공한 사람과 성공하는 사람들

내고 성공한 사람들의 감동적인 얘기가 그 자리를 대신해 주고 있을
뿐이다.

성공의 관점은 각기 다르겠지만 성공을 원하지 않는 사람은 없다.
하지만 성공한 사람보다 실패한 경우가 더 많은 게 우리네 삶이다. 언
필칭 많은 역경과 고난의 대가로 주어지는 것이 성공의 열매라고 말한
다. 이 시점에서 하인스 워드의 성공스토리가 우리네 삶에 어떤 의미
가 있을까 생각해 보게 된다. 국내의 언론이 다소 호들갑(?)을 떠는 느
낌도 없지 않지만, 그의 성공이 주는 의미를 한번 되새겨 보는 것도 무
익하지는 않을 것 같았기 때문이다.

하인스 워드는 상대선수로부터 거친 태클을 당해도 특유의 '살인미
소'를 잃지 않을 만큼 잘 웃는 선수로 알려져 있으며, 또한 동료들로부
터 비교적 좋은 평가를 받고 있었다. 어머니에 대한 효심도 지극한 것
으로 알려져 있다. 감동이 없는 시대에 감동을 주기 위해 매스컴이 만
들어 낸 허구는 아닌 것이다.

하인스 워드가 우리에게 알려진 기간이 짧다고는 하지만 그의 효심
은 인터뷰하는 모습이나 그의 행동 언저리에서 우리 모두는 충분히 헤
아릴 수 있었다고 생각된다. 그도 한때 "한국인으로 태어난 게 부끄러
웠던 적이 있었지만 이젠 자랑스럽다"고 고백한 것을 보면 주위의 냉
대와 차별이 심했던 것도 미루어 짐작해 볼 수 있는 대목이다.

결국 헌신적으로 자신을 뒷바라지해 온 어머니를 생각하는 마음을
잊지 않고 노력해서 성공했기에 그는 고국을 방문하자마자 청와대 만
찬에 초대받았을 뿐 아니라 서울의 명예시민증이 수여될 정도로 고국
과 국민들로부터 따뜻한 환대를 받을 수 있었다. 자타가 공인하는 성
공이 입증된 셈이다. 더욱이 그의 성공이 주는 의미는 여러 가지를 들
수 있지만, 차별이 엄연히 존재하는 미국에서 성공했다는 점도 소홀히

할 수 없는 대목이다.

특히 하인스 워드는 자칫하면 마마보이로 성장할 가능성이 충분히 있었음에도 불구하고 그에게 '독립심'을 불어 넣어 성공으로 이끈 어머니의 교육사례는 우리의 가정교육 현실과 비교해서 시사점도 크다고 하겠다.

성공한 사람들의 얘기 속에는 감동이 흐른다. 온갖 역경과 험난함을 딛고 성공했기에 가치가 있다. 성공한 삶은 많은 사람들에게 용기와 희망을 준다. 실의에 빠져 있거나 좌절한 사람들도 성공한 사람들의 성공담을 들으면서 희망을 키워간다. 대체로 바이러스는 사람들에게 해악을 끼치지만 성공의 바이러스는 많은 사람들에게 희망을 준다.

간절한 바람으로 혼신의 노력을 기울이고 있지만 뜻대로 안 되어 좌절해 있는 사람들, 유형무형의 차별이 아직도 엄존하는 우리 사회에 대한 배신감으로 실의에 빠진 사람들, 그리고 사회적 약자이자 소수로서 보통 사람보다 몇 배 더 힘든 삶을 산다고 한탄하는 사람들이 이번 하인스 워드의 성공담과 미담을 들으면서 용기를 잃지 않았으면 하는 마음이 간절하다. 그래서 성공에 대한 바람과 굳은 의지로 우리 사회를 희망의 물결로 가득한 세상으로 바꾸어 갔으면 좋겠다. 우리 사회에서 하인스 워드의 성공이 더 이상 남의 얘기만이 아니었으면 더욱 좋겠다.

(2006. 4. 5)

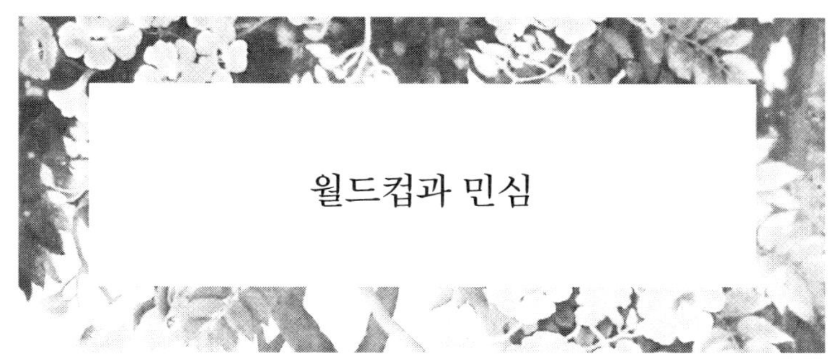

월드컵과 민심

오늘 독일 월드컵이 개막됨으로써 월드컵 시즌이 다가왔다. 2002년도에는 우리나라가 공동 개최국으로서 세계 여러 나라로부터 관심을 받았을 뿐 아니라 온 국민이 하나가 되어 전폭적인 관심과 성원을 보낸 바 있다. 또 일정부분 국민의 여망을 성취하였다고 생각한다.

이른바 '4강의 신화'를 이루었다는 결과 못지않게 독특한 응원문화와 단결심을 통해 대한민국의 저력을 세계 여러 나라에 널리 알리는 계기가 된 것도 인상에 남는다. 2002년도의 열기에는 미치지 못하겠지만 독일 월드컵에 대한 국민의 관심과 기대도 적지는 않은 듯하다. 4년 전의 열기와 관심이 되살아나기도 하거니와 대다수 서민들 입장에서는 여러 가지로 답답한 일상에서 쌓인 스트레스를 확 풀고 싶은 심리적 동인도 작용하는 것 같다.

일부에서는 월드컵에 대한 지나친 관심에 대해 우려하는 목소리도 있지만, 이것은 누가 인위적으로 어떻게 할 수 있는 성격은 아니다. 월드컵에 대해 열광하는 에너지나 국민적 관심은 국민들에게 활력소가 될 뿐 아니라 또 다른 형태의 열정으로 이어져 단결심을 키우는 저력이 될 수 있기 때문이다. 다만, 국민적인 관심사를 언론에서 비중을 두어 다루는 것도 좋지만 일부 언론의 편중된 보도나 호들갑(?)은 왠지 자연스럽지 않은 면도 있다.

지금 대다수 서민들 마음은 편치 않다. 경제사정도 그리 낙관할 수 없을 뿐 아니라 앞으로 서민들의 살림살이가 나아질 것 같지 않기 때문이다. 게다가 국정을 책임지고 이끌고 나가야 할 정부와 여당은 아직도 민심의 흐름을 정확하게 진단하고 처방을 내리지 못하고 우왕좌왕하는 모습을 보이다 이제 '비대위'를 출범시킨 상태에 있다. 물론 이번 5·31지방 선거에 나타난 민심에 대해 다양한 의견을 수렴해서 정확한 진단과 처방을 내기까지 다소의 시간이 걸릴 수도 있을 것이다.

이런 면에서 국민들은 인내심을 갖고 조금 더 기다리는 미덕도 요구된다. 독일 월드컵에 출전하는 선수들이 다소 불안하지만 국민의 성원에 힘입어 좋은 성적을 거두기를 바라는 것처럼.

우리나라 선수들 역시 몇 번의 평가전을 치루면서 이번 월드컵에 대비해서 만반의 준비를 갖추었다고는 하지만 보완해야 할 점들이 있을 것이다. 대다수 국민들의 기대에 미치는 성적을 거둘지는 쉽게 낙관할 수 없는 상태다. 다만, 우리의 젊은이들이 기량을 마음껏 발휘해서 국민들에게 용기와 희망을 주었으면 하는 마음에서 전폭적으로 성원하고 기대감을 표하고 있다.

어느 한 시민의 인터뷰 장면이 생각난다. "서민들은 여러 가지로 삶이 고달프지만 젊은이들이 열심히 경기하는 모습을 보면서 쌓였던 스트레스가 확 풀린다"고.

스포츠와 정치는 여러 면에서 유사한 점이 많다는 생각이 든다. 한

성공한 사람과 성공하는 사람들

가지만 예를 들어보자. 스포츠에서는 경기를 마치기 전까지는 선수들이 모두 최선을 다하지 않으면 이길 수 없다. 운동 종목에 따라 다소의 차이는 있지만, 대체로 스포츠에서는 설사 이기고 있다고 하더라도 선수들 중에서 누군가 방심하면 역전되고 마는 경우가 허다하다. 정치도 마찬가지다. 5·31 지방 선거에 나타난 민심을 여야를 막론하고 누가 더 잘 파악해서 진정 국민을 위하는 정치를 하는지를 국민들은 똑바로 지켜볼 것이다. 선거를 통해서 나타난 민심을 보면서 정치인들이 각성하는 계기가 되어야 함은 물론이거니와 더욱 중요한 것은 초지일관하는 마음을 잃지 않는데 있다. 스포츠는 스포츠로서 즐기는 것이라고는 하지만 우리네 삶과 사회의 축소판이라는 생각도 드는 요즈음이다.

(2006. 6. 9)

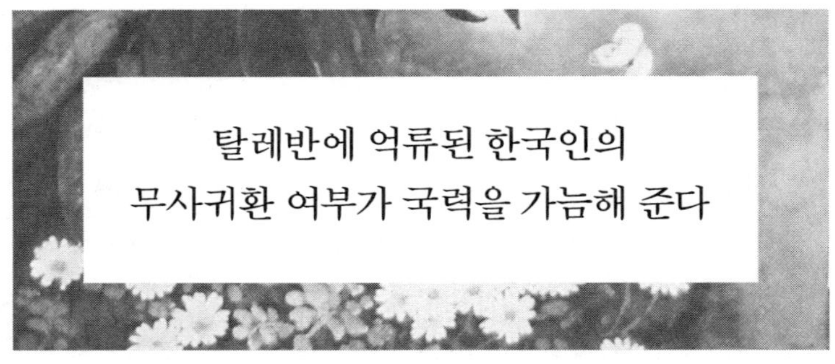

탈레반에 억류된 한국인의 무사 귀환이 지지부진한 상태다. 억류 중에 피살된 유가족은 물론 피랍된 한국인 가족들은 피 말리는 하루하루를 보내고 있다. 가족들이 겪는 마음고생을 어찌 말로 형언할 수 있겠는가?

정부 측에서는 대통령 특사까지 파견해 가며 자국민 보호를 위해 최선의 노력을 기울이고 있지만 현재까지는 아직 가시적인 성과를 못 내고 있다. 지푸라기라도 잡고 싶은 심정에서 지켜본 미국과 아프간의 정상회담에서도 테러범과 협상불가 방침을 재확인하는 원론적인 논의수준에 머물고 말았다.

현재로서는 아프간에 억류된 21명의 한국인 인질의 석방과 관련해서 물밑접촉이 있었을 것이라는 추측 외에는 공식적인 언급이 없는 상황이라 추이를 더 지켜 볼 수밖에 없다고 하겠다. 더욱이 억류된 일부 한국인들 중에는 공포와 두려움에 건강도 좋지 않은 상황이라니 얼마

     성공한 사람과 성공하는 사람들

나 버틸지 안타까운 마음뿐이다. 정부는 국제적 NGO의 중재채널을 통한 다방면의 노력을 기울이고 있건만 해결의 실마리를 찾지 못하는 상황에서 우리를 냉정하게 돌아보는 지혜도 필요하다는 생각이 든다.

우선 억울하게 피살된 목회자 유가족은 물론이거니와 억류된 한국인 가족들이 보여준 성숙한 시민정신과 박애정신에 온 국민들은 숙연해지지 않을 수 없다. 싸늘한 시신으로 돌아온 자식의 시신마저 의학용으로 병원에 기증(?)하는 희생정신을 발휘했다. 우리 국민들은 한국인 모두의 무사 귀환을 절절하게 바라는 인터뷰를 접하면서 피랍된 한국인 가족들이 보여준 박애정신과 그 숭고함을 두고두고 잊을 수 없을 것이다.

다음으로 지구촌화를 얘기할 정도로 온 세계가 가까워지고 또, 우리나라 교민들이 살고 있지 않은 곳이 거의 없을 정도로 국력이 세계로 뻗어 있지만 순수한 봉사활동마저 선입견을 가지고 있는 지역이 지구상에 엄존하고 있음을 다시 한번 절감하는 기회도 됐다. 동시에 아랍의 문화와 역사 그리고 종교에 대한 우리의 인식 부족에 기인한 점은 없었는지 되새겨 보게 된다.

국외 차원의 봉사활동 못지않게 국내의 봉사활동이 더 시급한 점을 헤아리는 지혜도 요구된다. 이것은 대다수 국민들의 정서와도 맞닿아 있다는 생각도 든다. 국외 차원의 봉사활동을 하는 사람들은 당연히 국내의 봉사활동에도 적극적이고 헌신적으로 활동하는 사람들이 대부분일 줄 안다. 다만, 앞으로는 아무리 순수한 봉사활동일지라도 모험주의적 접근은 자제하려는 전향적 자세가 요구된다는 점을 강조하고 싶을 뿐이다.

마지막으로 억류된 한국인의 무사귀환 여부에 따라 우리 정부의 외교능력은 말할 것도 없거니와 국력을 가늠해 보는 바로미터가 될 수 있음을 정부 당국자는 뼈저리게 절감해서 정부의 협상능력을 최대한 발휘하여야 할 것이다. 아무리 특수하고 예외적인 상황이었다고 하더라도 만약 해외에서 피랍된 자국민을 보호하지 못한다면 우리나라의 이미지의 추락은 물론이거니와 해외에서 살고 있는 교포들의 사기에도 심대한 영향을 미친다.

이번을 계기로 미, 일, 중을 비롯해 일부에 편중된 외교전문가 양성을 지양하고 다양한 지역의 외교전문가 육성에도 소홀함이 없어야 할 줄 안다. 이런 점에서 우리는 이번 한국인 피랍사태의 순조로운 해결을 위해서 반기문 사무총장의 활약에도 기대를 걸고 있다. 피랍된 우리 한국인들이 모두 무사히 귀환할 수 있도록 다시 한번 온 국민의 관심과 성원을 기대하고픈 심정이다.

(2007. 8. 7)

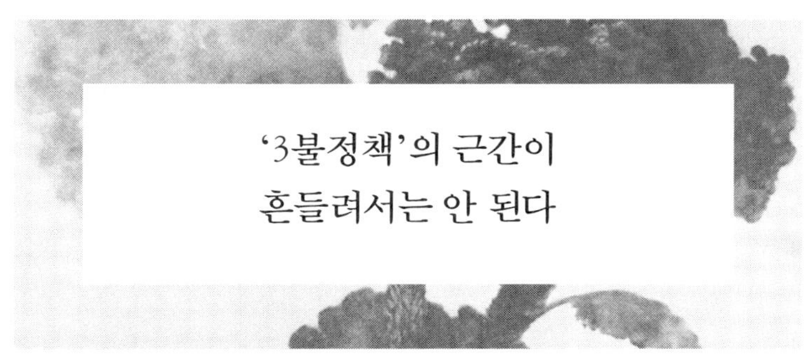

'3불정책' 폐지 여부를 놓고 일부 대학과 교육부의 힘겨루기가 한 창이다. 이른바 명문대학들은 우수한 학생을 선발하기 위해서는 고교등급제를 적용해야 한다는 입장을 굽히지 않고 있다. 교육에 대한 국민의 관심이 지대한 만큼 사회 지도층 일부 인사들까지 이와 관련된 여러 주장을 쏟아내고 있어 학부모들의 혼란을 가중시키고 있다. 게다가 일부 대학은 학생선발권을 제한하는 이유를 들어 정부에서 대학의 자율권을 침해한다고 목소리를 높이고 있는 상태다.

학부모들의 반발을 의식해서인지 현재는 '고교등급제' 시행에 주안점을 두는 모양새지만 본고사 부활 움직임마저 감지되고 있다. 심지어 '기여입학제' 도입의 필요성도 슬그머니 끼어 넣는 것을 보면 결국 '3불정책'의 근간마저 흔들리고 있는 것이 아닌가 하는 의구심마저 든다.

교육당국은 아직은 기존정책의 유지에 변함이 없다고 강변하고 있지만, 고등학교간 학력차가 엄존하고 있는 마당에 '고교등급제'의 시행을 언제까지 불허할지 미지수다. 이러한 공방을 지켜보는 대부분의 학부모들 마음은 불안하기만 하다. 국민들의 관심사 중의 하나인 교육정책도 정권의 말기에 오면 여러 말들이 오가면서 그 근간이 흔들리는 경우를 많이 봤기 때문이다.

교육정책은 무엇보다도 일관성을 유지해야 한다. '3불정책'은 시행과정에서 일부 보완해야 할 점도 발견되고 있다. 하지만 '3불정책'은 공교육의 부실을 막고 사교육비 부담을 완화시킬 목적으로 교육계 안팎의 많은 논의와 의견수렴을 거쳐 비로소 조금씩 정착해 가고 있는 점도 소홀히 할 수 없는 대목이다. 근간은 유지하면서 보완해야지 그 뿌리마저 흔들리면 국민들에게 교육정책에 대한 엄청난 불신과 혼란을 초래할 수 있다.

우선, 현재로서 가장 논란이 되고 있는 고교등급제를 시행할 경우 외고를 비롯해 과학고 등 이른바 특목고 쏠림현상이 더 심각해질 것이다. 지금도 이곳에 입학하기 위해서는 많은 사교육비가 드는 것은 물론이거니와 진학해서도 일반 고교에 비하면 몇 배의 교육비가 들어간다고 한다. 웬만한 월급쟁이는 자녀를 진학시킬 엄두도 못 내고 있는 실정인 것이다. 그렇지 않아도 우리 사회의 양극화 현상이 사회통합의 걸림돌이 되고 있는 마당에 교육까지 세습이 되는 사회란 여러 가지 면에서 바람직스럽지 않은 측면이 더 많다. 무한 경쟁사회에서 경쟁력을 갖추기 위해서, 또 고교 평준화가 시행되고 있는 시점에 우수한 인재를 길러내기 위해서 필요하다는 주장을 펴고 있지만 그 폐해가 더 크다.

얼마 전 통계에 의하면 특목고 출신의 명문대 진학률이 70~80%에 이른다는 보도를 접한 일반 학부모들이 느끼는 허탈감을 '사촌이 논 사면 배 아프다'는 속담심리의 반영 정도로 폄하하지 말았으면 한다.

성공한 사람과 성공하는 사람들

일부 대학의 본 고사 부활 움직임도 그 명분이 약해 보인다. '수능'의 변별력이 떨어지는 추세에서 우수한 학생을 선발하기 위한 명목이라고는 하지만 공교육에 대한 불신을 조장하고 국민들 사교육비 부담도 더욱 가중시킬 것이 불을 보듯 뻔하기 때문이다.

지금의 제도 하에서도 전형방법을 다양화해서 대학의 실정에 맞는 학생들을 얼마든지 선발할 수 있다고 본다. 본질은 대학이 글로벌시대에 맞는 인재를 육성할 수 있는 시스템을 갖추고 교육의 질을 개선하는데 더욱 박차를 가하는데 있다.

국민들은 우리의 젊은이들이 대학 졸업 후 세계의 젊은이들과 어깨를 맞대며 경쟁할 수 있는 능력을 얼마나 더 갖추었는지를 더 주시하고 있다는 점을 분명하게 인식해야 할 것이다.

(2007. 4. 17)

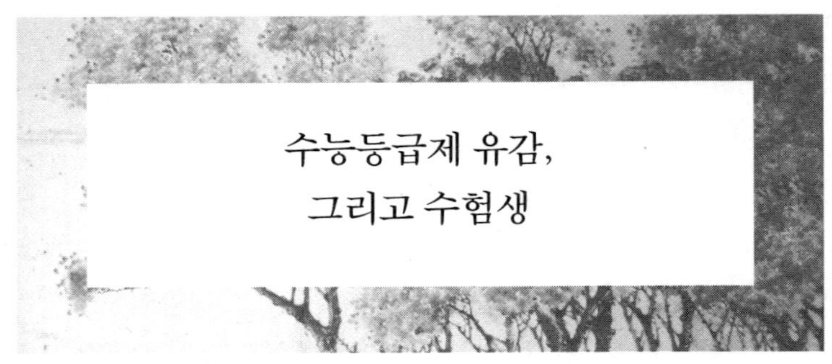

얼마 전에 2007년도 수능시험 결과가 발표됐다. 올 해의 대학수학 능력시험(이하 '수능')은 예년과 달리 등급제를 시행한 첫 해에 해당한다. 수능등급제는 정부와 교육당국에서 우리의 청소년들에게 조금이라도 입시부담을 완화시키려는 취지에서 교육계를 비롯해 각 계의 의견을 수렴해서 시행한 교육정책의 핵심사항이다.

그런데 지금 일선 학교는 물론 학생과 학부모들이 수능등급제 논란에 휩싸여 큰 혼란에 빠져 있다. 일선 학교는 진학지도에 큰 어려움을 호소하고 하고 있고, 수험생과 학부모들 역시 등급제의 시행에 대한 불만이 고조되고 있는 실정이다.

수능등급제는 전통적으로 강조해 왔던 객관성과 공정성보다는 자신에게 부여된 등급을 운명적으로 받아들이도록 요구하는 모순점을 지니고 있다. 이외에도 여러 가지를 들 수 있겠지만, 무엇보다도 열심히 공부해서 좋은 점수를 받은 학생도 과목에 따라서는 약간의 실수로 등

성공한 사람과 성공하는 사람들

급이 갈라짐으로써 자신의 등급에 승복하기 어려운 모순점도 지녔다.

　이런 시점에 수능시험 등급제 논란과 관련해 대교협(한국대학교육협의회)이 개선안을 마련하겠다고 나선 것은 시사해 주는 바가 크다. 대교협은 각 대학총장들이 회원으로 있는 협의체 성격을 지니고 있는 만큼 여러 가지 문제점을 제대로 파악해서 등급제의 개선안과 보완책을 서두른다면 혼란을 최소화하는데 기여할 것으로 판단되기 때문이다. 자칫 교육정책은 백년대계인 만큼 다소 문제점이 있어도 보완을 서두르지 않는 경향이 있다. 하지만 이 경우는 좀 다른 것 같다. 가능한 빨리 개선안을 마련해서 더 이상의 혼란을 초래해서는 안 될 것이다. 이런 점에서 수능등급제를 백분위 점수로 환원해 급한 문제를 해결한 다음 학교교육과 입시정책을 함께 연계해서 교육정책의 수립하는 것도 한 방안이 될 수 있다고 본다. 동시에 수험생들은 각자 자신의 진로를 선택해야 하는 또 다른 출발선상에 서 있음을 유념하면서 다음과 같은 몇 가지 사항에도 주의를 기울였으면 하는 마음이다.

　무엇보다도 지금까지 수험생들을 뒷바라지 해 주느라 고생이 많으셨던 부모님께 감사하고 고마워하는 마음을 늘 간직했으면 하는 바람이다. 이러한 마음을 갖는 자세야말로 제일 중요하고 소중하다. 그리고 수험생들도 충분히 숙지하고 있는 사항이지만, 대학의 학과 선택은 앞으로 자신의 장래와 직결되는 중요한 문제다. 심지어 대학 졸업 후에 적성에 맞는 학과로 학사편입하거니 또는 적성에 맞는 학과를 진학하기 위해 다시 '수능'을 준비하는 경우마저 있는 현실을 감안할 때 학과 선택의 중요성은 아무리 강조해도 지나치지 않다. 최선의 노력을 기울여 자신이 지망하는 대학, 또 적성에 맞고 장래성이 있는 학과를 선택해서 품은 뜻을 이루려는 의지가 중요하다. 그렇다고 대학 진학의 성패에 따라 마치 인생이 좌지우지되는 듯이 너무 중압감을 느끼는 것은 현명한 태도는 아닐 것이다. 이런 점에서 선배 세대들이 인생을 흔히 마라톤에 비유하는 이치를 곰곰이 되새겨 보았으면 한다.

다음으로 우리 지역에 소재한 대학에도 많은 관심과 애정을 기울여 주었으면 하는 마음이다. 우리 사회의 일각에서 일고 있는 서울, 중앙 위주의 사고방식도 시정해야 할 폐해다. 수험생들의 장래는 각 자가 대학생활과 사회생활을 어떻게 하느냐에 달려 있다고 본다. 지방대학을 졸업했다고 해서 자신의 능력을 제대로 발휘하지 못하지는 않는다. 이제 우리 사회도 막연히 학벌이나 학연, 외모 등 이른바 '포장'으로 사람의 능력을 평가하는 시대는 지났다. 또 그래서도 안 된다.

마지막으로 수험생들 중에는 열심히 공부했음에도 불구하고 집안 형편상 대학 진학의 꿈을 접고 취업을 해야 하는 경우도 있을 것이다. 그렇다고 의기소침할 필요는 없다. 배움의 뜻을 품고 있다면 사회생활을 하면서도 진학할 기회는 주어질 것이다. 수험생들 주변에 이런 동료가 있으면 아낌없는 격려와 용기를 북돋아주는 자세도 필요하다.

우리 사회의 미래의 주역인 청소년들이 자신의 능력을 십분 발휘할 수 있는 학과를 선택해서 뜻한 바를 이루고, 또 취업을 희망하는 경우 역시 청운의 뜻을 품고 열심히 생활해서 성공한 삶을 꾸려가기를 진심으로 기원하고 싶다.

(2007. 12. 20)

성공한 사람과 성공하는 사람들

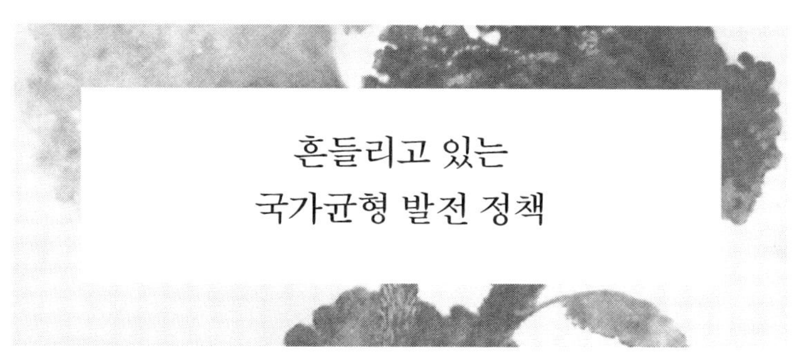

이명박 정부가 들어서면서 참여정부 하에서 중점적으로 추진해 왔던 국가균형발전 정책의 기조가 뿌리부터 흔들리고 있는 것은 아닌지 우려하는 목소리가 적지 않다.

새 정부가 들어선 만큼 대다수 국민들은 참여정부 하에서의 국정의 방향이나 정책과 많은 점에서 차이를 보일 것을 어느 정도 예견돼 있었다. 하지만 참여정부 하에서 추진해 왔던 국가정책 중에서도 좋은 정책은 발전적으로 계승해서 연계성을 높이려는 포용력이 요구된다. 또 이런 자세를 유지할 때 현 정부의 국정수행에도 많은 보탬이 될 수 있다고 생각한다. 앞의 정부에서 내세웠던 국가의 주요 정책에 대해서는 충분하게 검토해서 연계성이 높이는 것이 국력의 소모도 줄일 수 있거니와 효율성도 높일 수 있을 것이기 때문이다.

그런데 말로는 발전적으로 계승한다고 하면서도 지난 정권에서 내세웠던 정책이라는 점에 대해 심정적 거부감을 갖고 그 뿌리부터 흔들려고 하거나 혹은 전면 재검토를 하게 될 때 적지 않은 부작용을 낳을 수도 있다. 여야합의로 힘겹게 탄생시킨 국가균형발전 정책의 기조가 되는 혁신도시 건설 사업이 흔들리고 있는 징후가 여기저기서 감지되고 있는 점도 이런 맥락에서 생각해 볼 수 있다.

현 정부는 각 지방자치단체장과 지역사회의 반발을 의식해 현재는 부인하고 있는 상태이지만, 언제든 수면위로 부상할 가능성이 크다. 무엇보다도 혁신도시 건설 사업이 이명박 정부에서 추진하려는 대운하 건설 프로젝트와 상치되는 부분이 있고, 또 공기업의 민영화 정책과도 맞물려 있는 만큼 혁신도시 건설사업이 탄력을 받아 추진하려면 여러 장애물들을 넘어서야 하기 때문이다.

혁신도시 건설 사업이 지지부진하거나 폐기되는 것은 아닌지 우려하는 목소리도 따지고 보면 이런 점과도 무관할 수 없다. 혁신도시 건설 사업이 국가균형 발전 정책으로서 전혀 손색이 없는 최상의 정책이라는 점을 주장하려는 것이 아니다. 보완해야 할 점도 분명 있지만, 지방을 살리는 최소한의 국가균형 발전정책이라는 점만은 인정하고 싶다.

전문가들의 많은 논의를 거치고 정치권의 합의 속에서 추진해 온 국가정책마저 정권의 코드에 맞춰 추진 여부를 놓고 갈팡지팡할 때 엄청난 국력의 소모는 물론이거니와 국민들에게 정부 정책의 일관성 부재로 말미암아 더욱 불신감을 키워주는 폐해를 낳을 수 있다. 특히 현 정부가 들어서면서 정부와 감사기관, 그리고 국책 연구기관 등에서 혁신도시 경제효과가 부풀려졌다는 보고서를 잇달아 내 놓고 있는 점도 일반 국민들로서 납득하기 힘든 대목이다. 경제효과의 산출보고서가 어떻게 정권에 따라 다르냐는 것이다. 감사원을 비롯해 국책 연구기관들이 정권의 눈치를 보면서 그 입맛에 맞게 과장했거나 축소했다는 비판으로부터 자유로울 수 없는 대목이다.

 성공한 사람과 성공하는 사람들

국책 연구기관은 정부의 산하에 있는 만큼 일정 정도 정부의 입김으로부터 자유로울 수 없다는 점을 모르는 바는 아니지만, 결국 그 피해는 일반 국민들의 몫으로 남는다는 점을 간과해서는 안 될 것이다. 혁신도시 건설에 대한 지역민들의 기대감이 높고, 또 이미 보상까지 많은 부분이 진행된 만큼 중단하거나 축소될 경우 그 파장을 우려하지 않을 수 없다.

국가균형발전 정책이 대한민국이 골고루 잘 사는데 궁극적 목적을 두고 추진해 왔던 만큼 그 기조나 정신이 훼손되어서는 안 된다. 이러한 점에 소홀하게 될 때 이명박 정부는 특권층의 이익만을 대변하는 '특권정권'이라는 오명으로부터 결코 자유로울 수 없을 것이다.

(2008. 4. 22)

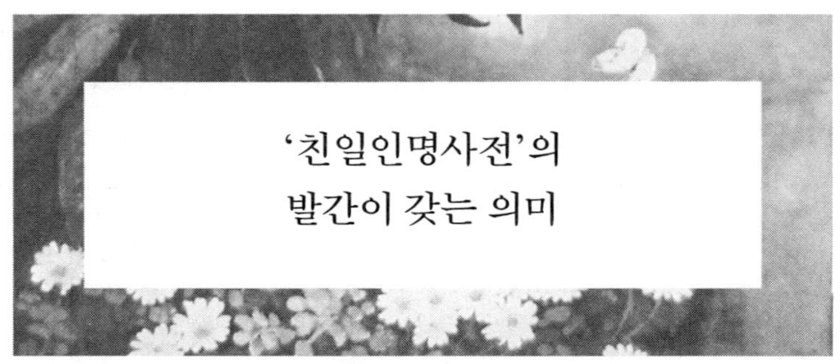

'친일인명사전'의
발간이 갖는 의미

'**민**족문제연구소' 주관으로 '친일인명사전'이 편찬되었다. 이 사전에는 일제 강점기에 일제의 정책에 협조하거나 동조한 인사와 지식인들, 그리고 일제하에서 일정한 직위 이상의 군인이나 공직에 복무했던 인사들 4800여명의 명단이 포함되어 있다.

그런데 이 '친일인명사전발간'을 두고 우리 사회 안팎에서 여러 논란이 일고 있다. 미국산 소고기 수입문제로 국민적 관심사에서 다소 비껴 있지만 그래도 사회 일각에서 관심을 기울이는 것은 당연한 현상이고, 또 여러 가지 시사점도 제공해 주고 있다.

먼저, 국민의 성금에 힘입어 한 민간연구소 주관으로 '친일인명사전'이 편찬되었다는 것은 다소 늦은 감은 있지만 우리 사회의 역사의식을 한 단계 높인 의미 있는 사건으로 기억될 것이다. 특히 민간연구소에서 수년 동안 많은 논의와 연구를 거쳐 이런 결실을 맺기까지 많은 연구원들의 열정과 땀의 있었기에 가능했다고 보기 때문이다.

성공한 사람과 성공하는 사람들

사회 일각에서는 사전편찬을 두고 원론적으로는 동의하면서도 각론에 들어가면 상당한 시각차를 보인다. 세부적인 사항에서 일부 이견을 보이는 것은 당연한 것이고, 또 생산적인 논의의 장으로 이어질 수 있다는 점에서 일견 반가운 일이다.

그런데 보수 우익을 공격할 수 있는 빌미를 제공하는 것 아니냐고 민감하게 반응하는 경우도 있는데, 이것은 다소 과잉된 반응이라는 생각이 든다. 지금 시점에서 이루어지는 일련의 행위는 인적청산이나 역사적인 단죄의 차원이 아니라 공과功過를 함께 다룸으로써 역사적 진실을 확보하는데 보다 큰 의미를 두고 있는 점을 소홀히 해서는 안 되기 때문이다.

잘 알려져 있듯이 우리 사회는 해방된 조국에서도 이른바 친일파를 청산하지 못한 부끄러운 역사를 가지고 있다. 일제 강점기에 독립 운동가를 고문하고 많은 민중들을 수렁에 빠지게 한 친일파는 물론이거니와 일제의 정책에 협조한 인사들을 해방된 조국에서 제대로 단죄하고 역사의 준엄한 심판을 통해 민족정기를 바로잡는데 실패했기 때문이다. 심지어 한 때 세간에는 "친일파의 후손은 삼대를 떵떵거리고 사는데, 독립운동가의 후손은 생계가 막막할 정도로 어렵게 산다"는 말이 회자된 적도 있을 정도였다. 최소한 지금이라도 '친일인명사전'의 편찬과 같은 연구를 통해 후손들에게 역사의 교훈을 되새겨 주어야 할 책무가 우리 세대에게 주어져 있다.

이런 점에서 '친일인명사전'의 편찬은 특정한 인물을 처벌하기 위한 것이 아니라 은폐 또는 왜곡돼 있는 사실을 바로잡기 위한 의미 있는 실천적 행위라는 생각이 든다. 역사는 지나간 사건에 불과한 것이 아님은 우리 모두가 알고 있는 상식이다. 역사는 오늘을 사는 당대는 물론이거니와 미래와 소통하고 연결해 주는 나침반과 같은 역할을 해

주기 때문이다.

　이런 점에서 '친일인명사전'의 편찬은 지나간 사건을 들추어 국민 통합을 저해하고 그 후손들에게 연좌제를 덧씌우려는 불순한 의도를 갖고 있다는 일부의 비판은 본말이 전도된 생각일 수 있다. 다만, '친일인명사전'이 완벽하다고는 할 수 없다. 따라서 '친일인명사전'의 편찬을 주도하고 추진해 온 측에서도 세간의 관심을 고맙게 받아들이고, 또 이것으로 끝나는 것이 아니라 설득력 있는 문제제기나 보완사항에 대해서는 겸허하게 수용하려는 인내와 끈기가 요구된다고 본다.

　'친일인명사전'의 편찬이 우리 사회에 던지는 의미는 결코 작지 않다. 과대평가 되는 것도 자제해야 하겠지만 과소평가해서는 더욱 곤란하다. 여러 가지 논란과 산고 끝에 나온 '친일인명사전'이 우리 시민 사회에 성숙한 논의거리를 제공하고 나아가 젊은 세대들에게도 올바른 역사의식을 북돋우는데 기여하기를 바라는 마음 간절하다.

(2008. 5. 6)

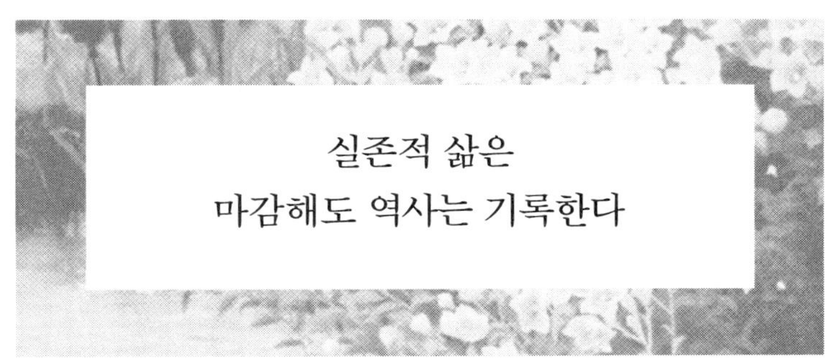

요즈음 신문이나 방송에서 연일 '북핵' 관련 보도들로 서민들의 마음이 이래저래 어수선한 가운데 최규하 전 대통령의 서거와 '박치기 왕' '김일'선수의 사망 소식은 인생의 무상함을 절감하게 한다. '비운의 대통령'으로 거론되고 있는 최규하 전 대통령의 실존적 삶은 역사 속으로 묻히고 말았지만, 짧은 재임기간 동안 벌어진 정권의 부침浮沈과 관련된 '비사'秘史는 후세를 위해서라도 '회고록'의 형식으로 출간돼 '역사의 진실'마저 묻히지 말았으면 하는 마음이다.

1960~70년대 보릿고개를 넘겨가며 곤궁하게 살아야 했던 시절에 '김일 선수'는 온 국민을 열광케 한 왕년의 스포츠 스타였다. 지금 40대 후반에서 50대 이후 기성세대들은 그의 죽음 앞에 잠시나마 회상에 잠겼을 줄 안다.

'박치기 왕'의 강인함도 흐르는 세월을 막을 수는 없었던 것 같다. 한 때 최고 권력자로였던 지도자도 '박치기 왕'으로 한 시대를 풍미했던 김일 선수도 결국 자연으로 돌아갈 수밖에 없는 것이 인간의 숙명이다. 다만, 지도자나 정치인은 죽은 뒤에도 그의 행적이 역사의 한 페이지로 남게 되어 후세의 평가를 받는 점을 간과해서는 안 될 것이다. 김일 선수 역시 한국 레슬링사의 한 페이지를 장식하는 거목으로 남을 것이다. 더욱이 국가의 지도자나 정치인의 경우는 국민으로부터 국사를 위임받은 만큼 국가의 백년대계를 생각하면서 역사의 죄인으로 남지 않으려는 각고의 노력과 실천이 요구된다. 자연인으로서 실존적 삶은 사라질지라도 역사 속의 삶마저 종지부를 찍은 것은 아니기 때문이다.

지금 우리나라는 여러 면에서 중대한 기로에 서 있다는 생각이 든다. 온 국민의 생존권이 달려있는 '북핵' 문제의 원만한 해결을 위해서는 사려 깊고 현명한 선택을 요구받고 있으며, 또 미래의 삶의 질과도 밀접하게 관련되어 있는 FTA 협상 문제 등 결코 가볍지 않은 사안들이 우리 앞에서 놓여 있다. 지금 당대의 생존권과 삶의 질은 말할 것도 없거니와 우리의 후세들이 지금보다 더 평안하게 살 수 있는 여건을 조성해 주기 위해서는 국민들도 위정자들이 현명한 선택을 할 수 있도록 모든 역량을 결집해야 할 시점인 것이다.

지역사회는 지역사회대로 여러 가지 중대한 현안이 산적한 때일수록 감정적이거나 지엽적인 부분에 집착하지 말고 좀 더 큰 틀에서 고민하고 해결책을 모색하는 지혜를 발휘했으면 하는 마음이다. 상대방의 입장에서 한번쯤 생각하는 여유, 최선이 여의치 않으면 차선을 생각해 보는 유연성, 양보는 패배이고 굴복이라는 단선적單線的 생각에서 한 발짝 물러나서 생각해 보는 도량을 발휘한다면 난마처럼 얽힌 형국도 순리대로 풀어 갈 수 있지 않을까 생각해 본다. 말처럼 사안이 그렇게 단순하지 않은 경우도 많을 줄 안다. 각 자 처해진 입장에 따라 여러 가지 사안이 복합적으로 얽혀 있어 합의점을 도출해 내기가 쉽지 않을

성공한 사람과 성공하는 사람들

것이다. 하지만 국가적인 중대사나 지역의 현안문제도 결국 사회 구성
원들의 지혜와 합의 도출이 관건이 된다. 미래와 후세대를 의식한 선
택, 역사 앞에 부끄럽지 않을 대의를 위한 선택과 실행만이 후회하지
않는 길이 될 것이 자명하다.

　　앞에서 거론한 두 사람의 실존적 삶의 마감이 역사 속의 삶마저 종
지부를 찍는 것이 아님을 우리 사회의 구성원이 자각하며 사는 계기가
되었으면 좋겠다.

(2006. 10.31)

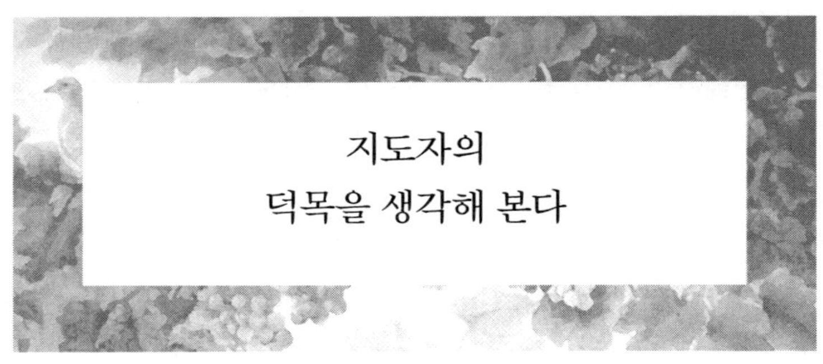

요즈음 정치권에서는 각 당별로 대선후보를 뽑기 위한 경선이 한창 진행 중이거나 이미 '대선' 후보를 정해 놓은 상태다. 이른바 '신정아 학력 위조' 파문이 각종 의혹과 맞물리면서 일반인들의 관심권에 다소 비켜 서 있지만, 이제 각 당별로 대선후보가 정해지면 국민들은 이들 중에서 향후 우리나라의 국정을 이끌어갈 최고지도자를 선택해야만 한다.

대체로 일반 국민들의 정치권에 대한 불신의 벽이 높다고는 하지만, 한편으로는 정치인들이야말로 국정을 주도적으로 이끌어가는 한 영역을 담당하고 만큼 지도자를 제대로 뽑느냐 여부에 따라 국가의 장래가 걸려 있다고 해도 과언이 아니다. 국민들의 주권의식이 높아져 가고, 의식수준도 날로 향상되어 가고 있다고는 하지만, 지도자는 국민들로부터 국정을 위임받은 만큼 국가의 발전에 미치는 영향은 지대하다. 새삼 국가지도자의 덕목을 생각해 보게 된다.

성공한 사람과 성공하는 사람들

무엇보다도 우선, 국가지도자는 진정 국민을 위하는 진실한 마음의 소유자여야 할 것이다. 선거에 나오는 후보자들은 모두 진정 국민을 위하는 정치를 하겠다고 다짐하곤 한다. 하지만 국민들은 정치인들의 이런 공약을 액면 그대로 믿지는 않는 것 같다. 하루빨리 극복해야 할 과제라고 생각한다. 그래서 흔히 생각해 볼 수 있는 경우로 거짓말을 적게 한 지도자를 뽑자는 심정으로 차선책을 택하는 경우마저 있다. 후보시절 국민을 위하는 진실한 마음을 일관되게 유지하는 지도자를 국민들은 갈망하고 있다.

다음으로 생각해 볼 수 있는 것이 국가의 비전을 얼마나 제대로 제시하고 있으며, 또 실천 가능한 공약公約을 내놓는지 따져 보어야 할 것 같다. 지도자는 미래를 남다른 눈으로 보는 통찰력의 소유자여야 한다. 반면 국민들은 인기에 편승한 그럴듯한 공약空約으로 국민을 기만하고 있지나 않는지 국민들의 눈으로 충분히 가려낼 수 있어야 한다. 이런 점에서 지금부터 대선에 나온 후보들의 행보를 유심히 관찰하면서 관심을 기울일 필요가 있는 것이다.

다음으로 소홀히 할 수 없는 것이 지역감정을 부추기거나 또는 학연이나 그 밖의 연고緣故에 의존하려는 후보는 국가를 올바른 방향으로 이끌어 갈 수 없다는 생각이 든다. 현실을 모르는 교과서적 생각이라고 비판받을 소지도 있지만, 연고주의는 과거의 구태로부터 벗어나지 못하는 낡은 관행일 뿐이다. 각 종 선거에서 지역감정을 부추기는 행태와 이것을 통해 반사이익을 챙기려는 정치인은 이제 물러날 때가 됐다. 다가오는 '대선'에서 국민들이 확실하게 그 매듭을 끊을 수 있어야 한다. 지역감정과 연고주의에 연연하려는 행태야말로 그 폐해가 심각할 뿐 아니라 국가의 미래를 암울하게 하는 망국병이 될 것이기 때문이다.

　지도자의 덕목으로 빼 놓을 수 없는 것은 열린 마음의 자세를 들고 싶다. 후보시절에는 대체로 그런 마음을 갖고 있다가도 막상 당선되고 나면 아집이 강하고 독선적으로 바뀌는 지도자가 적지 않다. 우유부단 優柔不斷하라는 얘기가 아니다. 사회 각 분야의 여러 의견을 여과 없이 듣고 합리적이고 타당한 의견을 수용하려는 열린 마음의 자세야말로 최고 지도자의 중요한 덕목이라는 생각이 든다. 이외에도 열거하자면 더 많이 들 수 있겠지만 최소한 이러한 덕목을 갖고 초지일관 실천하는 지도자를 국민들은 열망하고 있다.

(2007. 9. 18)

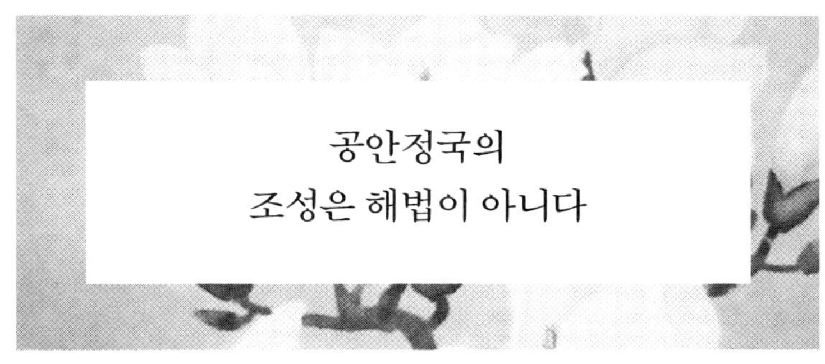

공안정국의
조성은 해법이 아니다

시국이 심상치 않게 돌아가고 있다. 쇠고기의 추가 협상 후 장관 고시를 강행하자 이것을 반대하는 국민들의 저항이 수그러들지 않고 있기 때문이다. 한편으로 정부의 입장에서는 나름으로는 최선을 다한 협상이고 대다수 국민들은 이 정도면 수긍할 것으로 생각했던 것 같다. 촛불 시위가 수그러들지 않는 것은 극히 일부가 선동해서 정치적으로 이용하고 있다는 생각이 들 수도 있다. 또 대다수 국민들은 연일 계속되는 시위에도 지쳐있고 무책임한 정부에도 지쳐있다는 생각도 든다. 더욱이 일부 보수 언론은 국민의 여론을 제대로 전달하지 않은 채 민의를 왜곡하고 있다. 진실을 보도하고 여론을 제대로 수렴해서 독자에게 전달하는 역할을 방기한 언론은 언론이기를 포기한 것이다.

결론부터 말하면 이렇게 자꾸만 '쇠고기 협상 문제'가 해결의 실마리를 풀지 못하고 꼬이게 된 데에는 국민의 소리를 좀 더 겸허하게 제대로 수용하면서 대응하지 못한 정부와 여당의 태도에 문제가 더 많다고 본다. 28일 법무부 장관의 시국 담화 이후 공권력의 강경진압은 마치 80년대의 공안정국을 방불케 하고 있어 사태를 더욱 악화시키는 것 같다. 공권력의 엄정한 집행은 강경진압을 의미하지 않는다.

우리는 종교계의 움직임을 예의 주시할 필요가 있다고 본다. 종교계는 역사의 고비마다 국민의 편에서 난국을 타개하는 선도적 역할을 담당해 왔다. 역사의 고비마다 꼬인 물꼬를 트는데 기여한 바도 크다. 유형무형의 박해에도 불구하고 사심없이 국민의 편에서 역사의 물줄기를 바로 세우는 일을 자임해 왔던 점을 국민들은 기억하고 있다. 천주교 정의구현사제단 역시 역사의 물줄기를 바로 세우는 일을 선도적으로 수행한 점을 높이 평가해 대다수 국민의 지지를 받고 있음을 부인하기 힘들다.

이런 점에서 천주교 정의구현사제단이 지난 30일 시청광장에서 '국민존엄 선언과 국가 권력 회개를 촉구하는 시국미사'를 열고, 또 10여 명의 사제들이 서울광장에서 무기한 단식 미사를 여는 것은 우리에게 시사해 주는 바가 크다.

사제들은 강론에서 먼저 "신앙의 이름으로 국가 권력의 오만"을 엄중하게 나무라면서 정부의 회개를 촉구하고 있다. 천주교 정의구현사제단이 이렇게 시국미사를 연 것은 이례적이라는 생각이 든다. 3일에는 기독교에서 시국기도회를 개최하고, 4일에는 불교계도 법회를 연다. 그만큼 현 시국이 심각하다는 점을 말해 준다. 현 시국이 심상치 않아서 좋아하는 국민들은 거의 없을 줄 안다. 이명박 정부가 출발부터 이렇게 꼬이고 국민의 지지를 못 받는 것은 국가적으로는 엄청난 국력의 낭비이자 소모인 것만은 분명해 보인다.

지금이라도 정부와 여당은 국민을 섬기는 낮은 자세로 국민의 뜻을

성공한 사람과 성공하는 사람들

겸허하게 수용하는 것만이 파국을 막는 지름길이라고 생각한다. 추가 협상만으로는 국민들이 광우병의 공포로부터 자유로울 수 없다는 점이 국민을 불안하게 하고 정부를 신뢰할 수 없게 하고 있다. 경찰의 과잉진압과 공권력의 남용은 꼬인 정국을 푸는데 전혀 도움이 되지 않을 것이다. 그렇다고 불법 시위까지 방조하라는 애기는 아니다. 평화적 시위는 보장하되 폭력 시위에 대해서는 공권력의 행사를 통해 국민들의 불편을 초래하는 일이 없어야 한다.

정부의 담화 이후 공권력의 행사는 분별력을 잃고 있다. 시민과 경찰의 충돌을 막으려고 드러누운 시민들까지 곤봉과 방패로 찍는 행동은 예사이고 비폭력을 호소하는 시민들에게 무자비하게 휘두르는 곤봉세례는 더 큰 국민적 저항을 불러일으킬 것이다.

정부는 국민의 뜻을 헤아려 현명하게 대처할 것을 간절하게 촉구하고 싶다. 무엇보다도 정부와 여당 그리고 국회에서 꼬인 물꼬를 트는 것이 지름길이라고 생각하기 때문이다.

(2008. 7. 1)

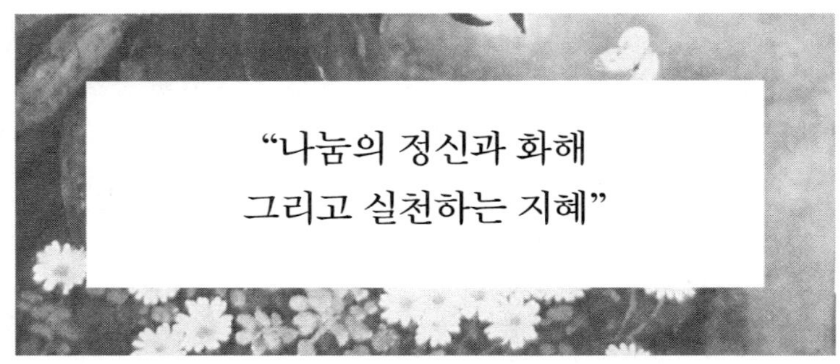

올 한해도 불과 일주일 밖에 남은 않은 세밑이다. 어제는 성탄절을 맞이해 모든 분들이 온 누리에 화해와 축복이 가득했으면 하는 간절한 마음으로 연휴를 보냈을 것이다. 종교가 아예 없는 분 혹은 타종교 신자인 분들도 이맘때는 그 분의 큰 사랑과 고귀한 인류애를 새기면서 용서와 화해, 그리고 나눔의 정신을 실천하는 마음을 공유해 간다면 정말 뜻 깊은 연말이 될 것 같다.

이맘때쯤이면 사람들 사이에 회자되는 사자성어를 몇 개쯤 떠올려 보곤 한다. 흔히 '다사다난' 多事多難이란 말을 비교적 많이 사용하곤 했는데, 연말이면 쓰곤 해서 신선도가 다소 떨어진다.

교수신문에서 필자들과 대학교수들을 대상으로 조사한 바에 의하면, 올 한 해를 정리하는 사자성어로 '밀운불우' 密雲不雨라는 말에 가장 많이 동의했다는 보도를 접한 바 있다. 많은 사람들 역시 여기에 공감했을 줄 안다. 구름이 잔뜩 끼어 비가 올 듯하다가도 시원한 빗줄기는

성공한 사람과 성공하는 사람들

내리지 않는 답답한 민심을 비유한 사자성어로 짐작된다. 더욱이 세밑에 대통령이 작심하고 격정적으로 쏟아낸 말들로 인해 정가는 물론 국민들의 마음이 편치 않다는 세간의 소식도 들려온다.

한 나라 국정의 최고 책임자는 일부 국민들이 자신의 마음을 몰라주는 듯해 다소 억울(?)한 마음이 생겨도 자제하면서 품위 있는 언어구사를 해야 한다고 생각한다. 대통령은 누구를 탓하기 전에 국민들의 마음을 깊이 헤아려 편안케 하는 언행의 지혜를 발휘해야 자리이기 때문에 더욱 그러하다.

오늘 아침 조간신문을 보니 절제되지 않은 표현을 한 점에 대해 국무회의 석상에서 대통령 스스로 사과 했다는 소식을 접하면서 다행스럽다는 생각을 했다. 이것이 국가 지도자의 덕목이다. 이 기회에 '레임덕' 이니 '권력누수'니 하면서 대통령을 흔드는 듯 한 일부 언론의 보도와 논평도 국민들의 마음을 여전히 편치 않게 한다는 점을 직시했으면 한다.

대통령이 남은 임기를 진정 국민을 위해 봉사하고 헌신할 수 있도록 인내하고 용기를 북돋우려는 지혜가 요구된다고 하겠다. 대통령의 마음이 여전히 편치 않다면, 이 또한 국민을 위한 정책의 수립이나 시행에 전심전력할 수 없을 뿐 아니라 그 효율성이 떨어질 것이기 때문이다.

2006년이 여러 가지로 우리 국민들의 마음을 평안하게 해 주지 않았다면 이것으로 종지부를 찍고, 다가오는 새 해는 희망과 서기瑞氣로 가득한 한 해가 될 수 있도록 정치권에서 먼저 솔선수범하고 본분에 충실해야 할 것이다. 동시에 희망찬 새해를 맞기 위해서는 얼마 남지 않은 올 한 해를 돌아보면서 나로 인해 주변의 사람이 상처를 입거나 혹은 불편하게 한 점은 없었는지 곱씹어 보면서 남을 배려하며 사는 삶을 다짐해 보는 것도 의미 있을 것 같다.

경제가 어렵다 보니 불우한 이웃이나 양로원, 그리고 지역의 사회복
지 시설들에 답지해 온 온정의 손길이 예년에 비해 많이 줄어든다는
우울한 소식도 들려온다. 우리의 기부문화가 과거에 비해 많이 좋아졌
다고는 하지만, 선진국에 비하면 여러 가지 면에서 부족한 점도 있다.
대기업이나 각 기관 위주로 기금을 출연하는 방식도 좋지만, 국민 각
자 그리고 지역민들이 주어진 여건에서 조금씩 나눔과 봉사의 정신을
발휘해서 따뜻함을 공유해 갈 때 그 의미가 배가될 수 있을 것이다.

각 가정과 학교에서 자라나는 세대들에게 나눔과 봉사의 정신을 교
육하고 실천하는 자세야 말로 그 어떤 교육보다 가치가 있으며 의미도
깊다고 하겠다. 우리의 미래가 희망차고 밝기 위해서는 자라나는 세대
에게 나눔과 봉사정신 그리고 실천의 중요성은 아무리 강조해도 지나
치지 않다. 얼마 남지 않은 올 한 해를 잘 마무리하고 새해에는 좋은 일
들만 가득하시길 진심으로 기원하고 싶다.

(2006. 12. 26)

          성공한 사람과 성공하는 사람들

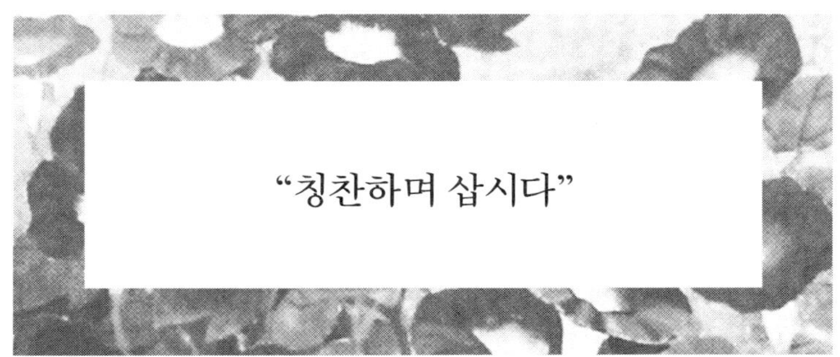

우연히 신문에서 본 인터뷰 관련 기사의 한 토막이 생각난다. 국무총리 재임 중 비교적 국정을 원만하게 잘 이끌었다는 평가를 받았던 총리를 퇴임 후 몇 년이 지난 뒤 어느 기자가 인터뷰를 했다. 특히 그는 야당의 협조가 필요한 민감한 사안으로 여야가 대치중일 때 야당의 협조와 동의를 얻어 국정을 차질 없이 꾸려나가는데 수완을 발휘했다. 기자가 그 비결을 물었다. 총리의 답변이다.

첫째, 당사자가 없는 곳에서 절대로 그 사람을 비판하거나 비난하지 않았다. 둘째, "칭찬과 아첨을 구분하되, 칭찬은 상대방의 장점을 정확하게 파악해서 칭찬했다는 것"이다. 여야 정치인들을 두루 넘나들며 원만하게 처신할 수 있었던 비결은 바로 칭찬에 있었던 것이다.

우리 사회는 칭찬이나 격려에 다소 인색하다는 느낌이 들 때가 종종 있다. 필자만의 생각은 아닐 줄 안다. 특히 칭찬에 대해서는 아직도 은연중 아부나 아첨과 동일시하려는 경향마저 미만彌滿해 있는 듯하다. 칭찬이 너무 남발되는 것도 문제지만 너무 인색한 것도 우리 사회의 건강성을 유지하는데 그렇게 바람직하지 않다고 본다.

필자의 이런 생각에 몇 가지 의문을 제기할 수도 있겠다. 이를테면 칭찬받을 만한 사람이나 사건이 별로 없는데 무얼 보고 칭찬하라는 말인가? 대수롭지 않은 일에 대해서 칭찬을 남발하면 칭찬의 의미가 훼손되는 것 아니냐고? 일견 맞다. 필자 역시 이런 주장에 원칙적으로 동의한다. 하지만 우리 주변을 잘 둘러보면 이외로 칭찬받아야 할 사람들이 적지 않게 있고, 또 칭찬할 만한 일들이 적지 않게 일어나고 있음도 엄연한 사실이다. 우리가 혹여 너무 거창한 사건만을 염두에 두고 있는 것은 아닌지 곱씹어 볼 일이다.

우리 사회에는 음지에서 자신에게 주어진 일을 묵묵히 수행하는 국민들이 더 많이 있고, 또 스스로 세상에 알려지기를 꺼리며 궂은 일을 도맡아 하는 사람들이 적지 않다. 사례를 들자면 너무도 많다. 조금만 관심을 기울여 보면 우리 주변에는 남을 위해 봉사하며 범사에 감사하는 마음으로 사는 사람들을 많이 만날 수 있다.

문제는 이런 사람들이 대부분 묵묵히 자기의 주어진 일을 수행할 뿐 세상에 알려지는 것을 별로 반기지 않는 점이다. 또 이들은 대부분 자신의 도리를 다했을 뿐이라며 겸손해 한다. 우리 사회가 이나마 건강성을 유지하고 지탱해 나가는 것도 이렇게 말없는 다수의 성실함과 봉사정신에 힘입은 바 크다고 하겠다.

요즈음 우리 사회에서 시급히 해결해야 할 현안도 평범함 속에서 그 실마리를 찾아야 한다고 생각한다. 상대방의 입장에서 한번쯤 생각하는 여유, 최선이 여의치 않으면 차선을 생각해 보는 유연성을 발휘한다면 난마처럼 얽힌 형국도 잘 풀 수 있지 않을까 생각해 본다.

말처럼 사안이 그렇게 단순하지 않은 경우도 많이 있을 줄 안다. 하지만 국가 혹은 지역사회의 중대한 현안문제들이 산적한 때일수록 우

성공한 사람과 성공하는 사람들

리 주변에서 미담이나 혹은 온갖 역경을 이겨내고 자신의 분야에서 꿋
꿋이 제 몫을 해나가는 사람들을 발굴·소개하고 관심을 기울이는 풍
조가 확산되었으면 좋겠다. 우리 사회에 '칭찬하는 문화'의 확산이 시
급하고도 긴요한 이유도 이런 점과 무관할 수 없다.

(2007. 2. 20)

제3부

문학기행, 그리고 사람의 향기

벌교의 조정래 태백산맥 문학관

윤동주의 유고시집 「하늘과 바람과 별과 시」가 보관되어 있었던 광양의 1920년대식
점포가옥

매화마을

전국에서 가장 넓은 갈대 군락지이자 희귀종 조류가 많은 습지로 널리 알려진 순천만의 전경

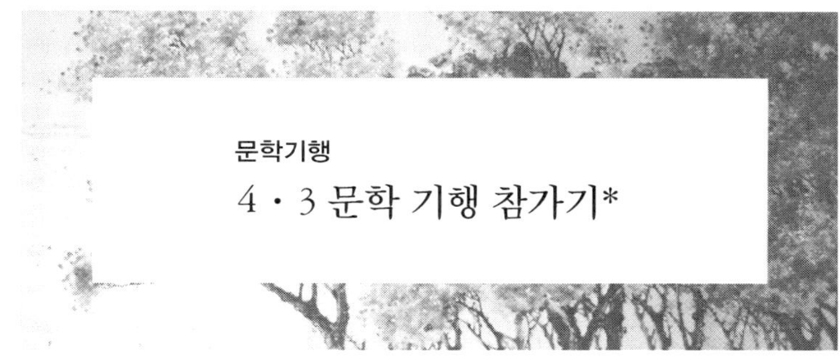

1. 들머리 −4 · 3문학의 현장을 찾아−

4월 6일 제주작가회의가 주관하는 '작가와 함께 하는 4 · 3 문학기행'에 참가하기 위해서 나는 딸(초등학교 5년)과 함께 4일 이른 아침 진주비행장으로 출발했다. 황금연휴에다 '사스'의 공포로 대부분의 관광객들이 해외여행을 포기하고 제주행을 택하는 바람에 표를 구하기가 쉽지 않았다. 우여곡절 끝에 비행장에 도착할 즈음 가랑비가 부슬부슬 내리고 있었다. 하지만 막상 제주에 도착하니 55년 전 분노의 '함성'을 시발로 이 곳에 잉태된 비극은 아는지 모르는지 날씨는 화창

---

* 이 글은 필자가 2002년 4월 6일 제주작가회의 주관으로 '작가와 함께 하는 4 · 3 문학기행'에 참가하고 적은 것이다. 문학기행을 하는 동안 필자를 따뜻하게 맞아주고 정담의 기회를 주선한 제주작가회의 고정국 회장(시인)을 비롯한 제주지역 작가들에게 지면을 통해서나마 감사의 뜻을 전한다. 아울러 문학기행에 참가할 수 있도록 후원을 아끼지 않은 제주대 김동윤(문학평론가) 선생의 호의에 대해서도 감사를 드린다.

하기만 했다.

얼추 10여 년 전부터 이곳 제주에서는 4월 2일 전야제를 시작으로 며칠 동안 4·3의 와중에 억울하게 죽어간 원혼들을 위무慰撫하고, 또 용서와 화해의 바탕 위에서 이 땅에 그런 비극이 다시는 재현되지 않기를 소망하는 뜻에서 문화예술제를 다채롭게 열어 왔다.[1] 이러한 행사를 통해 제주도민들은 끈질긴 생명력과 민주의식의 고양으로 4·3의 피해의식을 서서히 극복해 가고 있는 것이다.

많은 사람들은 '제주'는 엄청난 비극의 현장이기 앞서 관광지의 이미지를 우선 떠올린다. 이러한 측면은 제주의 명암이 교차하는 접점이기도 하다. 하지만 가슴 한 켠에는 자꾸만 4·3의 함성과 그로 인해 수많은 양민이 희생된 뇌옥牢獄의 현장으로서 역사의 숨결을 느끼려고 이곳에 온 사람들은 그리 많지 않을 것이라는 생각이 들면서 왠지 모를 씁쓸함이 똬리를 틀기도 했다. 역사에서 배우지 못하는 민족은 희망이 없다고 하지 않았던가. 4·3의 함성과 비극이 지나간 역사 속의 일로 망각되거나, 혹은 제주도민들에게만 '흙가슴'으로 남아있는 한 역사의 교훈을 제대로 승계하지 못하는 어리석음을 반복할 수 있다는 섬뜩한 생각이 들었다. 이런 생각이 나의 기우杞憂이기를 바라면서 4·3문학의 현장을 둘러볼 바쁜 마음으로 버스에 동승했다.

---

1 이번 4·3문화예술제는 4월 2일 전야제를 시작으로 7일까지 북촌리 대학살 해원 상생굿, 「작가와 함께 떠나는 문학기행」 외에도 본풀이마당, 4·3미술 10년 걸작선, 4·3대표 마당극 사월굿 「꽃놀림」 등의 내용으로 꾸려진다. 또한 이번 문화예술제는 지난 10년의 성과와 문제점을 점검하고 향후 발전적인 역사문화예술축제로의 새로운 단계를 모색하는 계기로 삼겠다는 취지에서 다양한 문화예술매체를 활용해 '4·3진실 드러내기' 작업은 물론 '4·3이미지 생산' 등 예술로 승화하는 다각적인 방법을 동원하고 있었다.

　　　　　　　성공한 사람과 성공하는 사람들

2. ‘순이삼촌’의 고향, 북촌을 찾아서 −4·3 문학의 샘터와 원형−

내가 제일 먼저 도착한 곳은 〈순이 삼촌〉의 작품 배경이기도 한 ‘북촌리’였다. 여기서 잠깐 〈순이 삼촌〉과 관련해 현기영의 작품세계에 대해 일별一瞥해 보는 것도 유익할 듯싶다. 이 작품에 대해서는 두루 알고 있듯이 1978년에 발표된, 4·3을 다룬 현기영의 첫 소설로서 독자들로부터 좋은 반응을 얻었다. 그리고 무엇보다도 억울한 양민학살을 문제 삼고 잊혀지기를 강요당해 왔던 4·3의 비극적 역사를 사회적으로 인식시키는 데 결정적 역할을 한 작품이기도 하다. 전국의 많은 독자들이 제주에 그런 억울한 역사가 있었음을 소설 〈순이 삼촌〉을 통해 충격적으로 알게 되었다. 아니 이 땅의 대부분의 사람들은 4·3을 듣고 배웠겠지만, 지극히 과장되고 왜곡되게 알고 있다가 진실의 한 측면을 본 충격이 컸으리라.

대다수 국민들은 4·3을 잘 알지 못했고, 설령 알았다 해도 전체 한국사와 무관한 제주도의 사건쯤으로 외면해 왔다고 볼 수 있다. 현기영이 〈순이 삼촌〉을 발표할 당시만 해도 4·3은 문학의 소재나 제재로도 삼을 수 없을 금기의 영역이었다. 이 작품을 발표한 이후 현기영은 공안당국에 의해 곤욕을 치르기도 한다. 하지만 이후에도 현기영은 자신의 작품 소재와 제재로서 4·3을 집요하게 물고 늘어지며 글쓰기를 지속한다. 그만큼 현기영에게 있어 4·3은 자신의 문학적 화두이자 샘터라고 해도 과언이 아니다. 물론 이것은 현기영에게만 해당되는 것은 아닐 테지만.

현기영의 작품세계를 논하면서 여러 평자들도 언급한 바와 같이 한 작가가 등단한 이후 늘 유사한 소재와 제재로써, 그것도 어느 특정한 문제를 집요하리만치 끈질기게 천착하며 문제작을 지속적으로 발표

한다는 것에 대해 비평가를 포함하여 많은 독자들이 쉽게 납득할 수 없어 한다. 또 그렇게 하기가 결코 녹록치 않은 문학현실이다. 후에 현기영은 자신이 4·3에 얽매일 수밖에 없는 현실을 "작가가 일단 작품을 통해 던진 발언은 다시는 취소하기 어려운 구속력으로 작가 자신에게 작용한다"고 그 심정의 일단을 고백한 바 있다. 이쯤 이르면 그의 많은 소설 중에서도 거의 원형에 가까운 〈순이 삼촌〉의 작품배경인 이곳 북촌리 일대가 자못 궁금해진다.

나는 북촌리 일대를 둘러보면서 이 곳이 4·3의 상징성이 고스란히 배어 있는 화소話素라는 생각이 들었다. 그만큼 이 곳에는 그 때의 상흔을 짐작케 하는 역사현장이 곳곳에 산재해 있다. 당팟, 북촌국민학교, 북촌 포구, 북촌 도대불, 4·3 성터 등등. 더욱이 북촌국민학교 교정 및 그 주변에 공포에 떨고 있는 양민들을 모아놓고 당시 지휘관들이 즉석 회의를 한 결과, 한 장교의 "대부분의 사병들이 적을 사살해 본 경험이 없으니 적을 사살하는 경험을 쌓을 겸 몇 명 단위로 총살시키자"는 제안이 채택되어 그런 비극이 벌어졌다니 말로만 듣던 '백살일비百殺一匪'를 실감케 한다. 단일 사건으로 유례가 없을 정도로 민간인의 희생자가 약 400여명에 이르렀으니 그 무모함과 광포함에 입이 다물어지지 않는다.

북촌리 대학살은 4·3의 가장 크고 비극적인 사건이라는 주최 측의 설명에 실감이 갔다. 마치 부모 형제들이 쓰러져 죽을 때 그 가족들의 피맺힌 절규가 아직도 귓가에 아우성으로 다가오는 느낌이 들었다.

'북촌대학살'이 있은 지 5년 후인 1954년 1월 세칭 '아이고 사건'[2]으

---

2 1950년 한국전쟁이 발발하자 청년들은 '북촌리에서 빨갱이 소리 들어가며 고단한 삶을 사느니 차라리 전쟁통에 가서 죽는 게 낫겠다.'라며 대부분 자원입대하게 된다. 그 중 한 사람이 군 복무 중 사망하자 북촌리 주민들은 그 영혼을 위로하는 꽃놀림 행렬을 하면서 '이왕이면 4·3학살 때 죽어간 북촌리 주민들의 영혼을 함께 달래주자'며 "아이고, 아이고" 하며 대성통곡을 한 사건이 발생한다. 이것을 문제

성공한 사람과 성공하는 사람들

로 북촌 주민들은 다시 한번 4·3의 아픔을 되새기게 되었다니 그들 가슴에 남은 회한을 어찌 필설로 다할 수 있으랴. 특히 북촌 주민들이 밭일을 하다가 돌아올 때 쉬어가던 넓은 광이 있어서 '너븐숭이'라고 불리는 이 곳에는 애기무덤 20여개가 군락을 형성해 있다. 나 역시 '너븐숭이 애기무덤'을 둘러볼 때는 깊은 슬픔과 분노의 감정에 휩싸이는 기분이었다. '애기무덤' 주변을 천진난만하게 뛰노는 아이들을 보면서 더욱 그러했다.

'너븐숭이 애기무덤' 주변에서 제주가 낳은 젊은 문학평론가 고명철씨의 문학강연(?)도 이어졌다. 그는 시민들이 함께 한 점을 염두에 둔 듯 쉽고도 명쾌하게 현기영의 소설을 중심으로 4·3문학이 나아가야 할 방향까지 제시해 주었다. 나는 미체험 세대 작가들은 4·3을 어떻게 인식하고 있으며, 또 선배 작가들의 문학궤적에 대해 어떻게 진단·승계하고 있는지 자못 궁금하기도 했었다. 그는 이 자리에서 '억압(혹은 죄의식)에서 벗어나 민족사의 아픔과 연대하여 외연을 확장함은 물론, 대중성을 확보하여 보다 친숙해질 수 있는 4·3문학으로 계승하여 궁극적으로 민족문학의 장강長江'으로 거듭 날 것을 제안하였다. 4·3문학이 화해와 살림의 문학으로 성장할 수 있는 잠재력을 확인할 수 있는 자리였다.

이렇게 '북촌리'는 화해와 희망의 문학으로 나아갈 것임을 다짐할 수 있는 역사의 현장이자 억울한 원혼들의 분노의 함성이 귓전에 울리는 곳이었다. 우리는 일정상 이곳에만 머물 수 없어 다음 행선지 '목시물굴'로 무거운 발길을 돌려야만 했다.

삼아 당국(제주경찰서)에서 동네 이장 등 마을 주민들을 조사하여 반성문을 쓰게 하는 등 4·3의 한을 덧칠하여 북촌주민들을 옥죄었던 데에서 연유한 사건.

북촌리 대학살은 4 · 3의 와중에 이틀 동안 400여명이 영문도 모른 채 몰살 당한 사건으로 '제주 4 · 3의 축소판'이라 할 수 있다. 마을 뒷편의 '너븐숭 이 애기무덤'은 당시 죽은 아이들을 임시 가매장한 곳으로 이곳에는 20여기 의 애기무덤이 모여 있어 4 · 3 당시 참혹했던 북촌대학살을 증언하고 있다.

3. 목시물굴에서 펼치는 4 · 3 문학마당 − 시 낭송의 피울음과 제주의 '한' −

우리는 4 · 3사건으로 당시 선흘리 주민들이 집단으로 희생을 당했 던 목시물굴을 찾아갔다. 목시물굴 들어가는 진입로는 지금은 도로 변 에 인접해 있어 차량들의 왕래가 간헐적으로 이어지지만, 당시는 사람 의 인적이 드문 곳이라는 생각이 들었다. 목시물굴 근처에는 당시 마 을 사람들이 가가호호 모여 임시방편으로 며칠 동안 생활한 흔적이 남 아 있었다.

몇 개월 아니 4 · 3의 상흔이 채 가시기도 전에 한국전쟁이 발발하 면서 이곳 제주도는 또 한 차례 그런 광풍狂風의 정점에 있었다. 6년 6 개월이라는 4 · 3의 전개과정은 한 인간이 자신을 지키며 살기에는 너 무나 길고 험난했을 것이다. 선흘리 양민들 역시 4 · 3으로 온갖 흉흉

성공한 사람과 성공하는 사람들

한 소문과 유언비어들이 제주도 전역을 휩쓸고 있는 마당에 며칠 피신해 있으면 세상이 평안해질 것으로 알고 이 곳에 은신해 있다 참변을 당했던 것이다. 특히 함께 온 어린아이들 걱정 때문에 굴속을 나왔을 즈음에는 동네 사람들이 참변을 당해 시체들로 널브러져 있었다 하니 그 때의 충격과 공포는 어떠했을지 짐작하고도 남는다.

이곳에서 제주작가회의 소속 문인들의 자작시 낭송이 있었다. 시인들의 음성에는 4·3의 함성과 분노, 그리고 '한'이 절절이 배어 있었다. 4·3사건의 유족인 듯 한 분이 대독하는 시에는 피울음이 흐르는 듯 했다. 사실 4·3의 반세기가 흐르는 동안 4·3이 금기의 영역에서 벗어나고, 또 그 동안 제주도민들에게 덧칠해진 불명예를 씻겨냄은 물론 정부차원에서 진상규명과 명예회복, 그리고 전향적 자세로 이어지기까지 각 계의 노력이 줄기차게 이어졌기에 가능했을 것이다.

'제주작가'들의 절규와 메아리도 그러한 도정의 한 정점에 있었다고 본다. 현기영 비롯하여 현길언, 오성찬, 그리고 일본에서 활발하게 활동하고 있는『화산도』의 작가 김석범, 그리고 지금도 이곳 제주에 연고를 두고 왕성하게 활동하고 있는 많은 현역 작가들의 고뇌에 찬 창작의 파장을 결코 도외시할 수 없기 때문이다. '제주 작가'들은 제주의 모든 땅이 4·3문학의 공간이자 소재가 되고 있다는 생각이 들었다. 4·3은 그들의 문학적 화두이자 원형인 것이다.

제주의 시인들 역시 4·3문학의 지평을 넓고도 깊게 하는 데 그 몫을 톡톡히 했다. 김경훈(북촌리에서), 김수열(낙선동), 홍성운(동굴의 꿈), 문충성(사라진 마을은 어디쯤 있어), 김석교(사월의 뜻), 강덕환(불칸당), 고정국(제주민들레2) 시인들의 자작시 낭송이 이어졌다. 후박나무와 대나무가 어우러진 숲에서 하는 시 낭송은 가슴에 원인 모를 설움과 한으로 꽂혀오는 듯 했다.

나는 시인들의 자작시 낭송에서 제주 도민들 사이에 회자되는 몇 개의 언어 코드(code)를 어렵지 않게 접속할 수 있었다. '레드 콤플렉스', '초토화 작전', '집단기억', '가위눌림', '가슴앓이', '폭도', '왓샤부대'[3], '도피자 가족', '밀세다리', '몰라구장', '청년이 센 마을일수록 희생이 컸다', '센 곳에 붙어야 산다', '몰명한 우리만 살아남았다', '실암시난 살아진다' 등등[4].

이것은 제주도민들이 4·3을 겪으면서 얻은 '생철학'이기도 하다. 시인들의 시에도 역시 제주의 피해의식, 좌절감, 자괴감, 그리고 항거의 정신이 절절이 배어 있다. 시인들은 4·3의 상처를 치유하고 화해를 모색해 나가는 열성적인 당대의 파수꾼들이기도 하다. 4·3의 정신과 '한'이 절절이 배어 있는 시들 중에서 한 편만 소개하는 것이 다소 아쉽지만, 김광렬의 '대숲에서' 1편만 소개해 둔다

꼿꼿한 정신 하나 붙들어매기 위해/ 날이 맵찰수록 대나무들은 더욱 푸르다 //
한 때는 지조 있는 선비들이/ 대나무의 뜻을 본받으며 스러져갔다 //
나라가 어려울 때 의병들도/ 죽창 들고 나라를 구하는데 앞장섰다 //
4·3 때도 사람들은 죽창을 들었다./ 그 중에는 억울해서 죽창을 든 사람도 있었다 한다// 그 모든 원통함들이 대숲에는 살아 있다/그들의 뼈아픈 목소리가 댓잎 끝에 서걱인다//
아., 이제 더 이상 슬픔은 없어야 한다/알고 보면 다 인정 나누며 살던 이웃인 것을 //

---

3 무장대는 시위를 할 때 서로 어깨를 걸고 마을 주위를 행진하거나 뛰면서 '왓샤! 왓샤!' 하고 외쳤다. 그래서 당시 주민들은 이를 '왓샤시위'라 했고 시위대를 '왓샤부대'라 불렀다고 전한다.

4 제주도민들 사이에 회자되는 위의 표현들은 김종민의 "4·3에 관한 기억들"(『제주작가』제2호)을 일부 참고했다. 위의 표현들에는 제주 도민들이 4·3으로 겪은 치욕과 분노, 좌절과 체념으로 인해 공동체의식마저 변화·왜곡시킨 측면이 함축되어 있다고 해야 할 것이다.

 성공한 사람과 성공하는 사람들

서로 어우러져 살기 위해/ 대숲에는 대나무들이 빽빽이 모여 살고 //
우리는 여기 고단한 몸 비비며 /두 눈 부릅뜨고 꼿꼿하게 살아가려 애쓴다//

위의 시에서 나는 외세와 불의에 항거해 분연히 민중의 선봉에 섰던 민란의 장두狀頭 이재수 후예들의 기백과 저항의 분위기들이 녹아 있음을 감지했다. 물론 한 편의 시에는 한두 가지 의미만 담겨있지 않지만 저항에 보다 많은 비중을 두어 감상했던 것이다.

이외에도 시인들의 시에 4·3의 정신이 배어있지 않은 시가 거의 없었다. 하지만 시인들은 시를 쓰면서 언어의 무력함과 공소함을 느꼈으리라. 시로서 4·3으로 억울하게 쓰러져 간 원혼들을 달래고 위무할 수 있다면, 시로서 4·3의 정신을 올올이 담을 수만 있다면 ---

목시물굴을 나와 공원도로변에서 점심과 함께 탁주 몇 잔을 돌리며 그 날의 의미를 되새기는 시간도 가졌다. 여기서 고정국 회장(시인)을 비롯해 양영길 시인, 오승국 시인(4·3연구소 사무처장), 김수열 시인, 김창후 4·3연구소 부소장 등으로부터 4·3에 얽힌 여러 가지 이면裏面 혹은 현장방문(field work)에 관련한 생생한 취재담도 들을 수 있었다.

제주일보를 비롯하여 지역 언론에서도 지대한 관심을 보이며 취재에 열정을 보였다. 그리고 무엇보다도 반가운 것은 이번 행사에 시민들이 많이 관심을 기울이고, 특히 우리 딸 아이 또래의 어린 아이들이 동참하고 있어 더욱 가슴 뿌듯했다. 그들이 지금 당장은 4·3의 진실을 실감하거나 피부에 와 닿지 않을지라도, 먼 훗날 장정이 되고 후손을 거느리게 될 때 역사의 교훈을 되새김질 해 줄 수 있다면 이보다 더 뜻 깊은 산교육이 있겠는가. 우리는 다음 행선지 종남 마을로 발길을 돌렸다.

이 굴에는 당시 노약자를 포함하여 많은 사람들이 숨어 있었는데, 70명 이상이 희생됐을 것으로 추정하고 있다. 제민일보 4·3 취재반의 『4·3은 말한다』(전예원, 1997)에는 35명의 희생자 이름이 나와 있다.

4. 종남 마을 −잃어버린 마을에서 복원된 역사−

1948년 11월 20일경 와산리 마을 전체가 토벌대에 의해 소각되면서 그 후 지금까지 복구되지 않은 채 잃어버린 마을로 남아 있는 종남 마을을 찾았다. 중산간에 위치한 종남 마을을 찾아가는 길은 약간의 도보를 요구했다. 동행한 딸은 전 날의 제주관광과 대비되는지 연속 하품을 해대며 힘든 표정을 연출하고 있었다(딸이 제주행에 동참한 것은 말을 탈 수 있을 것이라는 기대가 더 크게 작용했다. 어제 말을 탈 때의 기분이 채 가시지 않은 느낌이다). 하지만 4·3에 얽힌 이런저런 얘기를 해주니 고개를 끄덕이며 몇 발 앞서기 시작했다.

대절한 버스에서 내려 일행들이 삼삼오오 30여분을 가다 한적한 대숲을 헤치니 당시 10여호 정도가 목축에 종사하며 살고 있다가 참변을

성공한 사람과 성공하는 사람들

당한 종남 마을이 나왔다. 이 곳에는 집터 흔적이 고스란히 남아 있고, 생활도구로 보이는 옹기그릇 조각 등이 널려 있었다. 또한 식수로 사용했을 우물터도 남아 있지만, 최근에야 4·3사건으로 인해 마을이 참변을 당해 버린 사실이 밝혀졌다 한다. 이런 사실이 처음 소개되는 마을인 만큼 제주MBC를 비롯해 지역 언론에서도 역사교육의 활용방안에 대해 관심을 보였다.

이곳에서도 또 한 차례 문학강연(?)이 이어졌다. 제주대 김동윤 선생의 4·3문학의 반세기를 개관하고 그 의미를 짚어보는 시간이었다.[5] 그는 내가 4·3에 관심을 갖게 한 원인제공자이기도 하다. 나는 우연히 『제주작가』에 실려 있는 그의 글들을 보고 4·3(문학)에 관심을 갖게 되었기 때문이다. 나 역시 이곳에서 '문학 속에 나타난 여순사건'에 대해 짤막하게 소개하는 시간을 가졌다.[6]

문학과 역사의 만남. 흔히 문학은 허구의 영역이라지만, 시대의 진실을 증언하고 기록하는 임무도 부여받았다. 종남 마을이 역사 속으로 사라지지 않고 우리의 현실로 다가왔듯이, 역사 속으로 사라진 마을이 또 없는지 탐색해 나갈 필요를 느낀다. 이런 마을이 다시 발견되지 않기를 바라면서도, 또 한편으로는 '진실'의 복원에 의미를 더 할 수 있다면 찾아내야 할 임무도 우리에게 주어져 있는 게 아닐까. 다음과 같은 한 역사학자의 진술은 4·3의 현주소를 환기해 주는 시사적인 대목이라 인용해 둔다.

---

5 김동윤은 최근에 『4·3의 진실과 문학』(각, 2003)을 통해 4·3문학의 흐름과 성격, 그리고 작품·작가론을 통해 4·3문학의 과제와 그 지향점을 밝히고 있다.

6 '문학 속에 나타난 여순사건'에 대한 보다 구체적인 것은 졸저, 『한국 근·현대소설의 현실대응력』(북스힐, 2003), 77~106쪽 참조.

4·3은 반세기가 지난 지금까지도 제주사회에 상당한 영향력을 지니고 있
는 현재적 사건이기 때문에, 4·3을 역사적 사건으로 보는 데 그치지 말고,
4·3이 미친 정치·사회·경제·문화적 영향에 대한 분석도 제주 현대사
를 연구하는 데 필수적이라 할 수 있다. 이를 위하여 4·3사건으로 인하여
잃어버린 마을에 대한 실태조사, 마을별 실태조사, 토지소유의 변동상환,
인구변동 등에 대한 조사와 아울러 집단기억에 대한 사회심리학적 분석도
이루어져야 할 것이다.[7]

종남마을 당시 10여호 정도가 목축에 종사하며 살고 있었으나, 1948년 11
월 20일경 와산리 마을 전체가 토벌대에 의해 소각되면서 그 후 지금까지
복구되지 않은 채 잃어버린 마을로 남아 있다.

위에서도 언급하고 있듯이 4·3연구는 자료 확보와 방법론을 바탕
으로 각 부문별로 더 세부적으로 논의되고 진행되어야 할 것이지만,
무엇보다도 실체적 진실을 확보하려는 총체적인 연구는 아무리 강조
해도 지나치지 않을 것이다. 4·3의 진실규명은 왜곡된 우리 현대사

---

7 박찬식,『제주작가』2호, 39~40쪽 참조.

성공한 사람과 성공하는 사람들

를 바로잡는 것과도 맞닿아 있다. 문학 역시 이러한 과업의 정점에서 대중성을 확보하고, 그 의미를 되새기는 데 중추적 역할을 해왔고, 또 앞으로도 지속해 나갈 시대적 명제에 직면해 있다고 해야 할 것이다.

4·3의 상흔을 간직하고 있는 '총 맞은 비석', 곤을동, 다랑쉬 마을, 그리고 4·3평화공원 등 4·3의 역사현장을 더 둘러볼 곳이 있었지만, 일정상 우리의 문학기행은 여기서 그쳐야 했다. 아쉬움을 남긴 채 우리는 4·3의 비극을 오늘의 시각에서 재조명한 마당극이 공연되는 관덕정으로 향했다.

5. 마당극 −55년 전 제주의 함성과 비극을 재연−

북촌리 대학살('아이고 사건')이 작품배경인 놀이패 한라산의 '꽃놀림' 공연장면

오후 4시 관덕정에는 놀이패 한라산의 4월굿 '꽃놀림' 공연을 관람하기 위해 많은 시민들이 운집해 있었다. 관덕정에 모인 시민들은 마

당극에 많은 관심을 보이며 배우들과도 호흡을 함께 하고 있었다. 마침 그 날의 비극을 재연하는 클라이막스(climax)에 이를 즈음에 나는 아쉬운 발길을 공항으로 돌려야 했다. 공항으로 가면서 마당극은 4·3의 비극과 현재성을 보여주는 데 아주 유용한 장르라는 생각이 들었다. 또한 55년 전 그 날 제주의 함성과 비극을 온몸으로 재연하려는 배우들의 열연 속에서 제주도민으로서의 자긍심을 잃지 않으려는 열정을 확인할 수 있는 시간들로 다가왔다.

6. 맺으며 −4·3의 현재성과 오늘의 과제를 떠올리며−

짧은 일정이었지만 많은 것을 생각하게 하는 문학(역사) 기행이었다. 나는 이번 기행을 통해서 해방공간 대한민국 탄생의 단면도와 4·3의 역사가 맞물려 있음을 확인할 수 있었다. 그것도 관념적이고 추상적인 차원이 아니라 역사현장을 통해서 실감할 수 있었다. 충분하다고는 할 수 없지만 4·3이 가진 역사적 의미, 나아가 지금의 우리 세대에게 어떤 메시지를 전해주고 있는 지를 절실하게 느끼는 소중한 기회가 됐다.

우리가 소중한 역사적 교훈을 얻기까지 조상들이 너무 많은 희생과 고통이 뒤따랐음도 확인할 수 있었다. 앞으로 이 땅 어느 곳에서도 이런 엄청난 비극이 재현되지 않도록 4·3의 진정한 자리매김에 혼신의 노력을 기울여야 할 책무가 우리세대에게 주어져 있다.

끝으로, 이 글을 쓰는 지금도 현기영의 다음과 같은 절규가 들려오는 듯해 인용해 둔다.

성공한 사람과 성공하는 사람들

4·3의 수만 원혼들은 반세기가 지난 지금에도 위로 받지 못하고 있다. 진혼되지 않았기에 저승에 안착할 수 없는 그들은 결코 썩은 흙으로 돌아갈 수 없는 주검들로 남아 있다. 대저 슬픔이란 눈물로 한숨으로 표현할 수도 있고 말과 글로도 표현할 수 있다. 그러나 4·3의 슬픔은 눈물로도 필설로도 다할 수 없다. 중략 억울한 죽음만이 수호신이 될 자격이 있다. 그리하여 4·3의 우리 조상들은 가장 억울한 넋이기에, 그것도 수만의 세력으로 뭉쳐있기에 가장 영험 있는 수호신이 된다.[8]

역사는 단순히 과거의 사실을 전해주는 데 머물지 않는다. 그것은 죽은 역사이다. 오늘을 사는 우리들에게 끊임없는 질문과 문제의식을 요구한다. 4·3의 역사 속에는 우리 현대사의 질곡의 과정이 고스란히 배어 있다. 정녕 4·3의 실체적 진실 위에 그 정신을 우리 후손들에게 제대로 승계시켜야 할 엄연한 과제가 오늘의 우리 세대들에게 주어져 있음을 직시하자. '해원상생의 흙가슴을 위하여'.

---

8 현기영, "4·3을 발견하면서 재발견한 몇 개의 화두들"(『제주작가』, 제4호), 71쪽.

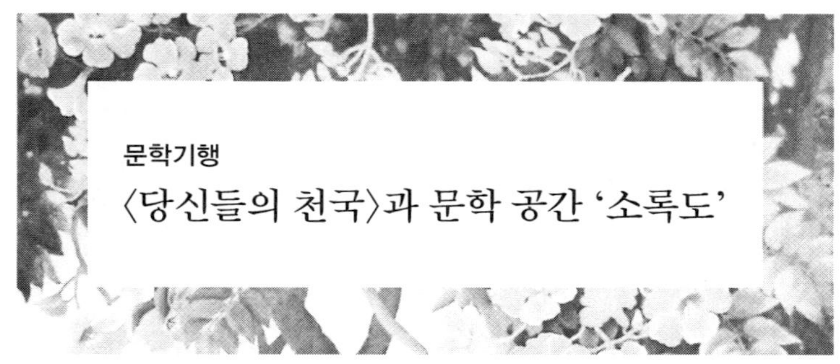

1. 소록도 가는 길

얼추 5년여 전으로 기억된다. 서울에서 오신 은사님을 모시고 소록도를 갔었다. 은사님과 함께 했던 소록도행에서의 감회가 새롭다. 소록도의 이모저모를 유심히 살펴보면서 카메라 셔터를 바쁘게 누르시곤 했다. 사람들과의 인연을 소중하고 알뜰하게 이어가는 분이시지만, 항상 의미 있는 자리를 주도해 가는데에도 빈틈이 없으셨다.

이번의 소록도행은 아내와 함께 하는 중이다. 벌교를 지나 고갯길 하나만 넘으면 녹동으로 이어지는 4차선으로 확 뚫린 길이 우리를 반겨준다. 소록도 답사 외에는 별 다른 일정이 잡혀있지 않다 보니 비교적 마음이 여유로웠다. 아이들 얘기며 집안일과 관련해서 이런저런 얘기를 늘어놓으며 1시간 20분쯤 달리다 보니 차는 이미 녹동항에 도착해 있었다.

　　고흥반도는 전남에서도 비교적 오지에 속했는데 도로사정이 많이 나아졌음을 실감할 수 있다. 덕분에 소록도 가는 시간도 많이 단축됐다. 녹동에서 15분 간격으로 소록도 왕래하는 선박이 오후 6시 무렵까지 자주 운행되는 점을 감안하면 순천에서 출발해도 소록도에 도착하는데 2시간이 채 안 걸리는 셈이다. 소록도를 찬찬히 둘러보려면 대략 2~3시간 정도가 소요될 것을 감안하고 오늘 일정을 챙겨나갔다(방문객들은 소록도에서 숙박하기는 여의치 않으므로 오후 6시 안에 녹동으로 돌아와야 하는 점도 감안해야 한다).

녹동항에서 바라본 소록도.

녹동과 소록도를 이어주는 연륙교.

　　앞으로는 배편을 이용하지 않고도 소록도에 갈 수 있을 것 같다. 녹동항과 소록도를 이어주는 연륙교가 6월말쯤 개통된다고 한다. 지금도 연륙교의 상판이 거의 완성되었지만 소록도 들어가는 진입로 공사의 마무리가 늦어져 방문객들은 당분간 배편을 이용해야 하는 처지다. 뭍사람들의 입장에서는 배 타는 시간이 5분여 정도 밖에 안 되는 짧은 거리라고는 하지만 배편을 이용할 때 감회가 더 새로울 것이다. 소록도는 더 이상 이제 섬이 아니다. 소록도에서 건너편 거금도로 가는 다리공사도 한창이다. 2011년 개통을 목표로 하고 있다. 남해안 관광벨트 조성 사업의 일환으로 '남도'의 섬들은 이제 연륙교를 통해 섬들이 이어져 가는 추세다.

소록도는 녹동항에서 1km가 채 안 되는 곳에 위치하고 있다. 녹동에서 보면 지척이다. 일제시대, 해방직후, 한국전쟁 등의 격변기에는 고도孤島의 섬을 탈출해 자유의 몸이 되고 싶어 녹동항으로 헤엄 쳐 건너오다 익사한 환자들이 적지 않았다고 전해진다. 헤엄을 쳐서 건널 수 있을 것으로 착각했던 모양이다. 아니 목숨을 건 탈출이라고 해야 더 정확한 표현일 게다. 소록도에서 녹동으로 오는 중간에 이르다 보면 급류에 휩쓸려 죽은 사람들이 적지 않았을 것이다.

섬의 모양이 어린 사슴과 비슷하다고 하여 소록도小鹿島라고 불린다. 섬의 면적은 15만평 정도의 작은 섬에 불과하지만 깨끗한 자연환경과 해안 절경, 역사적 기념물 등으로 새로운 관광 명소로 떠오르고 있다. 고흥에서 내세우고 있는 10경 중 2경에 속한다. 고흥을 찾는 외지인들에게 자연경관이 빼어나고 풍광이 좋기로 팔영산 다음으로 추천하고 싶은 곳이 소록도인 셈이다. 지금도 620여명의 주민들이 200여명의 직원과 의료진의 도움을 받으며 생활하고 있다. 소록도 주민들의 평균 연령이 74~5세인 점을 감안하면 이제 대부분 노인들만 남은 셈이다.

소록도는 이청준의 소설 〈당신들의 천국〉의 공간적 배경으로도 널리 알려져 있다. 소록도의 삶과 애환 그리고 희생을 그린 여러 문헌들이 있지만 문학작품으로서 〈당신들의 천국〉을 빼놓을 수는 없을 것이다. 또 이 작품이 독자들로부터 많은 사랑을 받은 점을 감안하면, 〈당신들의 천국〉이 소록도를 널리 알리는데 일정 정도 기여했다는 생각도 든다. 1976년 문학과지성사에서 단행본으로 출간되어 2003년에는 문학과지성사 판이 통산 100쇄를 넘겼다고 들었다. 독자들의 꾸준한 사랑을 받은 스테디셀러라고 해도 손색이 없는 작품이다. 동시에

23~4년에 이르는 동안 100쇄를 넘긴 것은 그 만큼 이 작품에 담긴 의미와 자장磁場의 폭이 넓고도 깊음을 시사해 준다. 이 작품에 대해서는 이미 많은 연구자들이 여러 각도에서 이 소설을 분석하고 그 의미를 구명해 낸 바 있다. 하지만 아직도 이 작품에 담긴 의미가 충분히 드러났다고 단정하기는 곤란하다. 좋은 작품은 마치 '마르지 않는 샘물'처럼 시간이 지나도 독자들을 끊임없이 인간의 삶과 세상에 대해 새로운 성찰과 사유의 세계로 유도하는 열린 텍스트이다.

소록도 병원 안내도

2. 〈당신들의 천국〉 작품 속으로

굳이 전통적인 비평방법에 의지하지 않더라도 흔히 작가는 진공상태에서 존재할 수 없다고 말한다. 작가는 동시대의 체험과 사회의 그물망으로부터 자유로울 수 없는 존재이기 때문일 것이다. 작가란 동시대를 살면서 누구보다도 먼저 인간의 삶과 세상에 대해 끊임없이 질문을 던지는 사람이다.

　작품에 등장하는 공간적 배경 역시 작가가 언젠가 직접 가 본 곳을 재구성하는 경우가 많다. 허구적 공간도 있고, 허구적 공간으로 위장하기도 한다. 김승옥의 〈무진기행〉에서 '무진'은 작품상에서 존재하는 가상의 공간이기도 하지만, 한편으로는 '순천만의 대대포'와도 밀접한 관련성을 지닌다.[1] 작품의 의미를 해명하는데 있어서 실재하는 공간이냐 아니냐의 여부가 그리 중요하지 않을 수도 있다. 다만, 작품을 쓰는 작가의 입장에서 대체로 작품의 공간적 배경은 작중 인물 못지않게 여러 가지를 고려해서 신중하게 설정한다는 점만은 분명해 보인다. 물론 작가에 따라서 작품에서 공간이 차지하는 비중이 편차를 보이고 있어 일률적으로 말하기는 곤란할 것이다. 하지만 사건의 전개가 공간적 배경과 밀접하게 관련되는 만큼 공간성은 도외시할 수 없는 요소를 지닌다. 더욱이 한 사회의 공간 구조는 분명 그 사회를 총체적으로 규정하는 기본 조직 원리 또는 메커니즘에 의해 지배된다. 공간은 단순한 사회생활의 공간적 배경이 될 뿐만 아니라 사회적 관계의 산물이며, 동시에 사회적 과정과 끊임없이 상호 작용하는 것이다. 이런 점에서 소설에서의 공간묘사는 세계 인식을 위한 장치가 된다. 공간의 묘사를 통해 소설가는 세계에 대하여 갖는 관심의 정도와 질을 나타내 보인다고 할 수 있다. 특히 이청준의 소설의 공간인식은 여러 면에서 주목할 만한 요소를 지닌다. 그의 소설의 전개는 공간에 대한 독특한 인식 아래 서사를 진행시켜 나가는 만큼 작품의 의미를 해명하

---

1 〈무진기행〉의 '무진'에 대해서는 연구자들마다 의견이 조금씩 엇갈린다. '무진'은 '순천만'이라는 특정한 곳을 가리킨다기보다는 작가가 만들어 낸 "허구적 공간"이라는 관점이 대체로 우세하다. 하지만 김승옥의 〈무진기행〉에서 '무진'은 순천만 대대포의 정경과 분위기가 농밀하게 반영되어 있음도 부인하기 어렵다.

성공한 사람과 성공하는 사람들

는 데에도 유효한 단서를 제공해 주기 때문이다.

여기서 우리는 잠시 〈당신들의 천국〉의 작품세계로 들어갈 필요를 느낀다. 〈당신들의 천국〉은 소설의 표면적인 개요만을 따라 가자면 조백헌이라는 인물이 소록도 병원장으로 취임하여, 그 곳 나환자들에게 새로운 희망을 불러일으켜주기 위해 애를 쓰는 얘기이다. 그 얘기는 3부로 나누어져 서술된다. 〈당신들의 천국〉의 표면상의 주인공은 그러니까 조백헌이다. 그 조백헌과 맞서는 인상적인 인물이 2부에서 크게 제시되는 황장로이다. 표면적인 구조만으로는 〈당신들의 천국〉은 조백헌이라는 야심 많고 정열적인 한 인물의 무용담처럼 보인다. 그러나 작가의 진정한 의도는 그 조백헌의 단순한 제시에 있는 것이 아니라, 그 인물에 대한 복합적 비판에 있다. 그 비판을 가능케 하는 인물이 보건과장 이상욱과 신문기자 이정태이다. 조원장이 복합적 시선의 포로라는 점에서 〈당신들의 천국〉도 격자소설의 기본선을 따르는 것처럼 보이지만, 그 인물이 그 시선의 의미를 이해하고, 그것을 폭 넓게 감싼다는 점에서, 〈당신들의 천국〉은 조백헌 개인의 성장을 그린 교양소설적 측면을 또한 갖고 있다.[2] 따라서 조백헌 원장의 말은 이 작품에서 유의미한 발언으로서 무게를 여전히 지닌다.

여러분은 아직도 무서운 병을 앓고 있습니다. 여러분은 물론 육신의 병은 놀랄 만큼 빠른 속도로 나아가고 있습니다. 하지만 여러분은 몸으로 앓고 있는 것보다는 더 무서운 질병을 마음으로 앓고 있다는 사실을 알았습니다. 이 섬은 구석구석이 온통 불신과 배반으로 가득 차 있습니다. 그리고 여러분과 이 섬은 지금까지 몸으로 앓아 온 더 치명적인 그 불신과 배반이라는

2　김현, "자유와 사랑의 실천적 화해", 「이청준 깊이 읽기」, 문학과 지성사, 1993, 220~221쪽 참조. 이청준의 〈당신들의 천국〉과 관련하여 적지 않은 연구물들이 축적된 상태지만, 김현의 관점과 시각은 지금 읽어도 유효하고 명쾌한 구석이 적지 않다.

(〈당신들의 천국〉 중에서)

조백헌 원장이 부임 후 원생들을 모아 놓고 하는 말이다. 문둥병은 그것 자체로 천형임에 틀림없지만, 이보다 더 무서운 것은 그것이 마음의 병이며 결국 '불신과 배반의 질병'이라는 것이 문둥병에 대한 그의 진단이다. 문둥병은 분명 육체적 질병임에도 불구하고 그것을 정신적인 질병으로 환치시켜 볼 때 그것은 또 다른 의미를 지닌다. 요컨대, 이 소설에서 문둥병은 인간의 보편적 질병이라고 해석할 여지를 주고, 나아가 그것은 질병이라기보다 인간 내면의 복합심리(콤플렉스)의 일종인 셈이다.[3] 이런 점에서 '무서운 질병을 마음으로 앓고 있다'는 병원장의 진단은 이 곳을 낙원으로 건설해 주겠다는 자신의 구상이 역대 원장들처럼 자신도 어쩌면 실패로 돌아갈 수 있음을 스스로 예감하는 대목으로도 읽힌다.

이청준이 이상욱을 〈당신들의 천국〉의 주인공으로 내세우지 않고 조백헌을 주인공으로 내세운 이유는 무엇일까? 그것은 제목을 〈당신들의 천국〉이라고 붙인 것과 밀접한 관계를 갖고 있으리라. 〈당신들의 천국〉의 '당신들'은 누구를 가리키는 것일까. 그 때의 당신들은 소록도에서 천국을 세우겠다는 의욕을 가진 원장들을 지칭하는 것이 확실하다.[4] 그것은 이상욱이 소록도를 탈출하면서 쓴, 조백헌이 오년 후에

---

3 이승준, "당신들의 천국의 상징성 연구", 「이청준 소설 연구」, 한국학술정보, 2005, 250쪽.

4 이 소설에서 '당신들'은 이중의 의미로 해석되기도 한다. 전시적 공원이 된 섬일 겨우 외부인이 보기 좋은 천국이라는 점에서 '당신들'은 섬 밖의 사람이 된다. 하지만 이처럼 문둥이들만의 섬이라는 의미로 쓰일 수도 있는데, 이 경우 '당신들'은 문둥이가 된다.

　　　　　　　　　성공한 사람과 성공하는 사람들

받게 된 편지 속에 교묘하게 암시되어 있다. 이상욱이 대변하고 있는 이청준의 천국-유토피아는 헉슬리나 오웰과 마찬가지로 멋진 신세계도, 닫힌 동물농장도 아니다. 그것은 변모할 수 있는 열린 천국이다. 그 천국에서 우리는 이청준의 열린 개인주의의 흔적을 찾아낼 수 있을 것이다. 개인의 자유로운 결단과 선택이 없는 천국은, 그 천국을 버릴 수 있는 선택이 가능하지 못한 천국은, 이미 천국이 아닌 것이다.[5]

이런 점에서 윤해원과 서민원이라는 두 미감아의 결혼이 〈당신들의 천국〉의 대단원을 장식하고 있는 것은 의미심장한 일이다. 사랑을 전제로 한 미감아들의 결혼은, 열린 개인주의가 사회화하는 제일 좋은 전범典範이다. 그것은 개인과 개인을 화해롭게 모으고, 그것을 통해 개인과 개인 사이의 울타리를 열어버리는 효과를 지니기 때문이다.

3. 편견의 굴레와 애환이 서린 수난의 현장

소록도 선착장에 도착해 아내와 일상적인 얘기를 주고받으며 소록도의 오솔길을 600여 미터 남짓 걷다 보면 제 2안내소가 우리를 반긴다(제 1안내소는 선착장 부근에 있다). 안내소라는 표지판이 반가웠다. 한 때는 검문소라는 표현을 썼던 것으로 알고 있다. 검문소라는 표현보다 안내소가 훨씬 위화감도 덜하고 어감도 좋은 것 같다. 소록도에서의 검문소는 이곳 주민들과 방문객들에게 얼마나 위화감과 거리감을 주는 표현인가. 다행이다 싶다. 사람을 차별하고 편견의 굴레로 상처를 주는 말보다 배려하는 언어를 구사해 나갈 때 생각도 변해고 실천도 따르기 마련이다. 제2안내소부터 병원 관계자나 직원들의 차량

---

5 김현, 앞의 글, 224쪽.

외에 일반 차량의 출입을 제한한다. 굳이 방문객 차량의 출입을 제한하지 않아도 바닷가의 정취가 물씬 묻어나는 한적한 길로 걷고 싶은 충동이 느껴진다. 해안도로를 따라 오른 편으로 백사장이 드넓게 펼쳐져 있다. 제2안내소를 지나 300여 미터를 걸으면 소록도 병원이 방문객들을 맞이해 준다. 그 병원 입구 바로 앞 바닷가 쪽으로 추모비 하나가 덩그렇게 세워져 있다. 1948년 8월 해방된 원년에 자치권을 요구하던 원생의 협상대표 84명이 이곳을 지키는 직원(혹은 군인)들에 의해 참살되어 소록도에 암매장된 것으로 전해진다. 2002년에 이르러 그 유해를 발굴해서 화장하고 억울한 그 넋을 기리기 위해 이곳에 추모비를 세웠다고 한다. 아 ! 깜빡 지나칠 뻔 했다. 소록도 선착장에 내리면 순록탑이 녹동을 바라보고 서 있다. 한국전쟁 때 6000여명의 환자를 보호하기 위해 인민군의 지시에 불응하다 희생된 10여명의 직원과 목사 1명의 숭고한 희생정신을 기리기 위해 세워진 추모탑이다. 순록탑은 소록도에 들어서면 방문객들이 제일 먼저 눈에 띄는 선착장 근처에 세워져 있다.

해방직후 자치권을 요구하다 참살된 원생대표 86명의 넋을 기리기 위해 세워진 추모탑.

성공한 사람과 성공하는 사람들

어느 시대에나 광풍狂風은 있기 마련인가. 우리의 근현대사 역시 질곡의 암울한 역사로 점철되었다고 해도 과언이 아니다. 일제 강점기, 해방정국, 한국전쟁을 거치는 동안 민초들이 겪었을 설음과 한을 필설로 어찌 다 표현할 수 있으랴. 혼돈과 광풍의 야만의 시대를 이 곳 소록도 역시 비켜갈 수는 없었을 것이다. 공원 입구에 이르기 전 오른편에는 일제 강점기 한센병 환자들의 애환이 서린 역사의 현장을 마주 할 수 있게 된다. H자의 형태로 형무소와 다름없이 설계된 감금실도 한 눈에 들어온다. 일제시대 환자들에게 징벌을 가하고 인권탄압을 일삼았던 상징물이기도 하다. 바로 그 옆방은 한센병 환자들이 죽으면 이유 불문하고 화장을 하기 전에 시신을 해부했던 검시실檢屍室이 있다. 검시실 바로 옆 칸에서는 한센병 환자들을 강제로 정관절제 수술을 했던 허름한 목재 수술대가 있다. 정관절제 수술을 강제로 해야 했던 어느 한센병 환자의 자작시 "단종대"는 방문객들의 가슴을 아직도 아리게 한다.

한센병 환자들이 죽으면 이유 불문하고 화장을 하기 전에 시신을 해부
했던 검시실.

그 옛날 나의 사춘기에 꿈꾸던/사랑의 꿈은 깨어지고/여기 나의 25세 젊음을/ 파멸해 가는 수술대 위에서/내 청춘을 통곡하며 누워 있노라/ 장래 손자를 보겠다던 어머니의 모습/내 수술대 위에서 가물거린다/ 정관을 차단하는 차가운 메스가/내 국부에 닿을 때//모래알처럼 번성하라던/신의 섭리를 역행하는 메스를 보고/지하의 히포크라테스는/오늘도 통곡한다.

소록도 애환의 역사를 한 눈에 소상하게 알기 위해서는 제1, 2전시관을 둘러보는 것도 좋다. 소록도 애환의 역사를 기록과 문헌으로 전하고 있다. 전시관을 둘러보는 중에 소록도 사람들의 삶과 애환을 그린 책들 10여권이 눈에 들어온다. 문헌 중에는 외국인들(주로 의사나 간호사)이 낯선 이국땅 이곳 소록도에서 헌신과 봉사로 한센병 환자들을 평생 돌보다 생을 마감한 사람의 일대기를 적은 책도 눈에 띄었다. 이청준의 〈당신들의 천국〉도 맨 앞에 자리에서 우리를 반기고 있다. 주민들의 애환이 서린 역사의 현장과 전시관을 둘러 본 뒤 중앙공원 입구에 이르니 한 주민이 우리를 반겨준다. 그는 공원과 관계된 역사의 상흔을 친절하게 안내하고 단체 사진을 찍어주기도 한다. 일제 강점기에 연 인원 6만 여명의 한센병 환자들을 강제 동원하여 7000여 평의 황토벌 야산을 천혜의 공원으로 보기 좋게 꾸민 곳이 바로 이 중앙공원이다. 소록도 방문객들은 대부분 이곳을 들르는 경우가 많다. 이곳에 심어져 있는 열대성 희귀 나무들은 일본, 중국, 대만 등에서 수입한 것이고, 공원의 돌들도 완도에서 가져왔다고 한다. 이 공원을 조성하기까지 한센병 환자들이 흘린 피와 땀을 생각하면 코끝이 찡해진다. 단정하고 깔끔하게 공원이 조성되어 소록도 방문객들에게는 휴식과 쉼터의 공간을 제공해 주고 있지만, 이곳 역시 한센병 환자들의 아픈 역사의 현장이 곳곳에 아로새겨져 있다. 공원 중앙에는 자신의 동상을 세우게 하고 이곳에서 환자들에게 묵념과 헌금을 강요하다 환자(이춘

            성공한 사람과 성공하는 사람들

상은 후에 사형됨)의 비수에 목숨을 앗긴 수호 원장周防正季의 동상이 흔
적만 남아 있다. 그는 제4대 병원장으로서 환자들에게 강제노역 및 가
혹행위로 환자들로부터 원성이 자자했던 인물이다. 동상이 세워졌던
바로 앞에 〈보리피리〉의 시인, 한하운韓何雲의 시비가 누워 있어 묘한
여운을 준다.

강제로 정관절제 수술을 당해야 아픔을 표현한 어느 한센병 환
자의 자작시 "단종대"

한센병 환자들이 강제로 정관절제 수술을 당했던 수술대.

중앙공원 둘러 본 뒤 공원을 안내한 주민과 함께 바로 옆에 붙어 있는 성당 안으로 들어갈 수 있었다. 소록도 주민들이 주로 찾는 성당이었다. 성당으로 들어가는 입구에는 "방문객 출입금지"라는 허름한 나무 간판이 있었지만, 이미 외지에서 소록도를 찾은 적지 않은 방문객들이 이런 편견의 울타리를 열어버리고 그들과 함께 하고 있었다.

한하운의 시 〈보리피리〉가 새겨진 그의 시비가 누워 있다.

〈당신들의 천국〉 말미에 조백헌 원장이 윤해원과 서민영의 결혼 축사에서 한 말이 떠오른다. 그는 두 사람에게 "두 분은 기왕에 남다른 사랑과 용기로 이 일을 이룩하였으니 앞으로도 계속 자신들의 방둑을 허물어뜨리지 말고 누구보다도 굳세게 그를 지키고 살찌워나가달라는 것입니다. 절벽을 허물어뜨리고 그 절벽 대신 따뜻한 인정이 넘나들 다리가 놓여져야 할 곳이 많습니다"라는 의미심장한 말을 한다. 소록도는 그러한 사랑의 싹이 열매를 맺어 이제는 편견의 울타리와 담장을 열어버리고 소통으로 이어지는 효과를 거두고 있는 것은 아닌지 되짚어 보게 된다.

성공한 사람과 성공하는 사람들

중앙공원을 돌아보는 것으로 소록도 일정을 마무리 하고 선착장으로 발길을 되돌렸다. 15분 간격으로 배가 자주 왕래하는 데에도 주말이라 그런지 사람들로 다소 붐비었다. 평일에는 한적할 것 같다는 생각도 든다. 이제 소록도가 더 이상 고도孤島가 아니었으면 싶다.

일제 강점기에 연 인원 6만 여명의 한센병 환자들을 강제 동원하여 7000여 평의 야산을 천혜의 공원으로 보기 좋게 꾸민 중앙공원 내의 구라탑

4. 〈당신들의 천국〉의 천국과, 인간의 천국?

녹동으로 돌아오는 동안 〈당신들의 천국〉의 작가 이청준(작품)을 다시 한번 되새겨 보았다. 그의 작품세계를 관통하는 평자의 다음과 논평이 가슴에 와 닿는다.

이청준은 리얼리스트이다. 그런데 그는 사실을 직접 기술하는 것은 애써 회피한다는 점에서 당대의 리얼리스트와 구별된다. 그는 사실의 기술이 아닌 사실의 암시를 창작방법론으로 채택하고 있다. 그의 소설은 '발설이 불가피한 소설의 숙명과 증거가 용납되지 않는 배반의 논리'앞에 서 있다. 그는 사실을 드러냄 없이 이야기를 완성하고자 한다. 이러한 상호 모순이 빚어내는 긴장 속에서 그의 글쓰기는 이루어지고 있는 것이다. 그래서 그의 글쓰기는 얼핏 관념 투성이로 보이게 된다. 그러나 그는 산 아래의 세상을 깊이 염두에 두고 글을 써 왔다. 다만 그는 '세상을 향해 교리를 노출시키고 곧바로 작용을 하고 싶어 하는' 욕망을 억제하면서, '그 깊은 소망의 샘물을' 흘러 보내고 있는 것이다. 그것은 그가 '차 오르는 힘의 범람이나 그 폭발'을 경계하려는 의도에 기인한다. 우리가 그의 글을 힘들여 읽어내는 것은 이 때문이다.[6]

비슷한 맥락에서 이청준의 소설에 대해, 김현이 "내가 박경리나 이청준에게 존경심을 표현하고 싶은 것은, 그들이 포유 동물과 인간을 구분하는 변별적 장치로서의 문학의 쓰임새를 그 누구보다도 투철하게 깨닫고 있는 것 같기 때문이다"[7]라는 예찬은 최상급 비평가의 안목을 가늠하게 해 준다. 주례사적인 비평 정도로 폄하할 언급은 아닌 것 같다. 이청준 문학의 핵심을 겨냥하고 있는 것 같아 예사롭지 않게 들리는 이유도 여기에 있다.

올해 5월 우리는 〈토지〉의 작가 박경리를 잃었다. 많은 문인들이 자연인 박경리를 잃은 슬픔에 애도를 표하고 그의 넋을 위무했지만, 그의 작품 〈토지〉로 인해 우리들 가슴 속에 영원할 것임을 추호도 의심하지 않는다. 근래 들어 작가 이청준 선생의 건강이 썩 좋지 않아 그(작품)를 아끼는 문우들과 독자들을 안타깝게 하고 있다. 이곳 남녘에서도 안타까운 소식을 듣고 있다. 창작활동을 거의 못할 정도로 건강이 나빠졌다는 우울한 소식도 전해진다. 노 작가도 흐르는 시간과 세월의

---

6 이대규, 「남도문학기행」, 이회, 1999, 162쪽.
7 김현, 앞의 글, 219쪽.

 성공한 사람과 성공하는 사람들

무게는 감당할 수는 없는 것일까.

이청준은 순천대 문창과 석좌교수를 맡고부터 남녘행이 부쩍 잦아졌던 것으로 알고 있다. 나도 문창과 학생들 틈에 끼여 그의 강연(강의)을 접할 기회를 몇 번 가졌다. 본인 스스로 대강당에서 많은 학생들을 모아놓고 하는 대중 강연보다는 문창과 학생들과 강연 소문을 듣고 온 관심 있는 몇몇의 시민들이 옹기종기 모여 앉아 있는 강의실을 더 선호하는 것 같았다. 문학 지망생들과 문학 애호가들 앞에서 문학에 대해 이런저런 얘기를 조곤조곤 들려줄 때 그 표정에서 더 없는 편안함과 열의를 느낄 수 있었다. 가끔은 다소 멋쩍은 표정과 특유의 위트로 학생들을 강의실 분위기를 화기애애하게 만들어 갔던 기억도 새롭다. 목소리의 톤은 높지 않지만 문학에 대한 그 울림의 폭은 넓고도 깊었다.

한편, 이청준은 '가열한 정신주의자'이기도 하다. 좀 과격한 표현을 빌리면, "밀교의 교주"[8]와도 같다. 그는 이 땅에서 살아가는 사람들의 아픔, 소망, 절규를 소설에 담아 왔다. 스스로 이것을 밝힌 바도 있다. "문학은 불행의 그림자를 먹고 사는 괴물"[9]이라고. 삶의 압력, 현실의 압력이 가중되면 이걸 견뎌내려는 정신의 틀을 만드는 것, 이것이 문학 활동이고 문학적 상상력이라고. 그래서 그는 짓밟힌 이 땅 사람들의 상처를 기억하고 있다. 그럼에도 불구하고 이청준은 자신의 신전에 모인 신도들에게 복수를 가르치지 않는다. 지배와 구속을 말하지 않는다. 사랑, 자유, 화해, 해방, 그리고 용서를 말한다. 〈당신들의 천국〉이 담고 있는 메시지 역시 이러한 점들과 상통하는 바 크리라. 이청준은, 사랑은 주체의 의지에 의해 완성되는 것이 아니라, 객체의 수용에 의

---

8 이대규, 앞의 글, 162쪽.

9 이청준/권오룡 대담, "시대의 고통에서 영혼의 비상까지", 「이청준 깊이 읽기」, 문학과 지성사, 25쪽에서 재인용.

해서만 가능하다고 말한다. 사랑은 선물이며, 은총이다. 얼마나 많은 사람들이 지배 욕망을 사랑이라고 믿고 있는가? 사랑을 내세우며 자신의 동상을 세우는 자는 배반당할 수밖에 없다. 문둥이가 되지 않고 문둥이를 사랑할 수 없다고 이청준은 말한다.

　한센병 환자들에게 '천국'을 건설해 주겠다던 조백헌이라는 원장의 모습이 다시 한번 클로즈-업 된다. 조백헌이라는 긍정적 인물을 통해 이청준이 제시하고 있는 문제는 무엇일까? 그것은 사회 구조에 관한 근본적·급진적 문제이다. 그 문제제시야말로 이청준이 가장 공들이고 있는 것이고, 사실상 이청준의 정치학의 핵심문제이기도 하다. 어떻게 하면 인간 사회는 천국이 될 수 있는가? 그 점에 대해서 이청준이 제시하고 있는 주장은 대체로 두 가지로 압축될 수 있을 것이다. 하나는 힘의 행사는 사랑과 자유 위에 기초하고 있어야 한다는 것이고, 또 하나는 인간의 천국이 다른 인간의 천국과 대립되는 개념이어서는 안 된다는 것이다. 힘의 행사는 사랑과 자유 위에 기초하고 있어야 한다는 그의 주장은 자유 없는 힘의 행사나, 사랑 없는 힘의 행사는 힘의 남용이나, 말의 엄밀한 의미에서 힘이 아니라는 생각 위에 기초해 있다.[10] 자유 없는 힘은 끊임없는 배반만을, 사랑 없는 힘은 강요된 의무만을 낳을 것이기 때문이다. 자유나 사랑에 기초한 실천적 힘이야말로 인간 사회를 천국으로 만드는 기본 여건인 셈이다. 그는 동시에 자유만 있는 사회, 자유뿐인 사회의 가능성에 대해서도 상당히 회의적이다. 이는 황장로의 진술을 통해 어느 정도 암시되고 있는데, 자유에 앞서는 사랑이 천국의 여건이라고 보는 것은 아닌지 되새겨 보게 한다. 지배자와 피지배자가 서로 사랑으로 행할 때, 사회는 천국스러워지기 때문

---

10 김현, 앞의 글, 223쪽 참조.

　성공한 사람과 성공하는 사람들

이다. 사랑이 '말의 복수'에 의해 그 진정성이나 순수함이 그 흔적조차 사라져 가는 세태라고는 하지만, 그 본질만은 마지막 보루로 엄호되어야 할 영역이니까.

이청준이 꿈꾸는 인간의 천국은? 우리는(독자는) 그 단서를 그가 평생 일궈낸 작품들을 통해서 어느 정도 추적할 수 있을 뿐이다. 그의 삶이나 문학에 대한 글쓰기의 집요함은 마치 세계에 대해 끊임없이 회의하고 질문하는 구도자의 모습과 같다. 그는 자신의 소설 〈지배와 해방〉에서도 작가는 언제나 그가 도달한 세계에서 또 다른 다음 번 이념의 문을 향해 끝없이 고된 진실에의 순례를 떠나야 하는 숙명적인 이상주의자일 수밖에 없다고 한 적이 있다. 어디에도 신전을 지을 수 없어 자신의 신전을 등에 짊어지고 끊임없이 구도의 길을 떠나야 하는 나그네와 같은 삶이 바로 소설가라는 것이다. 인간 세상에서 진실을 가로막는 여러 원인들에 대해 문학을 통해 나름으로 진단하고 처방하려는 노력을 지속해 왔던 것도 이런 점과 무관할 수 없을 것이다. 그것도 일방적으로가 아니라 대화를 통해서 넌지시 건네는 방법으로.

5년여 전 은사님과 함께 한 소록도행은 내 자신을 돌아보는 성찰의 시간이었다. 문학을 공부하고 가르치는 사람으로서의 가져야 할 자세와 열정을 곧추 세우면서 스스로를 다짐하는 시간이 됐다. 정신의 자양분을 얻는 시간이었던 셈이다.

이번의 소록도행은 이 땅에서 살아가는 작가의 존재, 문학이 꿈꾸는 '살 맛 나는 삶과 세상'을 되새겨 보는 시간으로 채워졌다. 옆에 동승한 아내와도 이청준의 작품세계와 관련된 대화를 나누면서 애독자의 한 사람으로 굳히는데 성공(?)한 것도 부수적인 소득이리라. 정말 더 큰 수확은 아내와 함께 하는 답사에서 가슴 한 켠에 자리 잡은 또 다른 반려자로 문학이 자리하고 있었음을 새삼 확인할 수 있었다는 점이

다. 늦은 점심을 먹고 순천의 집으로 돌아오는 발길이 버거우면서도
가볍다.

소록도 주민들이 외지에서 온 일반인들과 미사를 보기 전에 성당 앞에서 잠시
담소를 나누고 있다.

성공한 사람과 성공하는 사람들

● 참고문헌

김도수, 섬진강 푸른물에 징검다리, 전라도 닷컴, 2004.

김병용, 길 위의 풍경, 엘도라도, 2009.

김준옥, 기회가 오지 않는 기회의 땅, 푸른사상, 2005.

동국대 한국문학연구소(상, 하), 계몽사, 1996.

문순태, 된장, 이룸, 2002.

문순태, 울타리, 이룸, 2006.

양병호 외, 그리운 시, 여행에서 만나다, 박이정, 2006.

엄주일, 아름다운 고장 순천, 2005.

전북문학지도간행위원회, 땅은 바다를 안고, 동방미디어, 2004.

이대규, 남도문학기행, 이회, 2001.

김승옥 외, 무진기행(한국현대문학100년, 단편소설베스트20), 가람기획, 1999.

최재봉, 역사와 만나는 문학기행, 한겨레신문사, 1997.

한만수, 태백산맥 문학기행, 해냄, 2003.

* 사이트 소개: 남도문학기행(www.gonamdo.or.kr)

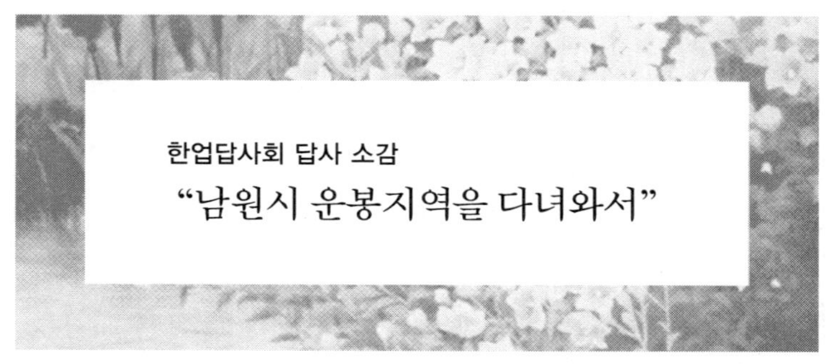

南원시 운봉지역 답사소감을 쓰기 전에 부끄러운 고백을 하나 해야 할 것 같다. 사실 나는 순천에 산지 6년째 접어든다. 하지만 우리 조상들의 슬기와 땀이 밴 이 고장의 문화유적을 자세히 둘러보지 못했다. 이렇게 서두에 부끄러운 고백을 하는 것은 나 자신에 대한 과거의 반성을 통해 미래에 대한 다짐을 밝혀두고 싶기 때문이다.

마음 한편으로는 답사기회를 자주 갖고 싶었으나 이런 저런 핑계로 특별한 경우가 아니면 피했던 것도 사실이다. 진작부터 '동사연'의 한 분과에 '한얼답사회'가 있다는 소식을 홈페이지를 통해 알고는 있었으나 활동할 엄두를 내지 못했다. 그러던 차 이번에는 대중답사의 성격을 띠고 있다고 해서 자연스럽게 합류해 볼 기회로 생각하고 있었다. 이런 점에서 답사 소감도 내 개인적인 생각을 스케치하는 정도의 간략한 서술에 그칠 것임을 '한얼답사회' 회원들께 밝혀두고 싶다. 또한 그날 동참했던 회원들께 감사하는 뜻으로 경황 중에 몇 자 적었음

성공한 사람과 성공하는 사람들

도 덧붙이고 싶다.

설레는 마음으로 답사를 출발하는 아침, 가을비가 부슬부슬 내리고 있었다. 날씨가 곧 좋아지겠지 하는 마음으로 우리 가족은 회원들이 모인 곳으로 향했다. 사실 그날 나는 답사를 하고 싶은 절실한 마음이 없었다. 이틀 전부터 '여순사건' 53주기 세미나에 참석하고, 또 행사의 일환으로 유족들과 함께 여러 곳을 둘러보느라 피곤해서 집에서 쉬고 싶은 생각이 앞섰기 때문이다. 더욱이 날씨는 집에서 쉬고 싶은 유혹이 일게 했다. 하지만 집에 있으면 피곤하다는 핑계로 시간을 허비해 버릴 것 같고, 또 이런 기회를 갖고 싶었던 평소 생각, 거기다 가족들에게 '서비스'(?) 차원에서 답사하기로 마음을 먹었다.

출발지에 도착해서 답사 차량을 찾고 있으려니 엄 선생님께서 나를 알아보고 대기 중인 차로 안내했다(엄주일 총무님과 나는 전화통화만 한 두 차례 했을 뿐 일면식도 없다. 답사에서 갈고 닦은 특유의 순발력과 직감으로 나를 알아본 것 같다). 나는 내심 대형버스가 1~2대쯤 기다리고 있을 줄 알았다. 그런데 봉고차에는 회원들 몇 사람만이 우리 가족을 맞아주지 않는가.

마음 한곳에서는 회원들끼리 오붓하게 가는 답사에 불청객(?)으로 끼어 든 것 같아 미안한 마음까지 들었다. 더욱이 대부분 싱글인데 나는 집사람에다 혹까지 붙었으니! 하지만 어쩌랴! 우리 가족은 이미 답사를 떠나는 봉고차에 몸을 실었으니.

답사지로 출발하면서 봉고차에서 회원들의 간략한 소개가 있었고, 나를 소개할 기회를 가졌다. 서먹한 시간도 잠시 봉고차에서 답사 자료를 보는 동안 김도수 회원은 특유의 입담으로 어색함을 메워 주었다. 적성댐 건설로 인해 '어머니와 같은 섬진강'의 맑은 물이 오염되지 않을까 하는 걱정까지 곁들이며 열변(?)을 토하고 있었다. 이번 주말에 기획했던 행사를 치르는 모양인데 순조롭게 잘 되기를 마음으로나마 간절하게 기원하고 싶다.

어느 모임에나 약방의 감초 격으로 분위기를 북돋우고 좌중을 즐겁고 화기애애하게 이끄는 분들이 있다. 대체로 이들은 모임을 유지하고 회원들이 결속하는 데 윤활유 역할을 한다. 김도수 회원은 답사하는 동안 시종일관 약방의 감초를 자임했다.

답사의 처음 도착지는 흥부마을로 알려진 남원시 동면 성산리이었다. 흥부의 출생지가 동면 성산리와 야영면 성리라는 주장이 맞서다 경희대 민속학연구소의 조사로 지금은 성산리가 판정승(?)한 셈이다. 그러나 이러한 사실도 어디까지나 확신할 수 없는 잠정적인 의견에 머문다. 오히려 확신할 수 없는 부분이 더 많다. 흥부도 실존인물인지 가상인물이지 확인할 길이 없다. 다만 구전으로 오래 전부터 전해지고 사람들 사이에서 '착한사람'의 상징으로 널리 알려져 있는 인물이기 때문이다.

우리 조상들은 선행을 장려하고 악행을 저지른 사람은 벌을 받는다는 교훈(이른바 권선징악)을 모토로 삼아 살기 좋은 사회를 이룩하고픈 소망에서 흥부의 착한 행위는 더욱 미화하고 과장한 측면이 있었을 것으로 추정된다. 반대로 놀부의 심술궂음은 더욱 확대되고 과장되었을 것임을 어렵지 않게 추정해 볼 수 있기 때문이다. 사실 놀부의 출생지도 이곳일 가능성이 큰데 놀부의 얘기는 어디에도 없다. 흥부의 착함은 놀부의 심술로 인해 더욱 부각되는 건 아닐까. 오히려 놀부를 현대적인 측면에서 해석해 간다면 더 재미있는 얘깃거리를 현대인들에게 제공해 줄 수 있을 것이다.

흥부의 출생지로 알려진 성산마을을 둘러보았지만 인심 좋고 순박한 전형적인 시골마을과 특별하게 다를 바 없었다. 근래 들어 이곳이

성공한 사람과 성공하는 사람들

홍부의 출생지로 알려지면서 남원시에서 관광지로 선정한 뒤 신경(?)
쓴 흔적을 발견할 수 있을 뿐이었다. 한 가지 아쉬운 것은 그곳에서 동
네사람들을 만나볼 기회를 가졌으면 홍부에 관련된 설화들을 더 구체
적으로 들을 수도 있었을 텐데 날씨도 여의치 않고 여러 가지 추정을
하며 즐거운 시간을 가졌다.

이곳을 직접 온 사람들 중에는 실망하는 사람도 있을 수 있다. 하지
만 이 마을은 역사가 오래된 산간 마을로 구전이나 설화에 얽힌 얘기
들이 많을 것이라는 생각이 들었다. 유명한 문화유적지도 막상 가서
보면 특별한 것이 없다. '아는 만큼 보이는 법이니까'. 하지만 평범한
곳에서도 숨겨진 의미를 찾거나 발굴하여 우리 조상의 문화와 슬기를
터득하고 이웃에게 전해 줄 수 있다면 답사의 의미를 더해 줄 것 같다.

다음은 실상사에 들러 백장암 삼층석탑, 백장암 석등, 백장암 보살
좌상 등을 둘러볼 기회를 가졌다. 특히 여기서 백장암 삼층석탑을 답
사했을 때 회원들의 숨은 실력들이 유감없이 발휘되고 있었다. 또 나
름대로 답사의 노하우를 유감없이 발휘하며 진지하게 토론하고 추정
하는 유익한 시간을 가졌다. 회장님의 불쑥불쑥 던지는 한마디 속에는
소홀히 할 수 없는 직관과 통찰력이 번득이고 있었다. 엄주일 총무는
가이드의 설명 중 일부를 수정해 가면서 석탑의 이해를 도와주기도 했
다. 가이드가 전혀 기분 상하지 않도록 배려하면서!

엄주일 총무가 석탑의 용어를 곁들이며 석탑에 대해 얘기할 때 난감
하기도 했다. 용어가 낯설었기 때문이다. 어떤 사물을 제대로 이해하
기 위해서는 용어와 그 의미를 제대로 파악하는 것은 기본이다. 각별
한 관심을 기울이고 노력하지 않으면 쉽지 않다. 비록 역사를 전공했
을지라도! 그리고 회원들의 통찰력에 의해 석탑의 비밀을 발견하지 않
았던가!

다음으로 간 곳이 동편제의 탯자리 송홍록의 생가를 찾았다. 이성계의 황산대첩비가 있는 비전마을 근처에 생가 터가 복원되어 있었다. 이곳은 판소리의 명창을 줄줄이 배출한 곳으로 남원은 판소리의 명승지라 할 만 했다. 판소리! 내 주변에도 판소리에 푹 빠져 있는 사람들이 적지 않다. 하지만 나는 판소리에 대해 그다지 매력을 못 느끼며 살아왔다. 적어도 작년까지는. 그런데 근래에는 판소리에 대해 관심도 생기고 친근감이 많이 생긴다. 그러나 나는 아직도 트로트를 더 선호하는 편이다. 공부하고 연구해야 할 것들이 많은 분야가 바로 판소리다.

이곳에서는 관광표지판이 전문가의 자문을 받지 않고 임의적으로 작성한 곳이 눈에 띄었다. 어디 이곳뿐이랴! 우리나라의 대표적인 관광명소에도 사실과 다른 주장을 버젓이 내세우거나 혹은 안내판이 부실해서 외국인들은 물론 국내 관광객들에게도 잘못 소개되는 경우가 적지 않은 현실이지 않은가. 이중구 회원이 이런 부분에 대해서 각별한 관심을 기울이고 있는 것 같다.

다음 답사지는 교룡산성이다. 교룡산성은 답사예정에는 없던 곳이다. 날씨는 개었다지만 회원들 중에는 집에 빨리 가서 쉬고 싶은 심정도 있었을 게다. 하지만 회장님의 눈치를 보느라 누구 한 사람 선뜻 말하지 못하는 듯 했다. 이런 모습은 회원들이 소신이 없고 안주하는 풍토에 젖어 있다기보다 회장님의 열정을 평소 높이 사는지라 회장님의 결정에 따르겠다는 암묵적 합의로 신선하게 받아들여졌다. 결국 호남의 5대 산성의 하나인 교룡산성을 둘러본 곳은 답사일정에서 화룡정점으로 이어졌다. 진인호 회장님은 이곳 산성을 둘러 본 것을 마냥 뿌듯해 하는 표정이었다. 산성에서 회장님은 독사진을 한 장 찰칵! 거기에다 동동주가 곁들여져 있었으니 금성첨화라 하겠다. 회원들도 출출한 데다 답사의 마지막 코스라는 생각에 더 홀가분하지 않았을까.

성공한 사람과 성공하는 사람들

　답사를 마치고 돌아오는 길에는 피곤함도 밀려왔지만 서로 담소를 주고받으며 즐거운 시간을 가졌다. 참 ! 곡성을 경유해서 섬진강변 따라 오면서 심청의 친정으로 알려진 마을을 둘러보지 못한 건 서운했다. 아니 심청의 친정을 보지 못한 것보다 심청의 친정을 회원들에게 소개해 주고픈 회장님의 열망을 저버린 마음에 대한 서운함이 더 깊었다.

　답사를 함께 하고, 또 준비하느라 수고한 회원들을 일일이 지면에 소개하지 못한 점도 넓은 마음으로 이해해 주셨으면 하는 마음이다. 황주찬 사무차장은 회원들의 안전(황차장의 복장이 마치 회원들의 안전을 위해 완전무장한 군복장이 연상돼서)과 원만한 진행을 위해 유난히 고생이 많았던 점도 기억하고 싶다.

(2001. 9. 16)

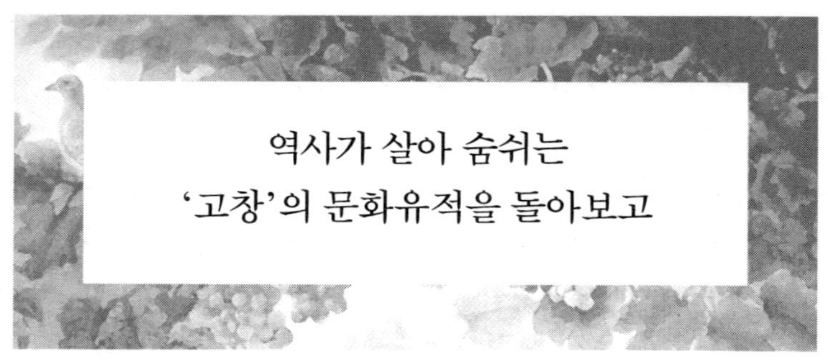

우리 부부는 지난 주말 고창의 선운사를 다녀왔다. 고창에 온 김에 문화유적도 몇 군데 둘러보았다. 어느 지역에나 그 지방 고유의 트레이드마크(trade mark)가 있는데 고창 역시 판소리(동편제)의 본향이자 유수한 문화유적들이 산재해 있어 후손들의 발길이 줄을 잇는 곳이라 관심을 가져볼만 하다.

우리 부부의 발길이 머문 곳은 모양읍성이다. 일명 모양성牟陽城이라고도 하는 이 성은, 나주 진관의 입암산성과 연계되어 호남 내륙을 방어하는 요충지로서 국난호국을 위한 국방관련 문화재다. 실제로 고창 읍성이 축성됨으로 해서 호남 내륙을 왜구의 노략질로부터 지켜왔을 뿐 아니라 동학혁명 때에는 이곳에서 관군을 물리치며 혁혁한 전과를 세운 성지이기도 하다.

지역민들 사이에는 성을 "한 바퀴 돌면 다리 병이 낫고, 두 바퀴 돌면 무병장수하며, 세 바퀴 돌면 극락 승천한다"고 회자된다는 얘기도

성공한 사람과 성공하는 사람들

전해 들었다. 성을 돌 때는 반드시 손바닥만 한 돌을 머리에 이고 성을 세 바퀴 돌아 성 입구에 다시 그 돌을 쌓아 두도록 되어 있다. 하지만 이런 개인의 기원에 앞서 보다 궁극적으로는 이 성곽의 축성 배경이 왜침을 막기 위한 것임을 감안해 볼 때 유사시의 석전石戰에 대비하는 유비무환의 예지에서 비롯된 것이 아닐까 추측해 본다.

다음으로 들른 곳이 고인돌군이다. 고인돌은 선돌과 더불어 우리나라의 대표적인 거석문화의 한 요소이며, 조상들의 정신세계를 보여주는 귀중한 자료의 하나다. 고창군의 고인돌 유적 역시 당시 선인들이 시신을 묻기 위해 마련한 묘제로서 큰 규모의 돌로 축조할 수 있었던 축조방법 및 기술, 그리고 대규모의 밀집된 양상을 보이고 있는 점 등 매우 신비스럽고 중요하게 생각되었다.

고창에 온 뒤 우리의 발걸음을 재촉하는 곳이 있었으니 다름 아닌 선운산의 절경과 이곳에 자리 잡고 있는 천년고찰의 선운사다. 선운산은 호남의 내금강이라 불리는 명승지로서 도처에 기암괴석이 물형을 이루어 위용을 과시하고 있다. 우리가 이 곳을 모두 둘러보며 그 비경과 절경을 몸으로 체득하기에는 시간상의 제약이 있었다. 도솔암 주변을 둘러보는 것으로 그 아쉬움을 달래야 했다.

도솔암 주변의 마애불상 인상이 뇌리를 스친다. 불상마다 독특한 인상을 갖고 있지만 대체적으로 불상은 대자 대비한 모습을 띠고 있다. 그런데 이 불상은 다소 찡그린 모습이었다. 사바세계의 돌아가는 폼이 영 마뜩치 않았던 게 아닐까? 그 깊고도 오묘한 세계를 어찌 한 두 마디로 표현할 수 있으랴.

고창의 인물을 만나는 것도 소홀히 할 수 없는 대목이다. 고창읍성 입구에 자리하고 있는 신재효 고택을 둘러보며 당시 제도권 문화 속에서 서자취급을 받기 일쑤이던 판소리를 오늘날 전통공연예술의 핵으로 부상시킨 공로자의 땀과 열정이 곳곳에 배어있음을 확인할 수 있었다. 동리 선생의 열정에 힘입어 판소리 예술의 새로운 가능성을 세계 무대에 올려놓은 만정 김소희의 탄생이 가능했고, 또한 우리나라의 기라성 같은 판소리 명창을 배출케 하여 오늘날 판소리 공연예술의 전성기를 구가하고 있을 수 있었던 토양도 동리 선생의 음덕에 힘입은 바 크다 하겠다. 훌륭한 문화유산은 저절로 이룩되는 게 아니다. 선각자의 열정과 피나는 노력의 소산임을 확인하는 자리에서 우리 부부는 새삼 숙연해졌다.

우리 부부의 바쁜 발걸음을 멈추게 하는 곳이 있었으니 바로 미당 서정주 시문학관이다. 1936년 등단부터 60여 년이 넘는 세월에 걸쳐져 있는 미당의 시 세계는 결코 단일하지 않다. 시 세계에 관한 한 '하나의 정부'라고 칭할 만큼 그의 시 세계는 우리 시문학사에 빛나는 금자탑을 세웠다. 그의 시 세계에 대해서는 여러 가지 평가에도 불구하고 관통하는 것은 전라도의 사투리를 적절하게 활용하여 민족어의 가능성을 한껏 키운 점일 것이다. 시인이기 이전에 동시대를 살아간 한 인텔리로서의 그의 행적에 대해 사후 여러 가지 논란이 있지만, 그나마 폐교된 학교를 개조하여 그의 문학 행적을 엿볼 수 있게 해주고 있는 점은 작가 지망생들을 비롯해 우리 후손들에게 소중한 문화적 자료로서의 시사해 주는 바가 크리라.

후손들에게 가장 큰 죄악은 역사의 왜곡과 진실의 호도이다. 역사적 인물에 대한 평가 역시 이러한 점으로부터 결코 자유롭지 않다. 작가 역시 많은 애독자를 둔 공인으로서 개인사적인 행위에 대해 비판받을 점이 있으면 마땅히 비판받아야 할 것이다. 하지만 미당이 이룬 시 세계와 개인의 행적을 지나치게 자의적恣意的으로 연결하려는 시도는 바람직하지 않다고 여겨졌다(그곳 문화해설자의 말이 그러한 경우가 종

성공한 사람과 성공하는 사람들

종 있다고 한다). 하루라는 짧은 일정으로 고창의 문화유적을 다 둘러
보지 못하는 아쉬움을 뒤로 한 채 우리 부부는 발길을 순천으로 돌려
야만 했다.

(2003. 11. 5)

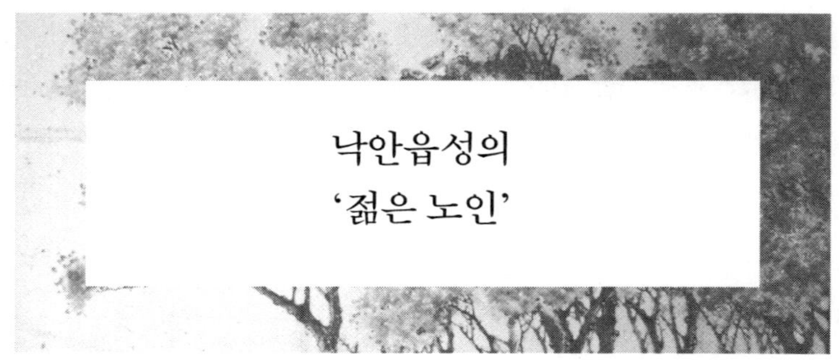

5~6년 전 무더운 여름으로 기억된다. 주말에 낙안읍성 민속마을에 간 적이 있다. 가까운 곳에 바람이라도 쐴겸 가벼운 마음으로 들른 곳이다.

낙안읍성 민속마을은 우리 조상들의 생활상과 풍습을 고스란히 느낄 수 있도록 재현해 놓은 이 지역의 명소다. 성안에는 조상들이 살았던 민속가옥을 비롯해 임경업 군수 비각, 낙안 객사, 낙민루, 낙안읍성 자료관 등이 있어 방문하는 이로 하여금 조상의 땀과 얼이 배어 있음을 실감할 수 있는 곳이기도 하다. 그런데 동헌을 둘러보다 나이가 지긋한 노인 한 분이 외지에서 온 대학생인 듯 한 젊은이들에게 뭔가를 열심히 설명하고 있는 광경을 접했다. 젊은이들 역시 호기심 어린 표정으로 진지하게 듣는 모습이 인상적이었다. 무더운 날씨에 애쓰는 것 같아 음료수라도 권할 겸 다가갔다가 몇 가지 사연을 듣게 되었다.

그 노인은 몇 년 전 교직에서 정년을 한 뒤 문화유적 해설사로 있으며

성공한 사람과 성공하는 사람들

이곳에 가끔 들른다고 했다. 그 밖의 시간은 주로 봉사활동이나 건강 관리하며 소일하고 있다고 자신을 소개했다. 또한 여생을 봉사하는 마음으로 살고 있으며, 이곳에서의 생활에 보람을 느낀다고 덧붙였다.

아직도 항간에는 386이니, 사오정, 혹은 오류도 등 세대 차이를 지칭하는 듯 한 말들이 널리 회자되고 있다. 직장이나 각 사업장에서 명예퇴직 대상이나 정년연령을 염두에 두고 월급쟁이들 사이에 통용되는 자조적인(?) 표현이다. 하지만 이런 용어들이 난무하는 현실을 보면서 자칫 세대 간의 갈등을 부추기거나 혹은 국민통합을 저해하는 요소로 작용하지 않을까 우려도 된다.

세대의 차이에 따라 생각의 차이는 있을 수 있다. 하지만 막연하게 물리적 나이를 잣대로 사람의 생각과 가치관을 규정지으려는 듯 한 태도는 지양해야 마땅하다. 나이가 많아도 생각이 젊은이 못지않은 정열과 열린 자세로 능동적으로 사는 노인들이 있다. 반면 젊은 나이에 매사 패기도 없고 무기력하게 사는 젊은이들도 없지는 않다. 단순히 나이가 젊다는 이유만으로 이러한 젊은이들의 미래가 보장되어 있다고 할 수는 없다. 우리 사회가 그러한 젊은이들까지 포용할 정도로 여유롭지도 않은 현실이다.

젊은이는 패기와 도전의식으로 무장해서 어떠한 시련이나 역경도 감내할 수 있어야 하고, 기성세대는 인생을 살아오면서 터득한 삶의 경륜을 젊은이들에게 제대로 심어줄 때, 우리 사회는 보다 발전되어 나갈 것이다. 단순히 나이가 많다는 이유로 완고하고 구시대적이라고 선입견을 갖고 대하지 말아야 하는 것과 마찬가지로 젊다는 이유로 생각이 미숙하다고 속단할 일도 아니다. 삶의 경륜이 배어 있는 기성세대의 노하우와 젊은이의 패기가 조화를 이루어 나갈 때 선진사회를 앞당길 수 있을 것이다.

　요즈음 우리 사회는 가뜩이나 여러 가지 갈등이 생길 소지가 많다. 물론 갈등이 다 부정적인 것만은 아니다. 오히려 갈등이 분출되고 이것이 합리적으로 조정되고 또 이해 당사 간에 합의에 의한 신뢰적 구축이 전제된다면 한 단계 업그레이드되는 경우도 많다. 문제는 엇비슷한 갈등이 해결의 기미를 보이지 않고 상호 불신을 심화시키거나 반복되는 경우다. 이런 점에서 우리 지역 사회에서는 세대 간의 갈등이 더 이상 심화되지 않도록 지역민 각 자가 각고의 노력을 기울이지 않는다면 화합을 저해하는 암적인 요소로 작용할 가능성이 매우 크다. 낙안읍성의 '젊은 노인'들이 우리 사회에 의외로 많다.

성공한 사람과 성공하는 사람들

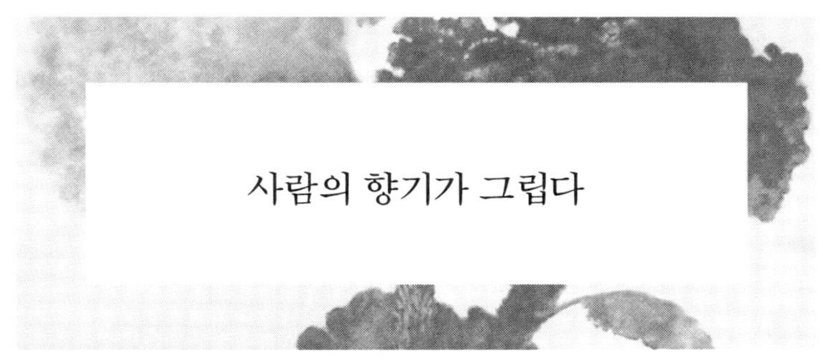

사람의 향기가 그립다

꽃마다 독특한 향기가 있다. 내가 유달리 꽃을 좋아하거나 또 선호하는 꽃과 향기가 있는 건 아니지만, 꽃향기를 맡으면 기분이 좋은 건 사실이다. 나 뿐 아니라 대체로 사람들은 꽃향기를 맡으면 기분이 좋을 것이다.

요즈음도 젊은이들이 동·서양을 막론하고 프러포즈를 할 때나 혹은 좋아하는 징표로 꽃을 선물하는 경우가 많은데, 이것 또한 꽃 속에 담겨 있는 꽃말 외에 그 향기까지 전해주고픈 마음도 담겨있으리라.

그런데 꽃에만 향기가 있는 건 아니다. 사람에게도 향기가 있다. 아니 사람마다 독특한 향기가 있다는 생각이 든다. 꽃에서 뿜어내는 자태나 향기가 각기 다르듯이 이를 사람에게 적용해도 무리는 아닐 듯싶은 것이다.

처음 만나는 사람인데도 다음에 다시 만나고 싶은 사람이 있다. 이런 사람은 다음에 다른 일로 만나도 반갑고 친근감마저 든다. 마치 오래 전에 만나 왔던 사이처럼. 왜 그럴까. 나는 그 사람에게서 거부감을 주지 않는 향기가 나기 때문이라고 생각한다.

그럼 과연 나는 어떤 사람일까. 나는 나를 처음 만난 사람들이 다음에 다시 만나고픈 사람일까. 아니면 별로 만나고 싶지 않은 사람 축에 들까. 나에게 어떤 향기가 날까. 혹시라도 나에게서 향기는커녕 맡기 거북한 냄새가 나는 건 아닐까. 살아가면서 되씹어 볼 일이다.

우리는 관계 속에서 살아간다. 언필칭 '인간을 사회적 동물'이라고 철학자들이 갈파喝破한 바 있듯이, 사람은 이래저래 사람들과 얽혀 살아가기 마련이다. 수행修行하는 사람들이나 특별한 경우를 제외하고 사람을 만나지 않고 살아갈 수 없다고 해도 과언이 아니다. 그러다보니 우리 주변에는 좋은 사람도 있지만 반대로 도저히 상식적으로 이해가 안 되는 사람들로 인해 황당한 경우를 겪기도 한다.

사람을 평가하는 것처럼 어렵고 신중해야 할 경우도 많지 않을 것 같다. 물건이나 기계는 인간의 잣대로 얼마든지 평가하고 가치를 매길 수 있다. 인간은 다르다. 그만큼 인간은 다면적이고 다층적인 존재이기도 하다. 사람을 평가할 수 없다는 애기가 아니다. 우리는 자신도 모르게 나를 알고 있는 여러 사람들로부터 평가의 대상이 되고 있는 엄연한 현실 속에 살고 있으니까.

인간에 대한 평가는 상대적일 수밖에 없는 제약점이 있다. 또 사람의 기호嗜好와 친소관계에 따라 얼마든지 평가는 달라질 수 있는 점도 있다. 처음에는 별다른 느낌이 없었건만 만날수록 새록새록 정이 생기며 만나고 싶은 사람이 있다. 당연히 반대의 경우도 있다. 처음 만날 때에는 피상적으로 접한 사이라 잘 모르다가 만나면서 여러 가지 부정적인 생각을 갖게 되는 경우도 있기 때문이다.

대부분의 사람들은 다음과 같은 부류의 사람들에 대해서는 거부감을 보이지 않는 듯하다. 남을 배려하려고 노력하는 사람, 자기 말을 앞

성공한 사람과 성공하는 사람들

세우지 않는 사람, 내뱉은 말에 대해 책임질 줄 아는 사람, 거드름 피우지 않는 사람, 겸손한 사람, 공을 내세우지 않는 사람, 책임감 있는 사람 등등. 이런 사람들에게서는 마치 꽃의 향기처럼 가까이 하고픈 마음이 생긴다. 이와 반대의 경우는 당연히 대부분의 사람들이 싫어한다.

사람들의 지적 수준도 높아졌고, 전문가를 자처하는 사람들이 많아진 세상이다. 하지만 질적으로 정말 전문가로서 손색이 없을 만큼의 식견과 양식을 가지고 있는가. 아니 머리는 전문가일지라도 가슴은 냉기가 도는 기능인에 머무는 건 아닌지.

전문가들이 많은 세상 일견 바람직스러운 현상으로 받아들여질 점도 있다. 하지만 어설픈 지식으로 자신의 주장만을 고집하거나 독선으로 흐르는 사람은 사회를 어지럽게 할 수 있다. 특히 우리 사회의 지도층 혹은 지식인들이 독선과 아집으로 똘똘 뭉쳐있다면 우리 사회는 희망이 없다. 이들은 우리 사회의 여론을 좋지 않은 방향으로 주도해 나갈 가능성이 농후할 뿐 아니라 사심 없이 맡겨진 일을 수행하지 않을 것이 자명하기 때문이다.

지나치게 감성적인 사람은 이성적인 판단에 약할 수 있다. 공과 사의 구분에 불분명해 일을 그르칠 수 있다. 반대로 이성적이고 합리성을 만능으로 추구해 가는 사람에게서는 인간미가 없다. 남들로부터 원한을 사고 자칫 독선에 빠져 일을 그르치는 경우가 종종 있다.

이성과 감성의 조화, 공과 사의 구분, 이런 것들이 묘하게 얽혀 있어 분명하게 선을 긋기가 쉽지 않은 것이 우리네 삶이다. 왕도가 없다. 열려진 마음으로 다른 사람의 생각을 겸허하게 수용하고 자신의 마음을 정화净化해 나갈 때만이 판단력이 흐려지지 않을 수 있다. 다른 사람이 이룬 일은 쉬워 보여도 자신이 하려면 쉽지 않은 경우가 너무도 많다. 남이 잘 되니까 저절로 잘 되는 줄 알고 부화뇌동附和雷同하다 보면 쪽박

(?)을 차기 쉽다.

자기분수를 알고 사는 사람, 허황된 꿈으로 무모하게 일을 저지르기 전에 매사 열려진 마음과 겸허한 자세로 사는 사람은 적어도 반은 성공이다. 때로는 소시민적이고 현실안주라고 비아냥대는 사람이 있을지라도 자기본분을 잃지 않고 사는 사람, 본질에 충실한 사람이 존중받는 사회에는 희망이 넘쳐난다. 또 그런 사람들이 많아야 우리 사회의 미래가 밝다.

자! 스스로를 돌아보는 기회를 자주 갖자. 저마다 타인들로부터 늘 가까이 하고픈 향기가 나는 사람인지, 그 반대의 경우인지, 아니면 그 중간이라도 되는지. 스스로 자문自問하며 살아갈 일이다. 향기 나는 사람은 반성과 성찰의 자세로 현재의 삶에 충실하면서 한 땀 한 땀 메워가는 공통점도 있다. 우리 모두 향기 나는 사람의 대열에 동참합시다!

(2004. 6. 19)

성공한 사람과 성공하는 사람들

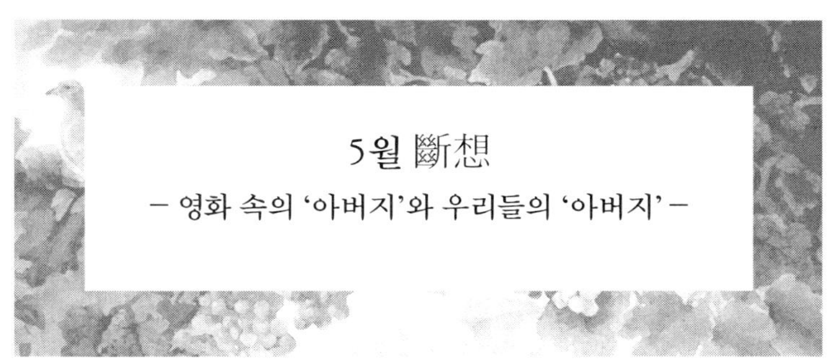

5월은 흔히들 '계절의 여왕'이라고 부르는 만큼 산천이 녹음으로 짙게 배어 있어 사람들의 마음을 정화시켜 준다. 뿐만 아니라 지역의 역사와 문화적 특성을 살린 여러 축제들이 곳곳에서 열리고 있어 풍요로움까지 제공해 주고 있다.

우리 지역의 경우만 하더라도 낙안읍성의 민속축제를 비롯해 여수의 거북선 축제 등이 얼마 전에 개최되어 지역민은 물론 전국의 관광객들에게 우리 지역의 특산물을 접하거나 명소를 둘러볼 기회를 갖게 함으로써 각종 먹거리와 볼거리를 제공해 주었다.

이외에도 보성의 다향제, 함평의 나비축제 등 다채롭고 다양한 축제의 한마당이 왕성하게 펼쳐지는 것도 5월에 즈음해서다. 어디 이뿐인가. 5월은 어버이날을 비롯해 스승의 날, 부부의 날 등이 몰려 있어 소중한 사람들과의 인연을 돌아보게 해주는 뜻 깊은 날들이 많은 달이기도 하다.

사람에 따라서는 이런 5월이 오히려 부담스럽게(?) 생각하는 경향도 있지만, 부모님은 물론이거니와 그 동안 세파에 시달려 사느라 항상 가슴의 언저리에 맴돌 뿐 안부를 전하지 못했던 은사님을 모처럼 찾아 뵙는 시간을 가지면서 자신의 삶을 성찰해 보는 기회를 갖는다면 오히려 마음이 더욱 넉넉해질 수 있지 않을까.

또 흩어져 살고 있는 부모 형제들을 우리 고장의 축제일정에 맞춰 한번쯤 초대하여 가족의 소중함을 일깨우는 기회를 갖게 한다면 이보다 더 알차고 뿌듯한 경우도 많지 않으리라.

얼마 전 수업 시간에 잠깐 짬을 내어 학생들에게 영화 '아버지'를 감상할 기회를 가졌다. 필자가 '효'의 의미에 대해 여러 마디의 말로 설명하는 것보다 영화를 통해서나마 가족의 소중함을 일깨워 주는 것이 보다 효과적일 수 있다고 생각했던 것이다.

영화 '아버지'는 김정현의 소설을 영화한 것으로 TV에서도 한 두 차례 방영했던 것으로 알고 있다. 학생들 중에는 이미 소설로 접한 경우도 있었다. 하지만 요즈음 젊은 세대들에게 영상을 통해서나마 부모님의 은혜를 다시 한번 절감하는 기회를 갖게 함은 물론이거니와 가족의 소중함을 느끼는 기회를 갖게 하고 싶었다.

영화 '아버지'는 암에 걸린 시한부의 삶을 앞에 두고도 자신보다 가족을 생각하는 가장의 마음을 비교적 잘 그려내고 있다. 특히 겉으로 표현은 않지만 우리의 정서상 유독 딸을 예뻐하는 보통 아버지들의 속마음을 통해 자식을 생각하는 부모의 심정이 잘 표현되어 있다고 생각된다. 그런데 영화 '아버지'에 나오는 가장의 모습이 단지 영화에 머무는 것일까?

알고 있듯이 영화나 소설은 허구적인 서사물이다. 따라서 현실을 재구성한 만큼 사실과 다른 경우가 많다. 스토리의 전개도 과장되거나

   성공한 사람과 성공하는 사람들

혹은 극적인 표현이 수반되기 마련이다. 하지만 영화 '아버지'를 학생들과 함께 보면서 영화 속의 얘기로만 생각되지 않았다.

영화 '아버지'에 나오는 가장(부모)은 보통의 우리 아버지들의 모습이 고스란히 담겨있다고 보아야 할 것이다. 영화에서는 매체의 속성상 극적인 표현이나 과장(?)이 포함되어 있다고 생각할 수 있는데, 오히려 현실은 영화보다 더 하면 더 했지 덜하지 않았으리라는 생각도 든다 (굳이 그 반대의 경우는 생각하고 싶지 않다). 자식을 위하는 일이라면 자신의 모든 것을 주어도 아깝지 않은 것이 보통 우리 부모의 심정이리라.

흔히들 '부모에게 효도하면 복 받는다'고 한다. 어른들이 자라나는 세대들에게 효심을 북돋아 주기 위해 둘러댄 말이라고는 치부할 수도 있지만, 이 말이 결코 하나도 틀리지 않았다는 생각이 자꾸 드는 이유가 뭘까? 부모에게 효도하는 심성을 가진 사람이면 주위로부터 원성을 살 리도 없을 것이고, 더욱이 인간성 좋지 않다는 소리 들을 리 만무하다. 게다가 자신이 맡은 분야에서 성심을 다해 사는데 잘못될 리가 있겠는가. 설령 한때 어려움에 처했을지라도 그 역경을 충분히 견디어 낼 수 있는 잠재력을 지녔을 것으로 미루어 짐작해 볼 수 있다.

항간에는 "부모에게 불효한 사람들도 잘만 살더라"라며 필자에게 냉소를 보내는 세태가 없지는 않을 것으로 안다. 또 "효도하려면 돈이 있어야 한다"라는 풍조가 만연되어 있는 세태도 모르지 않는다. 하지만 굳이 이런 말에 너무 쉽게 동의하거나 현혹되지 말자. 보편적인 경우가 아닐뿐더러 효와는 거리가 멀다.

어젯밤 꿈에는 10여전에 여읜 아버님의 모습을 보았다. 꿈속에서나마 아버님을 뵙고 나면 허전한 마음이 조금은 덜하다. 부모를 여읜 자식의 심정이 다 마찬가지일 테지만, 더 잘 해드리고 싶어도 지금은 지상에 계시지 않으신 아버님의 생각에 가슴이 사무친다. 홀로 계신 어머님의 모습도 오버랩 되는 요즈음이다.

(2005. 5. 6)

성공한 사람과 성공하는 사람들

| 초판 1쇄 인쇄일 | 2009년 12월 07일 |
| 초판 1쇄 발행일 | 2009년 12월 11일 |

지은이	전홍남
펴낸이	정진이
총괄	박지연
편집 · 디자인	김숙희 이솔잎 채지선 채지영
마케팅	정찬용
관리	한미애 강정수
인쇄처	태광
펴낸곳	새미

등록일 2005 13 14 제17-423호
서울시 강동구 성내동 447-11 현영빌딩 2층
Tel 442-4623 Fax 442-4625
www.kookhak.co.kr
kookhak2001@hanmail.net

| ISBN | 978-89-5628-526-9 *03800 |
| 가격 | 16,000원 |

* 저자와의 협의하에 인지는 생략합니다.
새미는 국학자료원의 자회사입니다.
잘못된 책은 구입하신 곳에서 교환하여 드립니다.